厄尔尼诺

E' ER NINUO

苏 昱 ◎著

El Niño

时代出版传媒股份有限公司
安徽文艺出版社

U0606966

图书在版编目（ＣＩＰ）数据

厄尔尼诺/苏昱著. —合肥：安徽文艺出版社,2018.5（2024.7 重印）
ISBN 978-7-5396-6138-4

Ⅰ. ①厄… Ⅱ. ①苏… Ⅲ. ①长篇小说－中国－当代
Ⅳ. ①I247.5

中国版本图书馆 CIP 数据核字 (2017) 第 172976 号

出 版 人：姚　巍
责任编辑：姜婧婧　刘　畅　　　　　装帧设计：徐　睿
....
出版发行：安徽文艺出版社　　www.awpub.com
地　　　址：合肥市翡翠路 1118 号　　邮政编码：230071
营 销 部：(0551)63533889
印　　　制：安徽芜湖新华印务有限责任公司　(0553)3916126
....
开本：880×1230　1/32　印张：10.75　字数：250 千字
版次：2018 年 5 月第 1 版
印次：2024 年 7 月第 2 次印刷
定价：64.50 元
....

（如发现印装质量问题，影响阅读，请与出版社联系调换）

版权所有，侵权必究

序
宁财神

和小雨认识快二十年了,我变了许多,他却似乎没怎么变过,腰围没增,头发没减,心气儿还在——在这个喧嚣的网文时代,这个家伙居然还在坚持纯文学写作。

他刚开始写小说的年代,文学还是挺神圣的一个词,我们见到纯文学作家时,无论对方名声大小、销量多少,都会致以尊敬的眼神,应该算是对文学的最后一丝敬畏心吧。

接下来的十几年,网络文学爆了,最初的网文作者,写字并不赚钱,现在的网文大家,年入过亿。无论如何,一个普通网民能靠写作致富的时代,都值得歌颂。

我相信,以小雨的聪慧与坚韧,只要他想,一定能学会类型文学的写作方式,以此赚不少钱,但他似乎并不想那么做,对这种人来说,写作与吃饭、呼吸一样,都是生活中不可或缺的一部分,所以,他选择了最不商业的写法,描绘自己那段真实而疼痛的青春。

有些人,写作,只是为了活着;有些人,活着,是为了写作。

苏小雨花了许多年,证明自己是后者。好吧,衷心为你鼓掌!

前　言

　　如果说北京少年的残酷青春是阳光灿烂的日子，我想，上海少年的残酷青春就应该是在雨中。这不是一部轻松的小说。它或许会让你看哭——为了你终将失去的，或者曾经真正拥有过却永远不曾真正告别过的青春。朋友们都说我是一个永远长不大的家伙。仅有的几个没这么说我的朋友，都已经早早离开了这个世界。我把这部小说献给他们，为了我曾经许下的一个诺言。同时也献给我深爱的故乡——上海，还有那条永远沉默不语的苏州河。

目 录

序 ▨ 001

前 言 ▨ 001

01 里尔克 ▨ 001

02 白兰花 ▨ 011

03 桃花眼 ▨ 023

04 樟木箱 ▨ 033

05 剔骨刀 ▨ 044

06 匹诺曹 ▨ 056

07 夏雨雪 ▨ 067

08　海上花　■　077

09　王国维　■　088

10　机器猫　■　099

11　小黑裙　■　110

12　瘦金体　■　120

13　树袋熊　■　131

14　皮条客　■　141

15　拆白党　■　151

16　衡山路　■　159

17　张爱玲　■　168

18　盲剑客　■　177

19　亡命徒　■　188

20　丧家犬　■　198

21　杀无赦　■　208

22　死刑犯　■　217

23　知更鸟　■　227

24　狐狸脸　■　238

25　双城记　■　247

26　审判日　■　256

27　雪在烧　■　268

28　草帽歌　■　277

29　苏州河　■　287

30　新世纪　■　299

31　大提琴　■　309

32　索多玛　■　318

33　在雨中　■　327

01　里尔克

"你的英文名叫'Rainer'?"她拈起我的名片看着,煞有介事地惊呼一声。

"知道吗?很久很久以前,有一个著名的奥地利诗人也叫这名字——Rainer Maria Rilke(里尔克)。诗写得棒极了,一生也特别浪漫传奇。所以——"她故意将尾音拖长出略带沙哑的性感意味,抬起精心打理过的纤翘睫毛,眼神妩媚如狐地冲我莞尔一笑,"后来,人们都传说他是被玫瑰刺手而死的。"

"你是在提醒我小心别'中标'吗?"我不动声色地回以淡然微笑,视线落回晶莹剔透的柯林斯杯中,沉入被我缓缓晃荡许久却澄澈依旧的湛蓝色液体,同时将搁在吧台下的另一只手搭上她的膝侧,用指腹与掌心细细摩挲着她柔薄的丝袜。

"你为什么会给自己起这么特别的一个外文名?"她面不改色地追问道,双眸一眨不眨地凝望住我,呼吸开始变得跟目光一样濡湿。

"如果我告诉你它的由来,你会听哭的。"

"喊！我才不信呢。"她神气活现地一扬下巴,借捻灭烟头的动作夹紧双腿,抿了口我为她点的龙舌兰日出,凑近我的鼻尖眨了眨眼,"要不,我们换个安静点的地方,你说给我听听?"

半个小时后,我躺在酒店客房的床上,看着卸去彩妆的她以充满镜头感的妖娆动作徐徐褪尽衣衫,活似百老汇音乐剧舞台上一只捕随追光落场的"杰里科猫"一般,自我两腿间缓缓爬入我的视野,一头柔顺的长发如瀑布般洒落在我胸前。

这是一个年轻的上海女孩。在夜总会包厢里第一眼望见她时,我就回想起一个自己曾经深爱过的姑娘。现在,我拉严窗帘,掐灭烟头,关上房间里所有的灯。于是,沉昧如雾、缭绕如烟的濡湿黑暗中,她俩模糊在悠长岁月甬道两端的面孔终于叠影在一起,一样地年轻,一样地美丽,一样地让我悲伤得不能自已。所以我没再发出任何声息,沉默地与她在黑暗中亲吻缠绵,交融一体,甚至没阻止她用美剧腔十足的英语过于老练地叫床,并在她猛然飞扬起脸庞的最后瞬间,用力闭紧了干涩的双眼。

从洗手间里出来,她动作麻利地穿戴整齐,落座枕畔,就着壁灯的昏黄光晕,一边十指灵巧地将尚未干透的长发在脑后重新盘绾成髻,一边若有所思地打量了一会盯着电视机屏幕默默抽烟的我,最后,略带迟疑地问:

"我……让你不开心了吗?"

"哪有的事。"我疲惫地扭转头,勉力地从嘴角向她撒出一丝苍枯的笑:"体谅下老人家吧,很久没跟你这样年纪的孩子这么玩命过了。"

她不无探究意味的凝视与我荒凉无甚表情的回望静静缠片刻,她终究没再多说什么,探身抓起我早已搁在床头的一沓钞票,手法老道地清点过数目,收进自己的名牌手包。随后,摸出一盒细长火柴盒造型的法国绿 Fine(一种法国香烟),抽出一根点上,随我一同吞云吐雾地看向电视。

电视里,两位气象专家正在口沫横飞地探讨导致当前全球气候异常的"厄尔尼诺"现象;屏幕下方,一行醒目的粗体字循环滚动播报着一条中央气象台向上海地区实时发布的台风红色预警。

"什么奇怪的破天气!真是折磨死人了……"她嘟哝着发了句牢骚,不耐烦地将刚抽一半的烟在我胸膛上的烟灰缸里捻灭,转脸对我说,"既然你不需要我留下来陪你过夜,那我可就先走了哦——姐妹们在'新天地'组织了大 Party(聚会),我现在赶过去估计还来得及。"

"外面还在下雨。"我提醒她,"你下楼后,记得到大堂服务台要把伞,把我的房号报给他们就行了。"

她定定地乜觑了我一会,伸手过来抚摸了一下我的脸,摇头叹气:"真是个细心体贴的老年人呢……感觉我都快要爱上你了。"

"我真荣幸。"

"别忘了存我的电话。回头等天晴了,找个阳光特灿烂的下午,我们可以出米一起喝个咖啡,我还真挺有兴趣听听你的故事。"她站起身,"伞就不用了——其实我有个怪癖,蛮喜欢淋雨的。"顿了顿,"况且……你不觉得,这种鬼天气,其实特别适合有一个像我这样脸蛋漂亮、身材棒、气质又佳的美女,把自己灌醉到性感得不得了,在雨中昂首挺胸地站到老法租界空荡荡的十字路口正中央,对着夜空放声高唱一首 *Memory* 吗?——真巧,正好今天我还穿了条特应景的 LBD(小黑裙)呢。"扑哧一声轻笑,来自自然的年轻嗓音,不再刻意拿捏出成熟腔调。

"对了,"她一边走向门口,一边用轻松的口气又说,"忘了告诉你了——先前在酒吧里,我跟你提到的那个跟你同名的奥地利诗人——那个里尔克,他真正的死因不是什么玫瑰刺手,而是死于伤口慢性感染引发的败血症。"接着,她意味深长地暂停住,放慢语速,"听人说,那是特别悲惨的一种死法,死得很慢很慢,很痛苦很痛苦。"

"谢谢你让我长知识了。"我庆幸在玄关换鞋的她看不见我倏尔失控的表情。

"不客气!"她踩着高跟鞋立定在门前,回眸冲我粲然一笑,瞳孔中闪烁出一丝狡黠——我毫不怀疑这个女孩的心思缜密与眼光犀利:先前跟那桌香港人应酬时,尽管我说的是一口自认纯熟的粤语,她还是一眼就看出来我是个上海人。

"那就……再见喽!"她向我挥手道别。

我也笑着冲她默默挥手——我不习惯轻易对别人说再见。

房门落锁。我掐灭烟头,把她留在床头的写有她手机号码的便笺揉成一团丢进垃圾桶,关掉壁灯和电视,呼吸着闷湿黑暗中若有似无的白兰花香气,很快便昏沉沉睡去。

　　然后我做了个梦,梦见了阿米。

　　梦中,我和阿米手牵着手,在轻飘飘的细雨中慢悠悠地走着。我不知道自己身在何处,也不晓得我俩这是要去往哪里。四周围静悄悄的,什么都看不见,只有细细密密、闪闪烁烁的雨丝,无边无际、无声无息地落下,如烟如雾、如网如织地笼罩着世界,缠裹住我们。

　　"芋头,你知道为什么下雨天我不爱打伞吗?"阿米用轻若耳语的细小声音问我。我摇头,叼着被雨淋湿的烟,茫然地在裤兜内摸寻打火机。她低下头,挣脱我的手,甩起湿漉漉的长发,像一头轻盈的小鹿向前跑去。

　　她越跑越远,然后停下,转回身,提着湿淋淋的裙子遥望向我。隔着茫茫雨雾,我看不清她脸上的表情,只见她举起双手,围拢在嘴边,似乎很大声地对我呼喊了一句什么。但是,就在这一刹那,我什么都听不见了,滂沱肆虐起来的雨水蒙裹住我的脸,汹涌如涨潮的苏州河水一般,无孔不入地倾灌进我的耳朵、鼻孔、口中,开始烧灼我的喉管、刺痛我的双眼,让我无法呼吸、不能言语,想挣扎却没有力气动弹,最终眼前只剩一片黑暗……

　　黑暗里,我猛然从梦中惊醒,发觉自己已泪流满面。

　　"趁着青春还没结束,干掉自己吧。或许,还来得及。"在我还年轻的时候,一个名叫严浩的家伙曾这么对我说。

我没那么做，于是我如今终于过上了看似体面充实的所谓中产阶级生活：我居住在红尘涌动的三里屯南街，出没于CBD(中央商务区)的顶级写字楼，在服务员都足够安静的固定餐厅吃饭、喝下午茶。或者揣着厚厚一沓VIP卡，从一座城市飞到另一座城市，从一间酒店睡到另一间酒店。晚上，看英语频道的节目，回大洋彼岸的邮件，或者在夜店里，面带微笑地看着客户把手伸进陪酒小姐的衣裙，合上签好的协议书，不动声色地为他们订好酒店房间并付掉台费。

在远远告别了台风与海潮的京城，操着一口被经年沙尘研磨出的伪京片子，几乎已经没人还能看出我是个上海人。

许多年过去了。像所有苟且偷生的成年人一样，我一直小心翼翼地埋藏着自己的青春往事。我没有勇气面对自己灵魂苦痛的真正根源，因而心甘情愿地戴着假面具，为没有任何希望的渐渐老去和没有任何出路的庸庸碌碌编造着种种自欺欺人的堂皇借口，行尸走肉得兴致勃勃。我所相信的是，埋藏比死亡更深，遗忘比生命更长。然而，总会有那么一些猝不及防的时刻，不经意间，它们如同在暴雨中涨潮的苏州河水，势不可挡地澎湃而来，令我像此刻这样泪流满面地从梦中惊醒，绝望地发觉自己已沦陷于它们的重重包围之中，无处藏身，无路可逃。

无边无际的沉沉黑暗里，一幅幅早已斑驳潮黄的画面压迫着我的视网膜，带着令人眩晕的呼啸声从眼前疾速掠过：我看见白兰花在皎洁的月光下怯怯绽放，看见梧桐树在盛夏的晚风中瑟瑟颤抖；看见在雨中提着裙子遥望我的阿米，看见独自踽踽走向夜雾深处的赵志鹏，看见在雪花萦绕的路灯下吹着口哨向夜空抛起硬币的严浩，看见在黄昏中的外白渡桥上迎风扬起脸庞、缓缓张开双臂的夏雪……

被回忆层层密密缠裹到濒临窒息的我，就像一个灭顶于苏州河中的溺水者，纵使出于下意识的求生本能，已经疯狂地打开房间里所有的灯，也依然无法点亮自己与世隔绝的苍凉视野——于是，我不得不绝望地省悟到，这才是我行尸走肉般苟营残生所拥有的真实世界：只有我茕茕孑立的黑色荒原，寸草不生，雨一直下。

于是我便知道，那些被我煞费苦心去遮掩和粉饰的古早伤口，其实从来都没有真正愈合，它们就像一丛丛妖冶的黑色花朵，桀骜狂野地盛放在我腐朽破败的躯壳内，兀自溃烂着，感染并扩散着。而在厚硬的、脏污的片片血痂之下，那些仍旧有着心跳与呼吸的、从未曾真正被我埋葬和遗忘的时光——那些空虚而又决绝的青春和那些卑微而又闪耀的感动，都终将随我一起，慢慢地、无可挽救地消失在岁月里，就像在雨中流淌过面颊的泪水……

然而，正如严浩所说，一切都来不及了。

我没有给女孩讲述我英文名的由来，而且我骗了她：我知道里尔克是谁，知道这个才华横溢的倒霉蛋一屁股血泪史的悲惨人生。我不仅读过他的诗，甚至此时此刻，在我墙角的行李箱里，就藏着一本比我更苍老的《里尔克诗集》——一件来自民国三十二年的破旧古董。

撒谎,是因为我不愿意让别人察觉到我的难过。

不要告诉别人你的难过。"难过"这种东西,就像插在自己胸口的一把刀,拔出来给别人看,无非只是让别人也被溅上一身你的血,救不活自己,还把别人也给弄脏了。

这也是严浩曾经对我说过的话。

我相信他的话。因为,此人是我这一生中唯一一个曾以兄弟相称的朋友。

是第一个,或许也是最后一个。

我与严浩的初次相逢,是在一个下着绵绵细雨的仲夏午后。那是已遥远得恍如隔世的 1991 年。那年春天,得益于一位刚跻身入国家最高领导人之列的大学老友进京赴任后亲笔签发的特赦令,我的外公终于被摘掉大右派的帽子,我身为下放知青的父母也终于实现了梦寐以求的回城夙愿,甚至都被"妥善"安置了工作,分进苏州河北岸一家大型国有棉纺厂,一个当了纺织女工,一个做了锅炉房的烧水师傅。不过据母亲讲,这家纺织厂其实原本就是我们家的,解放后被外公捐赠给了国家——每当提起外公当年干出的这件事时,母亲的口气里总是满含鄙夷,面色阴冷得足以让一旁的我和父亲同时结冰。

就这样,那年暑假,我也迎来了自己有生之年的第一趟出远门:从自莅临人世之日起便画地为牢至今的苏北小县城,来到了过去只在地图上看见过的故乡——上海。

　　唯一没有得到"妥善"解决的是住房。我家在上海原本有两套独院式带花园的老洋房，一套也是刚解放就被外公捐给政府，起先被分给某位政要，后来这位站错队的政要随"四人帮"一并折进秦城监狱，房子再度充公。闲置到20世纪80年代，被改革开放大潮中暴富起来的一位民营企业家大手笔买下——显然咱们家是没道理再惦记了。另一套则在"文革"中被造反派们给霸占和瓜分了。这些"革命志士"非常响应当时的国家号召，个个堪比人肉播种机，为其自以为永远不会结束的"文化大革命"玩命生产接班人，于是，可想而知，虽然"文革"已谢幕，但这帮"造反派"的人数众多和血脉相连仍是多么不可小觑的战斗力保障——讲文明的新政府完全拿他们没辙。结果，我们一家三口不得不跟外公、外婆、舅舅、舅妈一起挤着住在他们那套本就空间吃紧的安置房。

　　安置房有近一个世纪的年头了，原本就是苏北难民潮时期旧社会的无良奸商偷工减料造出来的劣质工房，经年的战火硝烟与风霜雨雪更令其破败不堪，现实状况早已堪比棚户：房间低矮逼仄，终年阴暗潮湿，石灰墙和天花板上布满尿渍似的潮黄与霉斑，梅雨季到来或者台风过境时，火柴都别想擦着。除了阁楼的老虎窗和二楼最多能供三人演练"肉夹馍"的小晒台，仅存的两扇窗户都形同虚设，推开也望不见天空。

　　房子是联排建的，每两排肮脏建筑之间夹一条窄弄，碎石铺就的"弹格路"上常年积蓄着两旁住户泼出的生活污水。污水在夏天被烈日蒸发得云雾氤氲,穿行其中如漫游仙境,外加头顶上一排排竹竿挑挂出的湿淋滴答、遮天蔽日的"万国国旗",简直堪称最正版的"水帘洞"。为我办完异地转学手续后,考虑到从家到学校的实际脚程与地图上理论距离的惊人倍比,父亲将他摧残多年的一辆二八老"凤凰"以生日礼物的名义淘汰给我。那是一辆除了铃铛哪儿都响的狂野货色,那时我身材也还十分矮小瘦弱,跟此货几乎一般高,置身其上,乍看去活像打马戏团出逃的小猕猴。而为了稳住胯下这坨废铁玩意,我常常不由自主地咬牙切齿、面颊抽搐、目露凶光,尽管凭恃此等魔性的卖相足以让众多狭路相逢者远远地便惊骇莫名、避犹不及,但每个清晨与黄昏的往返征途依然是一段惊心动魄的奇幻旅程:要在雾蒙的水汽和生煤球炉的呛人浓烟中摸索探行,要提防身边不知何时会遽然来袭的各种诡秘"暗器",要灵巧地绕过那些穿着睡衣、打着哈欠去倒马桶,或刚从老虎灶打回开水的街坊……后来我与人打架斗殴基本都是靠反应迅速、动作灵活取胜,回想起来,或许就该归功于曾有幸经受过如此一段严酷的"忍者修行"。

不知多少幢面目相似的肮脏建筑,多少条这等惊险回测的昏昧弄堂,纵横交织出我此生记忆里最恢宏壮阔的一座迷宫。

所以,来上海后第一次独自出行,我就很不幸地迷路了。

02 白兰花

　　仿佛为了烘托我的凄惨处境,雨是在我迷路后才开始下的。出门至少已有一个多钟头,我还没走出弄堂。

　　工作日的仲夏午后,正是这片里弄老区最难得清静的时候。除了不知谁家半导体收音机里依稀传来的哀怨缠绵的苏州评弹和零星几点虚无缥缈的鼾声呓语,我耳旁就只剩下淅淅沥沥的雨声。

　　水汽氤氲的寂寂雨雾中,四下里搜寻不见一只活物。早已彻底丧失方向感的我在雨中垂头丧气踽踽而行,心中充满对人生前途的绝望。不远处不知谁家晾晒在灶披间外忘收的一簸箕毛豆笋干,分明已是第四次映入我眼帘。

　　我驻足在簸箕前,愁肠百转:是否应该趁早为晚饭考虑,打劫两把毛豆笋干?

　　正陷于思想斗争,突听头顶上方一阵嘈杂诡异声响,未及反应,只见一团黑影从天而降,气势如虹地擦过我鼻尖后坠落,在我眼前摔个稀巴烂——好在下着雨,路面淤着泥,这才没爆出将整条弄堂炸开锅的巨响,只发出一声怨妇咽气般惨兮兮、闷笃笃的哀鸣。

阵亡在我脚前的是一盆仙人掌。

仙人掌的体液残肢与碎陶片、土坷垃以及成分复杂的烂泥浆溅射我一裤裆,湿稠一片活似被人踢爆了卵。

我被天降横祸惊得魂飞魄散,一时间既忘了逃命也顾不上蛋疼,仓皇举目,将一对肇事者抓个现行:二楼晒台上,一个女孩正在一个男孩的协助下翻爬出护栏。女孩神色焦灼、手忙脚乱,男孩却神色淡定、有条不紊。这对犯罪搭档在精神面貌上仅有的共同点,貌似就是对楼下壮烈罹难的仙人掌和身心俱遭重创的"路人甲"——正瞪大眼睛见证其犯罪活动的我——完全视若无睹,似乎地上那摊惨绝人寰的黑灰黄绿玩意儿不是来自他俩正忙活着的晒台,而是原本就出产自我已落得相同视觉效果的裤裆。

目测两人都与我年纪相仿。男孩相貌英俊,气质不俗,异常白皙的肤色和过于清秀的眉眼在这片以工人家庭为主要阶级成分的"下只角"老区里相当罕见,穿着打扮的整洁得体更是能把我这刚走出苏北县城的"阿乡"甩出十条街。女孩也姿色出众,长发披散,穿一条海蓝色连衣裙配一双果绿色凉鞋,看气质,看身材,怎么看都是个出身良好发育也良好的良家少女。

连衣裙质料单薄,又已被雨水淋得透湿,后背轮廓分明地凸现出一根文胸扣带——在那个世俗观念还极其保守、穿比基尼都才刚算摆脱流氓罪定性的年代,我这还是头一回见识到告别了汗衫背心的同龄异性。

强烈的心灵震撼令我肃然起敬。

我呆愣愣地品鉴着女孩的背影,视线最终锁定在她脚踝上。

在离我鼻尖最近的那只如玉石般光洁白净的小小踝骨上,用细棉绳拴挂着两只同样如玉石般光洁白净,又如那只脚踝一般纤细紧致的白兰花苞。

江南小囡普遍有佩戴白兰花的习惯:拴于手腕上,挂于颈项间,别于胸前……系于脚踝上,我真是第一次看见。

虽然那时我早已无师自通地学会自慰,但还从未有过对着异性脚踝发情的经历——我完全无法理解自己此刻正在经受的感官冲击:我感觉自己的指尖仿似已经真切地触碰到了那朵紧致花苞中鼓胀着、颤动着的花蕊;感觉自己的舌苔仿似已经舔舐到了那只纤细足踝没有一丝褶皱的白净肌肤之下汩汩流动在毛细血管中的烫热血液……

"喂!"一声招呼如一声惊雷炸响在我头顶。我如梦初醒,茫然找寻声源,触碰到晒台上男孩乜睨下来的视线,我一哆嗦,扭头去张望身后……

"你个戆徒往哪里找!我叫的就是你。"

"把嘴巴合上,过来帮忙。"男孩吩咐我,口气就像使唤下人或招呼老熟人。

我应声合上不知已大张了多久的嘴,不知所措地望着他。

"我要跳下去,你在下面帮忙接我一下好不好?"耳旁传来急切的女声。我一扭头,正与女孩打上照面。

女孩胸脯起伏,面颊潮红,目光焦灼,楚楚可怜。我的大脑还未开始转动,就已被她的眼眸摄去了魂魄。我身不由己地迈步向前,张开双臂,摆出一个从《霍元甲》里学来的"骑马蹲裆式"。可是还没等我气运丹田,扎稳下盘,女孩似乎突然听见什么动静,竟连声预告都没给便宛如孟姜女投海一般纵身跃下……

长这么大,除了我那位"母夜叉孙二娘"投胎转世的野兽派老娘,我还从没见识过第二个这么敢玩命的异性,海蓝色的连衣裙在空中如花朵绽放——刹那间,我感觉仿若一颗原子弹当头爆炸,山崩海啸、地动天摇、斗转星移、宇宙洪荒……最后,天地间每一根雨丝都饱含辐射地闪闪发光……

然后,我就没鼻子没脸一泡污地给砸趴下了。

四仰八叉,涕泗横流,像被人从尾椎骨一电钻头打到脑门心——我想我是"仆街"了。但就在壮烈就义的同时,我本能推挡出去的一只手掌中,却因一团无以言喻的柔软触感而让我陡然又有了心跳——就像武侠小说中所描写的"被打通了任督二脉",一阵电流传导全身的酥麻刺痒过后,我竟感觉自己整个人都不可思议地烫热、肿胀起来,乃至于可以听见雨滴砸落在自己皮肤上的声响……

待一脑壳沸腾的脑浆被雨水淬火到勉强恢复意识的时候,女孩已不见踪影,我头顶上却有了新的动静。我顾不及擦抹满脸的雨水与口水,惶惶然昂首望去,悚然惊见晒台上粉墨登场了一位新人物:一位绝对堪称"虽属徐娘，丰韵犹饶"的漂亮阿姨正深蹙眉心探出头来阴沉地打量着我。

男孩仍在原处，双臂交抱胸前，气定神闲地杵在漂亮阿姨旁边，俨然已是一副看热闹的局外人嘴脸，若无其事得丧尽天良。我感受到了世界观的坍塌，目眦欲裂地瞪着他，没想到，此人竟然恬不知耻地冲我笑了起来。

他笑起来的样子十分古怪，先是左边嘴角抿紧，斜斜地撇扯出一条宛若刀痕的深纹，牵扯着左眼也略微眯缝起来，然后惊悚的一幕发生了：直到笑容定格，他的右半张脸竟然就像被割裂开了一般，完全处于瘫痪状态！

盯着这张吊诡至极的笑脸，我竟不由得悄然打了个寒噤。

"你叫什么名字？你是谁家孩子？你躺在这里做什么？你裤裆上是怎么回事？……"快用眼神将我扒个精光的漂亮阿姨开始机关枪般地发问，语调低沉，气势却咄咄逼人。

我无语凝噎，想死的心都有了。但没想到的是，还没等我暴露出足够的心虚、酝酿出足够的委屈，这位看来明显心情欠佳的长辈反倒突然就对拷问嫌犯失去了兴趣——目光中的穿刺力陡然削弱下去，转眼便黯沉为深深的疲倦，疲倦中又毫不掩饰地夹杂了嫌弃，懒得再多瞄我一眼似的，转身用病恹恹的腔调问那男孩："你爸呢……不是说请了病假在家卧床休息吗？怎么人又不见了？"

我没傻坐在原地继续扮演被全剧组轮番用完就扔的缺心眼道具。

我一骨碌爬起身，不要命地落荒而逃了。

　　我不记得自己后来花了多长时间、走了多少冤枉路才摸索回家。我只记得那个午后特别漫长，雨一直下，海蓝色的天空下，每一根纤柔雨丝都在向我闪烁出朦胧的微光。

　　整个夏天我都有些失魂落魄，再没独自去弄堂里晃荡过。令我起死回生的那只手掌心里还留下了某种奇特的后遗症，就像风湿性关节炎一样，每逢阴雨天，总有一种鼓胀、发烫的感觉充盈其中，让我拿不稳东西，舍不得洗手。有时空荡荡地捧举着它，不经意就会坠跌入心神恍惚的状态，连母亲刀刀见血的羞辱喝骂都唤不回魂来。

　　我以为这段不平凡的经历只是自己平凡人生中一个纯属命运搭错线的意外插曲，无论多么刻骨铭心，终究只是过眼云烟。但我错了。我没想到，开学第一天，我就与他俩冤家路窄地重逢了。

　　被劣质扩音喇叭放大到音色失真、频爆破音的雄壮国歌声中，僵挺在离升旗台最近的一个"豆腐块"最前排的我，一眼就认出了两位女旗手中负责升旗的那位——虽然她已换上完全不显身材的老土校服，长发也低调地扎成老气横秋的马尾，脚踝上也不见了白兰花。

　　刹那间，我心脏狂跳到直抵嗓子眼。然而更要命的状况还在后面：随着她升旗的动作——粗过我命根子的旗绳在她纤纤十指中被循环往复地、有力度有节奏地握紧与抽拽，鲜活在记忆里的那种难以言喻的刺麻、烫热、肿胀，遽然于我体内某个隐秘的部位勃发了。随着血液循环,以摧枯拉朽之势,不消片刻便火烧火燎地蔓延至全身每个毛孔,喷薄欲出地令我化身为一个火药桶——我惊觉到了自己裤裆内的恐怖异动。

不行注目礼被抓,顶多写个检查;顶破裤裆被抓,恐怕就只能去跳黄浦江了——我只得抬高视线,望向主席台后的教学楼。

一个来自苏北乡下的转校新生,对大上海的新校园有萌蠢的好奇,应该不会是个容易被戳穿的幌子。

我的眼神逐个楼层、逐间教室扫描过去。分神疗法开始见效,裤裆内渐趋偃旗息鼓。我刚想松口气,视野中却陡然蹿入另一张熟面孔:在被一棵老梧桐树的枝杈遮掩得阴凉隐蔽的二楼楼梯间,他大模大样地趴在窗台上,嘴角竟还叼着根烟!

我大惊失色,怀疑是自己做贼心虚加上被烈日晒昏头而产生的幻觉,便狠狠瞪住他,想拿聚起的元神把这晦气的幻觉给瞪灭了,谁知幻觉不但没灭,反倒像是被我瞪出了心理感应,居然一乜脸也向我遥望过来!

视线对接,我不得不绝望地接受残酷现实:没错,就是他,作为整幢教学楼内唯一的活物,作为全校师生中唯一胆敢不参加升旗仪式的"模子",正居高临下,以一副睥睨众生的傲慢姿态,赏玩着一操场如铁板烧般在烈日下吱吱冒烟的"戆徒"。

后来我才晓得,此人的猖狂是有资本的:成绩一直稳居年级榜首,去年还刚为学校挣回一张华罗庚金杯少年数学邀请赛全国一等奖的奖状——据说校长带领此人接受媒体采访时，简直恨不得当场将其认作干孙子。

眼神的角力，不消片刻我便败下阵来。但此人显然没把"穷寇莫追"的古训当回事，令我形神俱灭的终极大招毫不含糊地接踵而至——只见他就像是看穿了我心中的鬼祟，突然用手势冲我比画了一个瞄准射击的动作……

我不晓得被他瞄准的是自己的脑门还是裤裆。猝不及防之下，本已心虚腿软的我就像真的吃了颗枪子，一个天旋地转、重心不稳，险些人仰马翻……

狼狈不堪地站稳脚跟，不出意外，我再次领教到了他那种非人类的邪恶笑容。

我被他笑得心如死灰，预感到自己已在劫难逃。

下午放学后，我在校门口与他俩狭路相逢。男孩懒洋洋地跨坐在一辆女式自行车的后座上，用一声轻快的口哨截住我的去路，从容得活像召唤自家走失的宠物。眼看女孩眉目含笑地向我走来，我脸热心慌，束手就擒。

"你好！"女孩大大方方地同我打招呼，"没想到你也是我们学校的——奇怪，以前怎么好像没见过你？"

"我……我刚从外地转学过来，第一天来上课……"我没忍住瞟了眼女孩交握在身前的双手，磕磕巴巴。

"哦——"女孩嫣然一笑，"那咱们可真有缘分——欢迎你！"向我伸出一只手,"我们认识一下吧,我叫夏雪,夏天的'夏',雪花的'雪',"她回眸一指背后原地未动正往嘴角插进一根烟的男孩,"他叫严浩,严肃的'严',浩瀚的'浩'。"

我没敢去握她伸出的手。我既害怕自己又出现生理反应,也忌惮她背后的那双眼睛:男孩用一种看似漫不经心却令我芒刺在背的目光打量着我和我的寒碜坐骑。

"我叫苏昱……苏州河的'苏',上面一个'日'、下面一个'立'的'昱'。"

"昱?"女孩目露困惑。对这种听众反应,我早就习惯了——这个冷僻的古汉字,我就没遇见过认识的。

"日出的意思。"我告诉她。迟疑片刻,我又说道:"要不……你们就叫我小雨吧——这是我的小名,好记些。"

"好的呀。"夏雪含笑答应。就在这时,她背后那个煞风景的家伙突然插嘴道:"你怎么会有这么滑稽的小名?听着像个小姑娘一样——怎么来的?"

"说是我出生那天正下小雨……"这个授自父母的官方标准答案,我从小到大已不胜其烦地对无数人重复过。但我没老实交代的是,同龄人里,他们俩是头一对被我主动告知并授权使用这个小名的幸运儿。

照过往经验,关于我两个奇葩名号的话题到此就该结束。却没想到,看着就不像正常人的家伙又有了不同寻常的反应。他不动声色地盯牢我，若有所思地抽了口烟，问："你这两个搞笑名字，是同一个人给你起的吧？"

我又一次被他一枪撂倒——一愣之下脱口而出："对，都是我外公给我起的……"懵然俄顷，我不甘心地反问他，"你怎么知道的？"

他悠闲自在地瞟着我，一副高深莫测的德行。然后，我看见他的半边嘴角向上撇去——我明白自己又要受虐了。"给你十年时间，自己慢慢琢磨。如果十年后你还没想出来，再来找我要答案。"烟头一掷，他说道，"放心——我答应的事，一定会兑现。"

我被他的臭德行噎得无话可说。

"小雨你别理他，他就爱装神弄鬼，你越好奇他越来劲。"夏雪笑着解围，问我，"你今晚着急回家吗？"

她坦然地把目光望进我的瞳孔，目不转睛地等候我回应。黄昏正笼罩下来。燃烧在天边的晚霞倒映在她眼眸中，粼粼闪映出一种让我感到无比迷茫而又异常温存的东西——那是一种超越了我过往全部人生体验的迷茫，又是一种自脱离襁褓后我就再未感受到过的温存。就在这样一种心神恍惚的情境中，我身不由己地冲她摇摇头。

他俩不会知道，这一个摇头，是一个懦弱少年有生之年最勇敢的决定——我将为之付出的代价，是几个小时后，在黑灯瞎火的灶披间里跪上一整个钟头搓衣板。

而身为那个懦弱少年的我，也尚不知道，自己这个头脑发热的草率决定，意味着多年后怎样残酷的宿命。

"太好了！"夏雪欣然拊掌，"跟我们走吧。为报答你上次的救命之恩，我跟严浩商量好了要请你吃饭、看录像！"还没等我出声回应，她的视线已转向我那卖相惊人的坐骑，"你会带人吗？"

我想都没想就点了头——其实我唯一一次带过的人是某日着急出门的我老妈，结局是：摔得鼻青脸肿的我老妈把我暴打得鼻青脸肿。

"你骑我的车吧，我让小雨带我。"夏雪扭头招呼严浩。

我如梦方醒，懊悔不迭："你……你不怕——"

"怕什么呀？"她笑吟吟地反问道，饱含鼓励地冲我眨了眨眼，"我对你有信心，我知道你会保护好我的。"

当背后悄悄伸过来的一只手轻轻揽住我的腰时，我感觉自己就像一只鼓满海风的风筝，突然便拥有了翱翔天空的力量。

凉爽起来的晚风中，我隐隐嗅到白兰花的清香。

后来，我们一起吃了"东泰祥"的生煎馒头，一起在录像厅看了《阿飞正传》。

那时我们还不知道王家卫是谁。我们选中这部片子，只是因为它演员阵容强大：有夏雪最喜欢的张国荣，还有严浩最喜欢的刘德华。

看片名和海报我们都以为是黑帮片，没想到却是文艺片。

"以前我一直以为这个世界上有一种没有脚的鸟，它一生只能飞呀，飞呀，飞到死才落地。但是我错了。其实它什么地方都没有去。它一开始就已经死了。"

被导演刻意处理出濡湿、晦暗色调的电影画面中，当垂死的阿飞喃喃说出这段台词时，我用眼角的余光，瞥见坐在我和严浩中间的夏雪，静静地、缓缓地将身子向严浩倾斜过去，把脸颊轻轻地搁在后者沉寂的肩膀上。

03 桃花眼

严浩与夏雪同班。我跟他俩同年级但并不同班,甚至教室都不在同一楼层,所以平常碰面的机会并不多。

中考在即,作为一个异地转校还直接转进毕业班的倒霉蛋,可想而知我有多苦逼。但我依然坚持做到了几乎从不错过任何一次同他俩扎堆的机会:但凡他俩发起的聚会邀请,我点头从无迟疑;甚至早晨上学时或者晚上放学后,我经常还会早早埋伏到校门口守株待兔,只为能有机会伪造出一次"偶遇"。

长这么大,过去我还从未有过这等毅力执着于一件事,甚至不计代价到丧心病狂的程度——被母亲罚跪多少回搓衣板、打断多少根鸡毛掸都在所不惜。

我的悖逆表现令惯于施行威权统治的母亲极为震惊乃至兽性大发,一度将家中的戒严等级提升到令父亲都消受不住开始躲去厂里睡值班室的程度。但后来,眼见变本加厉的暴力管制完全不见效,母亲忽然又匪夷所思地切换风格,开始对我采取一种嘘寒问暖到时常令我肠胃不适的"绥靖政策",变得慈眉善目、忧心忡忡。母亲的诡异变化起初颇让我有些受宠若惊,直到有一天,我无意中偷听见母亲在向舅妈咨询上海哪家精神病院有开设青少年心理门诊——按照母亲的论断,我之所以会从她记忆中那个逆来顺受的懦弱男孩,基因突变成如此不服管教的问题少年,乃是因为一个没见过世面的小阿乡突然来到大上海,没扛住花花世界的巨大刺激,不幸罹患"失心疯"。

母亲错了。上海虽然很大,但我的世界依旧很小。甚至我在其中扮演的都只是个配角——用时髦说法来讲,我的身份叫作"电灯泡"。

这是个尴尬的角色:点亮自己,照耀别人,既磨炼意志,又考验演技,兢兢业业却赚不回喝彩——但我不在乎。我心甘情愿,如痴如醉,没羞没臊,无怨无悔。

可算安慰的是,两位主角对我都很照顾。那时我的身高连夏雪都没赶上,更别提一副混血儿气质的严浩。而且,用不着晒裤兜,单从穿着打扮上,谁都能一目了然我是家庭经济条件最差的一个。但他俩从不嫌弃我的卖相寒碜与囊中羞涩,不管去哪里、做什么,基本从不给我机会花钱;甚至不管看录像还是荡马路,他俩都总会相当有默契地让我们的排列组合始终保持一个相当照顾我存在感的固定模式:夏雪在中间,我与严浩分列两边。

在一起厮混久了,对严浩那副状若麻木不仁、诸事漫不经心、以万物为刍狗的"戳气死相",我渐渐也开始习以为常。只是我始终无从知晓这家伙究竟是天性便如此诡异,还是因为香港录像看多了,脑筋已不大正常。

严浩从未邀请我去他家做客。但我还是很快便厚颜无耻地混成了他家常客,甚至有时连招呼都不提前打,胡乱编个借口就跑去串门。

我得以如此无赖嚣张,得感谢此人有一对比他更超凡脱俗的父母。

他母亲——在晒台上与我打过照面的那位漂亮阿姨——有两大特点:一是记性差到离谱,要不就是有传说中的脸盲症,无论已见过多少次,一转脸就会又忘了我是谁;二是永远都是一副身心俱疲到仿佛跟闲杂人等多讲一句话就会过劳死的模样,对我卖乖讨好的主动问候基本从不回应。虽然偶尔也会阴沉着一张病快快的脸,声色俱厉地盘问我两句,但历史事实证明那只是走个形式——只待她回卧室一关门,就算我跟严浩在堂屋开赌场都别想再惊动她出来过问。

她没再向我提起过那个夏日午后的悬案,我相信她是真的忘记了。

严浩的父亲就更不构成威胁了:无论工作日还是节假日,白天还是晚上,我几乎就没撞见过他在家。

鉴于严浩母亲的美貌,不出意外,他父亲也是个老帅哥:身材相当匀称,白净肤色与清秀五官能让不少年轻女性都自惭形秽,特别是那双水汪汪的细长眼睛,眼角弯得像能勾人魂魄——后来我才晓得,长成那样的一双眼睛,就是中国古典文学中与"狐狸脸"并负盛名的"桃花眼"。

老帅哥说话总是慢条斯理、温文尔雅，穿着打扮也时髦讲究、派头十足：总是白衬衣掖在裤缝熨得笔挺的西裤里，配一双擦得油光锃亮的牛筋皮鞋，头发也用摩丝打理得油光水滑，像极了电影里20世纪30年代旧上海"白相"十里洋场的"奶油小开"。

最令我叹为观止的是：无论何时何处遇见他，他胸前口袋里都一定雷打不动地插着一把同他头发一般油光水滑的梳子。

相比自己的夫人，老帅哥要招人喜欢得多：永远春风满面、笑容可掬，甚至有时还会从兜里掏出几颗高级糖果打赏我。当然，最让我感恩戴德的优点还是：他比自己的夫人更不关心我整天跑去他家里做什么，以及严浩和我没事都在瞎鼓捣什么。

对于严浩能有一对这样想得开的父母，我曾一度羡慕得无以复加。

严浩的长相完美继承了他父母双方的优点。但当他笑起来的时候，那张左右割裂宛若阴阳两界的脸，简直使他的物种属性都堪存疑。

我时常会在他脸上或身上看见一些奇怪的伤痕。青紫、瘀肿，有时竟严重到大片的血痂乃至敷裹着渗血纱布。这些伤痕与他清秀的眉眼和白净的肤色构成强烈的视觉反差，分外触目惊心，让我感觉他就像是一只一旦远离人群便会现出嗜血原形的野兽，每回挂彩归来，都是幸存自需以齿爪搏命的丛林荒野，而非朗朗乾坤、昭昭白日的人间。

他从不肯对我说出受伤原因。但我能隐约猜到——有一次，我不请自来地突袭至他家门口,被屋内传出的堪比拆房子的火爆动静惊得门都没敢敲。好奇心驱使我在门板外凑耳偷听了一阵,令我困惑的是,无论多夸张的动静,我能捕获到的人声始终只来自他母亲,他和他父亲竟无半点声息。

熟读武侠小说的我深刻知晓,相比于我母亲那种只会将凶残暴戾张扬在明处的二流女歹徒——譬如裘千尺和梅超风,真正歹毒出境界的,往往却是那些擅于自我伪装得楚楚可怜的悲情人物——譬如熊婆婆和天山童姥。

基于自己悲催程度不遑多让的家庭生存体验,我对他的处境深感同情。同是天涯沦落人,我试图与他惺惺相惜,此人却毫不领情——无论我如何循循善诱,都始终撬不开他的嘴。

在同龄人里,我还从未见过比他更善于掩藏情绪的人——在他脸上我甚至都没看见过"难过"这种表情。

事实上,在我印象里,除了那副堪称招牌的古怪笑容,我几乎就没在他脸上再捕捉到过其他任何可以被确凿鉴定为是表情的东西——即使偶尔有过,给我的感觉,也不过是在宾馆房间的门把手上挂出来一块写着"请勿打扰"字样的牌子,至于紧闭的房门之后究竟有着什么、有过什么、将会有什么,或许永远都是不解之谜。

每逢此人满不在乎地张扬着自己的可怖伤痕与古怪笑容时,向来擅长活跃气氛的夏雪也总会变得异常寡言少语。沉默中有一股让我感到不安的湍急暗流。

我没有去过夏雪家,也不晓得她住哪里。

在校园外的世界里,我若想见到夏雪,唯一的途径是先找到严浩。

中考前夕,家里发生一件大喜事:在我那位倔强得就差脑门长犄角的母亲日复一日不屈不挠地持续上访攻势下,夹在我母亲和那伙霸占我家老洋房的"造反派世家"中间、对两边都既头疼又没辙的市政府,终于招架不住催命的折磨,拿出个破财消灾的折中方案,为我家解决了最后一个"历史遗留问题"——在古北新区一个刚建成的高档涉外住宅小区里,补偿给外公一套三室一厅两卫的精装新房。

那个年代在上海,这样规格的一套房子,对广大无产阶级小市民——更别提我们这种"下只角瘪三"——而言,简直堪称豪宅,可想而知大家有多激动。然而,当外公提议把弄堂老房子出租出去,全家人一起搬去住新房时,拼搏来这套新房的功臣——我母亲却断然拒绝了外公的好意,不管大家如何好言相劝,坚持要留守弄堂。

虽然母亲故意表现出一副懒得多费口舌的不耐烦模样,但她没说出口的真实原因,大家都心知肚明:母亲想趁这个机会与外公分家。

母亲对外公的彻骨仇视,在家里一直都是公开的秘密——所有人心里都一清二楚,但没有人愿意捅破那层窗户纸。

因为对外公的怨恨,母亲十六岁时不告而别离家出走,成了一个险些永远失去故乡的下放知青。因为对外公的怨恨,我出生后十几年间她从未带我回过一次上海;因为对外公的怨恨,回上海后,虽然囿于客观条件不得不蜗居在同一屋檐下,她也从未给过外公一个好脸色看。

我不明白一对亲生父女何以结下这等无可消弭的深仇大恨,只能凭零星收集的往事碎片,推测出一个看似最合逻辑的解释:母亲怨恨外公,是因为母亲怪罪外公毁掉了她的人生。

上海有过许多传奇,外公便是其中之一。

外公祖上本是无锡的屠户,杀猪卖肉为生,清同治年间,因创制出酱排骨的秘方,凭经营熟食生意发家。太平天国运动爆发后,为避战乱,举族迁居到上海,开始与洋人合作经商办厂。此后数十年间,外公的家族为老上海滩的政、商、学三界都贡献了不少响当当的人物。而之所以会沦落到今天这步田地,罪魁祸首只有一个人——我的外公。

外公的父亲是 20 世纪 30 年代的纺织业大王,他的哥哥姐姐们自小就被送到国外念书,后来也都分别在香港、南洋、欧美自立门户或嫁作人妇。只有身为小儿子的他,因为降生人世时父母年事已高,按中国传统说法这叫"天赐麒麟送老",所以他的父母没舍得放手,把他留在上海,倍加宠爱。大学毕业后,外公以家族事业接班人的身份进入父亲的纺织公司做事,但谁都没想到他竟然背叛了自己的家庭:从起初偷偷挪用公款资助共产党,到后来竟干脆带领自家工厂里的工人们直接干起了革命。解放后,继承族长地位的外公罔顾众议,将百年家族产业全部捐赠给国家,自己则以民主党派身份被安排进纺织部任职。"文革"前夕,形势逼人,海外亲友纷纷来信来电敦促当时已被划

成右派并贬谪回上海接受教育改造的外公尽快带领其他在沪亲眷离
开大陆,他在香港的大哥甚至冒着生命危险潜回上海,强逼外公随他
去香港。

按预定计划,应是外公先随大哥探路,待逃亡成功并安顿妥当后,
其他亲人再去投奔。但没想到外公竟再次干出一意孤行的疯狂事:下
榻香港当夜,待大哥入睡,外公悄悄起床出门,坐上了返回上海的客
轮。离开时,他在床头给大哥留下一张字条,上面用他堪称招牌的瘦
金体只写了简简单单十个字:生是中国人,死是华夏土。

这一堪比电影的戏剧化转折,对我幼小心灵造成的冲击委实太过
震撼,以至于我根深蒂固地脑补出一幕逼真如亲眼见证的画面:嘶哑
苍凉的汽笛声在橙黄色的黎明里渐渐刺穿笼罩海港的浓雾,彻夜未眠
的外公石雕泥塑般茕茕孑立在空无一人的船头,手中紧攥着他那顶至
今戴着的旧灰呢鸭舌帽,用布满血丝的双眼目光灼灼地试图探望清楚
雨雾蒙蒙中等待他的前方。

那一刻他无论如何都不可能想象到吧,在前方等待他的,已不再
是他的故乡上海,而是一片即将染红在血雨中的泪海——外公的这次
任性,将他自己以及上海所有亲人的命运都推入万劫不复的深渊:他
母亲被红卫兵殴打致死,他身为圣约翰医学院院长的舅舅受尽凌辱投
苏州河自尽……

所有海外的亲属——包括他骨肉同胞的哥哥姐姐——从此都与
他彻底断绝了关系,也都再未踏足过上海这片哀伤之地。

　　劫后余生的外公如今早已不复当年热血青春时的传奇风采,看起来只是一个尤为阴郁孤独的平凡老人。他很少说话,甚至我从未见他主动冲谁笑过。他很少出门,甚至很少出他独居的亭子间。通常只有家里其他大人都不在的时候,他才会偶尔出来在公共空间里稍事活动,但多数时候也只是形影相吊地枯耗在晒台上,反剪双手,凭栏伫立,若有所思地举目凝眸,许久都纹丝不动,不晓得在眺望什么。可以确定的是他绝不是在看风景,因为站在晒台上,视野里除了头顶上那一方逼仄似井口的天空,就只剩下四周斑驳肮脏、颜色如同腐烂的瓦片泥墙。

　　若遇上天气晴好的午后,有时他会把他的老式电唱机也搬上晒台,坐在藤椅里听黑胶唱片。他总是循环播放同一张唱片。那是一张在我少年记忆里成为巨大谜团的唱片——由于外公严禁任何人擅自触碰他的私人物品,所以我一直没机会搞明白那是张什么唱片。而那音乐委实诡异至极,甚至堪称惊悚——在我的印象里,它只能被算作是一种干涩发紧的摩擦声,就像有人在用残破的指甲苦苦抓挠毛糙的门板,或是在拿一根粗硬的绳索来来回回勒绞自己的脖颈,单调而又反复,时常令我感到浑身发冷、喘不上气,听着听着便不由自主地开始跟着磨牙。

　　外公对这种恐怖声音却表现得相当适应——甚或堪称受用。他会闭起眼睛,在音乐中渐渐蜷曲身体,用手掌按压住心脏部位——让我一度担心他是心绞痛发作,但很快又会渐渐松弛下去,举起双手,拢住面颊,开始缓慢而用力地摩挲——让我又怀疑他是在哭泣。但实际上他的面容却只有疲倦,疲倦而又异乎寻常的安宁。

这是一种始终让我感到困惑和不知所措的情境:此时的他,仿似已独自进入与我完全不同的另一个时空。

我牢牢记得,有一次我曾试探性地悄悄逼近他身后。当时他侧对着我,晒台外是浸透血色的黄昏,没有一丝风,落日的一撇余晖斜斜涂抹在他瘦削干枯的脸颊上,如同蜡像上那一层光洁细润的油彩——就是这样一幅看似宁静祥和的画面,在我懵懂的眼眸中竟映射出相当惊悸的视觉感受,令我强烈地觉察到,有一种强大到不可思议的能量正阻隔在我与外公之间,就像是一道透明的玻璃幕墙,令咫尺开外的我竟无法再向前迈出半步。

有时外公会随唱片旋转自言自语。细碎呢喃的上海话掺杂着不知哪国语言——我一句都听不清也听不懂。

04　樟木箱

就像身为族长的外公不肯离开上海，其他家族成员也都无法离开一样，身为家长的母亲要留守弄堂，我与父亲自然也只能乖乖奉陪。

父亲显得有些失落，我倒是满心窃喜——甚至看着父亲的胸闷相，我还格外神清气爽起来。

虽然凭良心讲，父亲对我的态度比母亲要人道许多，但我始终谈不上对他有感情——自从多年前我无意中偷听到他的一个秘密之后，我内心里就再未把他视为自己的父亲。当然，他本人对此还毫不知情。

分家工程结束后，母亲把外公的亭子间改成储藏室，把舅舅的阁楼封赏给我。虽然只是个大部分区域连腰都伸不直的小阁楼，但相比于原先跟父母床挨床只扯条破帘子遮私避丑的窘困处境，我感觉自己的居住档次已经有了划时代的飞跃：不仅平生第一次有了私人领地，而且夜里也不必再消受来自舅舅与舅妈的"法定流氓活动"的凶残折磨。

　　与我一同进驻阁楼的还有外公没带走的几个樟木箱。樟木箱被溜缝夹塞在阴暗角落,箱盖上积攒的厚厚灰尘更令其存在感淡薄,以至于第一个发现它们都没上锁的人并不是与之朝夕相守的我,而是头一回受我邀请登门做客的严浩。

　　父母都不在家,又有严浩和夏雪这两个犯罪经验丰富的同伙壮胆,当然不能放过这个开箱寻宝的好机会。

　　我发掘到的宝藏是一箱书,都是解放前出版的,法国和俄国的翻译作品居多。夏雪发掘到的宝藏则是外婆的一箱旗袍:竹青、艾绿、黛蓝、月白、胭脂红、荷花粉……逛遍20世纪80年代的整条淮海路都数不出这么多色彩。夏雪啧啧赞叹,爱不释手,得到我越俎代庖的批准后,美滋滋地开始献演她的"老上海摩登时装秀"——从箱子里挑出一件又一件旗袍换上,作为搭配,用也是箱子里找到的几枚簪钗将长发盘出各种花式的发髻,赤足踏在吱呀作响的阁楼木地板上,嘴里再哼上一曲邓丽君或周璇的"靡靡之音",身姿婀娜地学时装模特走猫步,又或是效仿电影明星的腔调拗出某个定格造型,或颦或笑,或嗔或怨,让身为忠实观众的我大饱眼福、意乱情迷。

　　严浩对我俩的幼稚活动毫无兴趣。他唯一感兴趣的是一本老相册。此人盘腿端坐在老虎窗下,就着一道尘烟升腾的光柱,嘴角斜叼着烟,以堪比谍报人员的不动声色和细致缓慢,将相册里的照片一张不落地检视过去,神情专注得像是不打算放过任何蛛丝马迹。在一旁看着他这副诡异模样,我竟不由得回想起幼年记忆里一个刻骨铭心的场景:人潮汹涌的县城庙会上,在母亲怀抱中的自己,瞪大双眼,屏牢呼吸,浑身绷紧,死死盯住魔术师迟迟不肯从他那顶华丽礼帽内抽拔出来的手,既满腔期待又满怀警惕,既心生恐惧又心存侥幸……说实话,由于被此人颠覆三观已是我们的友谊常态,我真不确定我能猜出他又在鼓捣什么古怪——就算他从相册里变出一只兔子,恐怕我都不会意外。

有时我真觉得,这家伙其实是我前生的仇家,今世特意潜伏到我身边,正以其暗黑至极的怨念和非比寻常的耐心,在极尽阴险歹毒地构建一个极其复杂可怕的陷阱,终有一日将赐我粉身碎骨、万劫不复。

他没有变出兔子。他终于从相册中抽拔出视线,招呼我跟夏雪围拢过去,拿夹烟的手指住一张相片,一脸高深莫测地吩咐我俩细看。

那是一张外公的黑白单人照:身穿一件深色风衣的年轻外公,身姿挺拔地伫立在光影迷离的夜上海街头。定睛细细端详半晌,除了正当青春的外公面无表情的脸庞上那一双格外深邃的眼眸,我没能找到其他任何吸引我注意力之处。

"这是你外公?"夏雪问我。我点头。"真帅啊……"她感叹道,扭头看我,"小雨,其实你跟你外公长得真蛮像的……"

"哪里有……"我羞涩难当,"你没看我外公个子比严浩还高,我……我个子还没有你高……"

"那是因为你发育迟,还没长大。"夏雪笑了,抬手揉了揉我脑袋,"小雨,你不知道基因的力量有多强大——鸡窝里飞不出金凤凰,可是

丑小鸭一定会变成天鹅。相信我,再过些年,你一定会变得又高又帅,
跟照片上这位帅哥不相上下。"

　　我被她揉得丹田一热,慌忙逃躲开她的注视,转脸去请教严浩:
"你到底想要我们看什么?"

　　严浩没搭理我,转问夏雪:"你呢——你看出来了吗?"

　　见夏雪也摇头,此人笑了,笑得云淡风轻、意味深长,对夏雪摇头
叹气:"你看不出来,还可以理解,小雨看不出来,说不过去啊……"

　　见他这副装腔作势的臭德行,我与夏雪相觑苦笑——凭经验我俩
都相当清楚,再追问下去一定也是白费口舌、自取其辱。

　　但他丢下的这道谜题却把我折磨苦了——那天晚上我失眠了。
辗转反侧,燠热难耐。苦思冥想无解,最后我干脆蹑手蹑脚下床,再次
翻寻出那张照片,拿上手电筒,翻爬出老虎窗,坐在陡峭的屋脊上,打
开手电,举起相片,着魔般地凝视进去。

　　我终究没能找寻出答案。然而凝视久了,我却产生一种奇怪的错
觉:我强烈地感觉到照片上的青年外公仿佛只要一转身,整个旧上海
十里洋场的流光溢彩、纸醉金迷,就会从他背后汹涌而出、澎湃而来,
转眼便如海潮般淹没我,淹没这座城市……

　　但是外公没有转身。他只是默默无言地与我对望着。在他深邃
的眼眸里,我只看到一片无边的寂寥夜色。

　　那年中考的作文题是"我的理想"。我写的是想当作家,夏雪写的

是想当一个飞遍整个世界的空中小姐。我俩都没能问出严浩写的是什么,只知道最后放榜出来的成绩单上,此人其他科目都是满分,只有语文,竟丢了整整二十分。

我记得那道作文题正好就是二十分。

因为这二十分,严浩辜负了常年纵容他违法乱纪的中学老校长的宠幸,和夏雪一同考进一所普通高中。至于我,一不小心竟考进了一所重点高中。

暑假开始后很久都没有他俩的音讯。我终于把持不住,决定主动出击。那是个日头格外毒辣、空气格外闷湿的午后。还没拐进严浩家弄堂口,我就已察觉到那里面的不寻常动静:似乎所有门窗都打开了,所有活物都出动了,腥浊似泔水、黏稠如岩浆的滚滚声浪自昏沉甬道内热气腾腾地溢涌而出,将我冲撞得目眩耳鸣,双腿也开始失重悬浮。最为惊悚的是:在如此大气磅礴的交响音效中,不时还突兀出几嗓子凶神恶煞的喝骂和凄厉到难辨性别的号哭。

这时节这钟点的弄堂,如果不是发生了什么特别重大的"三俗"事件,就算有领导来视察、媒体来采访,都未必能热情到如此生机勃勃、欣欣向荣。

迎面杀来一波波手举肩扛各种大件小件家具杂物的搬运队伍,都是些流氓阿飞扮相的社会青年,穿紧身背心或衣领敞到胸口的花衬衣,烫鸡窝头,戴蛤蟆镜,气焰嚣张如国产电视剧里伪军进村扫荡,一路吆五喝六,过处鸡飞狗跳。

我硬着头皮把自己硬塞进兵荒马乱的弄堂,一路小心避让,然后远远望见了严浩的母亲。她穿戴打扮得格外年轻漂亮,还画了相当艳丽的浓妆,却是一副面如死灰的僵硬表情。一个我从未见过的中年男人趾高气扬地站立在她身旁,一只手从背后攫捏住她一只肩头,将她搂贴在怀里。中年男人长得蛮像《英雄本色》里的狄龙,个头不高但身材精壮,而且派头十足,穿得像个"文明绅士",腋下夹着皮包,腕上戴着金表,梳一个油光光的大背头,眯缝着眼睛,笑得旁若无人。他俩背后还硬邦邦地呆杵着一个保镖模样的家伙,黑西服,黑墨镜,大汗淋漓地为严浩母亲撑着一把粉底黄花遮阳伞。

我鼓足勇气又往前趋近几步,于是找到了严浩:他远离母亲,吊儿郎当地瘫靠在墙上,眼皮都不抬一下地自顾闷头抽烟。我顿住脚步,正纠结进退,蓦地只闻一通嘈杂乱响与惊呼怒骂,眼见一条人影跌奔出楼,一个狗吃屎摔扑到严浩母亲脚前,一把抱住后者双腿,开始连扯带摇,连哭带号——我至少迷糊了几秒钟,才确认自己没有看错:这个哭得活像个撒泼放赖的三岁小囝的家伙,竟是严浩的父亲。

严浩父亲衣衫不整,脸上糊满鼻涕眼泪,昔日风情万种的一双桃花眼也红肿成了两坨熟到烂透的"桃子眼",不仅完全颠覆了他在我记忆中的英俊潇洒形象,甚至让我不禁开始怀疑此人是不是一个部件齐全的男人。

令人瞠目结舌的狗血一幕引燃了新一轮观影高潮——四周围交头接耳、嗤鼻咂舌的声浪一时盖过了主角的哭号,令我完全听不清楚严浩的父亲在语无伦次地哭号些什么。但无论他如何卖力纠缠,他的妻子却始终一声不吭,只是目光越发涣散,面色越加惨淡。一旁的中年男人脸上终于现出不耐烦的表情,低声吩咐了句什么,从楼里追出来的几个小青年立刻上前围拢住严浩父亲,揪头发将其掀翻在地,开始拳脚相加,下手相当毒辣,毫不避讳要害命门,严浩父亲的哭号瞬即变成求饶,最后竟干脆双手护头、双脚乱蹬,开始满地打滚。

我看不下去了。我再次望向严浩,只见他不知何时已把头扭转向这边,正一脸漠然地盯着自己父亲挨揍。我刚想冲他招手,他也看见了我,目光交汇,我张开嘴却没能发出声音,他也没吱声,兀自不紧不慢地抽完最后两口烟,这才弹飞烟头,径直向我走来。途经仍未消停的"打地鼠"战团时,再高明的观众恐怕都料想不到的一幕发生了——只见严浩突然刹住脚步,助跑,以堪比马拉多纳的一个飞脚射门动作,狠狠踹向他父亲恰巧暴露出空当的屁股……

创纪录的一声惨叫响彻云霄。而后整个世界万籁俱寂——在这宛若时间暂停般的静止一刻,严浩作为定格场景中唯一的活物,顶着当仁不让的主角光环,无视四周围那一丛丛沉默的视线就像一颗颗无形的子弹在他周身溅起一蓬蓬硝烟,目不斜视地昂着头,以照旧懒散的步伐,径自走到我面前,淡淡地对我吩咐一句:"走,陪我去打桌球。"

紧随此人兜转过几条弄堂,我终于忍不住问他:"你是不是要搬出去了?"

他点点头,言简意赅地告诉我:"他俩离婚了,我跟我妈过。"没等我想出下一句台词,他嘴角赫然撕扯出冷笑:"真他妈搞笑……轧姘头轧这么老久了,居然还好意思讲,说拖到现在才提离婚,是怕影响我中考。"

我懵然俄顷,突然省悟,愕然失声:"难道你妈也……"

他不再开口。扭曲的笑容僵固在他半边脸颊,似刀斧刻凿在惨白的石灰墙上,有看不见的碎片簌簌剥落。

我没敢再多问一句傻话。

在沉闷的气氛中打完几局桌球,在路边摊各吃了一碗柴爿馄饨跟两个油墩子,心照不宣按老规矩,我们晃悠到录像厅。他提议看《纵横四海》,我小心翼翼地劝说他还是看王家卫的《旺角卡门》吧——选择这部片子,我嘴上给出的理由是向他强调主演是刘德华,没敢说出口的真正原因是我真心认为此人眼下不适合看过于宣扬暴力的动作片——基于《阿飞正传》留下的深刻印象,我以为王家卫拍的都是文艺片;况且录像厅小黑板上的宣传语也写得很明白:一个让你为之泪流满面的凄美爱情故事!

他没跟我多费口舌,从裤兜里摸出一枚硬币,问我:"'字'还是'花'?"

自打看过《至尊无上》后,此人就跟电影里的刘德华学来了用硬币解决争议的癖好。可惜他自己手气太不争气,总是输给夏雪或我,这次也没例外。

几十分钟后,我发现自己被录像厅老板给骗了:看他写的煽情介绍以为是文艺片,没想到却是部黑帮片。

散场灯光亮起时,严浩打着哈欠站起来,扭头瞟了我一眼,嘴角撇出讥笑:"你怎么哭了——跟个小丫头片子一样。"

许多年后我才知道,录像厅老板的那句介绍语其实并没写错,这部电影的英文名叫 *As Tears Go By*,来自滚石乐队的一首老歌,翻译成中文就是:随泪水流逝。

他坚持要陪我走回去。并肩走在夜深人静的弄堂,我俩各自闷头抽烟,一路无言。在弄堂口挥手道别后,我刚走出几步,他却突然又从背后将我叫住,沉默片刻,问我:"我记得你好像说过,你的理想是当一个作家?"

"嗯……"我愣愣点头。

"如果将来你真当上作家了,写小说的时候把我写进去好不好……写得酷一点,像电影里的刘德华一样。"

我如释重负,笑着满口答应:"没问题!要不到时候你看着我写——你想让我把你写成什么样,我就写成什么样!"

他嗤笑一声,陷入沉默。

"可能那个时候我已经死了。"我突然听到这么一句。虚无缥缈的声音,漫不经心的口气。像是随口开个玩笑,又像是从他背后深不见底的黑暗里远远传来的另一个人的声音,让我不禁感到一股寒意陡然自脚下升起……

沉沉夜色中,我俩定定对望,我看不清他脸上的表情,但他瞳孔里却分明闪烁着一种我从未见过的、让我感到非常慌张迷惘的东西……

"你别乱讲这种莫名其妙的话……"我讷讷地对他,抑或他背后隐身于黑暗深处的那个陌生人说。

他不再有任何回应,缓缓抽了口烟,默默转身离去。

直到暑假结束我都没再见到过他——自然还有夏雪。

开学前夜,收拾屋子时,我无意中在床下捡到一朵不知已在那藏身多久的白兰花——显然是夏雪落下的。

曾洁白如玉、饱满紧实的花苞早已枯黑干瘪,而且变得黏黏糊糊、皱皱巴巴,像擦过鼻血的一团卫生纸。

捧在手中端详良久,我将它凑近到鼻孔前,闭起眼睛,用力深吸了一口气——一种超出我人生经验的嗅觉感受瞬时充盈我的颅腔,令我不由自主地浑身哆嗦了一下。

我难以用言语准确描述那种气息——或许发生过类似发酵的化学反应,隐约残留的甘甜中掺混着水果太过熟透后的酸苦。然而不可思议之处正在于:这种腐败的气息,竟是那么馥郁醇厚、肉感丰盛,令我心神浩荡,简直不能自拔……

夜深人静。自老虎窗倾泻进来的皎洁月光潮涌在我赤裸的胸膛上,蒸腾、浸润着被我搁在心脏位置的腐败花苞,令它仿似也有了心跳,以及一种几欲融化开的错觉。

我闭上眼睛,一只手探入裤裆,缓缓地、克制地感受着某种熟悉的烫热、肿胀再一次饱满地充盈于掌心。

　　闪闪发光的雨丝,带着我少年躯壳内所能勃发出的全部湿灼梦幻,无声无息地,落在无边无际的黑暗里。

05　剔骨刀

"喊小雨哥。"严浩吩咐道。毕恭毕敬侍立一旁的"汉奸头"立刻满面谄笑地冲我点头哈腰:"小雨哥好!给小雨哥请安!"

"不好意思,我不会抽烟……"我大脑停顿了足有几秒钟,才赶忙推挡开对方敬过来的一支中华,"请问,你是……"

"报告小雨哥,我是浩哥新收的小弟,我叫陆琪,道上的朋友都叫我陆陆——""汉奸头"嘴嘟得跟鸡屁股似的,把"陆"发音成了"撸",还眨巴着眼冲我比画了一个再生动形象不过的下流手势,一脸淫贱坏笑——自以为活泼可爱的小"戆逼样子"估计没看出来我想弄死他的心都有了。

我不再搭理此货,转脸望回严浩。在我就读的那所高中校门口小卖部的凉棚下,霜寒未消的潋滟春阳里,眼前这张阔别已久的面孔,看起来既熟悉又陌生:眉眼完全如故,懒散淡漠的臭德行也无分毫变化,只有发型改换成了在上海极少见、在港产黑帮片中特常见的那种"铲青头"——耳侧泛着淡青色光泽的裸露头皮与此人的清秀眉眼所形成的强烈视觉反差,令我如鲠在喉,一时竟不晓得该如何开口寒暄。

"走吧,跟我吃个饭去,带你认识几个新朋友。"他用吸管啜尽最后一口汽水,将空瓶杵回柜台,轻描淡写地招呼我。

熟悉的台词,熟悉的腔调。于是我明白,他并不需要我费劲寒暄,也并不打算向我做何解释——正如当初不打一声招呼的失踪,他就这样没一句解释地回来了。这就是我所熟悉的那个他:我只能选择是否无条件接纳,由不得自己是否甘心。

"我——"我确实不甘心,想搜刮出些搪塞的借口,为自己两年来惨遭遗弃的受伤感情好歹争回点姿态,但他只用四个字就一举攻陷我的负隅顽抗——"夏雪也在"。随即伸手过来从我肩膀上扒拉下书包,甩手丢给一旁已眼明手快摆出捧接架势的陆琪。没等我从心如悬旌的恍惚中醒过神来,双肩交叉斜挎两个书包——他自己的和严浩的——怀里又捧上一个我的书包的陆琪,已屁颠颠地蹦跶到马路边,大呼小叫地拦下一辆出租车。

只要能再见夏雪一面,我以为自己可以不在乎一切。但我错了,刚一脚迈进火锅店包间,我就不争气地蔫了:严浩口中所谓的"几个新朋友",竟是乌泱泱一大桌卖相惊人的江湖人物——光头锃亮的,满臂刺青的,敞着胸毛的,颈上拴着手指粗的金"狗链"的……过去只在香港黑帮电影里见识过的阵势,惊得我就地"仆街"的想法都有了。

某位"德高望重"的老前辈发话要"老少朋友错开来坐",于是我被分配到一个四处蹭烟、四处插话的刀疤脸和一个运筷如飞、口沫横飞的彪形大汉中间。夏雪就坐在我对面。但我只要抬眼望向她,就至少得跟三五个人打上照面。特别是有一个目测与我年纪相仿、满脸化脓青春痘的家伙,就像跟我有心灵感应似的,几乎每次我故作无意地偷眼瞄向夏雪,都会撞见他不知有意还是无意也正乜瞟向我的视线——那双阴恻恻的小眼睛总是显得凶光毕现。

现场的"新朋友"中,此人是给我留下最深刻印象的人物。不仅因为他内外兼修到如臻化境的猥琐相貌与阴险气质,更因为虽然我没跟他有过一句交谈,却有一种难以言喻的强烈预感:此人早晚有一天会找上我麻烦。

此人名叫赵志鹏,是严浩收的第一个小弟,也是最得力的一个——据说他虽卖相欠奉,却有个最靠谱长处:打架真敢玩命。

陆琪告诉我,此人那个看起来格外沉重的书包里面常年揣着一把"张小泉"牌剔骨尖刀,而且这把刀只要被此人掏出来,必定会见血——"你武侠小说看多了吧?"险些被噎到的我不以为然地讥诮道。陆琪赌咒发誓说他绝非讲笑,但我还是坚持认为摆噱头的成分居多——当然,我也绝不希望自己有机会眼见为实。

这位"赵氏刀客"的身世相当凄惨:父亲是长途货车司机,多年前一个大雨大雾的清晨,连人带车开进了苏州河,自此他便与做环卫工的守寡母亲相依为命。他家住在虹镇老街恶名远扬的棚户区,我后来去过几次,最强烈的感受是:他整天揣在书包里的那把刀,很可能是他家里最值钱的一件家什。

江湖群雄吵闹不堪,吃到火锅烧干、菜盘见底都没见有散场的意思。十几杆老烟枪锦标赛似的喷吐浓烟,甚至还有"扎台型"的"装×犯"抽的是拇指粗的雪茄,搞得没窗户的密闭包间内云遮雾罩,活似澡堂——别说桌对面的夏雪,我连身边的刀疤脸上的刀疤都找不见了。我被吵得头痛欲裂,熏得泪流满面,终于熬不住,离席去上卫生间。从卫生间出来,我没回桌,反向拐进厨房间——上海许多拿老民房改造的餐馆都有个本地化特色:厨房间直通后面的弄堂。这家火锅店果然也不例外。一脚迈出厨房间后门,扑面而来的凉爽晚风简直令我如获新生。但让我大感意外的是,晚风中竟隐隐飘荡来白兰花的香气——我茫然四顾,看见了夏雪的背影。

静悄悄伫立在夜色中的柔美身影,像一朵羞答答绽放在月光下的白兰花。

我静悄悄踱步到她身后,羞答答打了声招呼。她一转身,我却悚然一惊——我赫然看见她指间竟夹着一支点燃的香烟。

"你怎么学会抽烟了?!"我大惑不解——我分明记得当初她曾怎样苦口婆心地劝严浩戒烟,叮嘱我别跟严浩学抽烟。

她沉默片刻,微微一笑:"因为我长大了呀……不是个单纯的小女孩了,过了吃糖果就能开心的年纪了。"

我如鲠在喉,一时失语。她善解人意地更加嫣然一笑,转移话题问我："你怎么也出来了,是不是待在里面很不适应?"

我忐忑地点头。

"我劝严浩了,让他别拖你来这种场合,他根本不听……"她轻声叹息,摇头苦笑,"不过也好……来亲眼见识一下这些反面教材,或许能让你更清楚自己的人生真正应该追求什么。"

我犹豫着,鼓足勇气问她:"既然你也不喜欢这种场合,为什么要来呢?"

我眼巴巴地守望着她的回应。她目光出离地沉吟良久,开口却答非所问:"小雨,你知道吗? 人生的选择其实并没有什么对错好坏的分别,真正重要的是,你会不会后悔——将来,会不会有那么一天,在已经没机会后悔的时候,才突然如梦初醒地明白,这样一个人生,并不是自己真正想要的。"

我茫然地望着她。坦白讲,我并没有理解她在说什么。但事实上,她这番话,却像一把极薄且没有开血槽的刀子,在不经世事的我还根本没有能力意识到它有多锋利的时候,已经深深扎进我的身体——此刻我所感受到的迷茫,充其量不过是来自刀刃的冰凉,而待我真正开始察觉失血的痛楚,已是再无机会挽救的多年以后。

不知是月光过于皎洁,还是自己此刻内心过于敏感,我发现她面色看起来异常苍白,透着深深的疲倦,仿似再有一丝微风拂过,眼前这张美丽脸庞就会支离破碎,化为齑粉,散作轻烟。

她慢慢地吞吐一口烟,再次仰起脸庞。我也追随她的视线,同她一起凝眸望向头顶上那一方狭窄的夜空。

"你在看什么?"我忍不住问她。

"看星星。"她柔声回答。月光如雾气般蒙裹在她如青瓷白玉的脸庞上,美得宛若梦境,美得令我心悸。"小雨,你有没有觉得,今天晚上的星星,好像特别多,特别亮?"

"趁着还能看见,就多看两眼吧。总有一天,上海的夜空上会一颗星星都看不到了。"陡然从脑后传来的语声,阴冷地说出一个孕育自黑暗夜色中的邪恶诅咒。那副玩世不恭的戏谑腔调和淡薄语气,不用看都晓得是谁。

严浩挺拔的身影伫立在我俩身后,让我不寒而栗的是:我不晓得在这么近的黑暗中,此人已蛰伏了多久。

谁都没有再开口。严浩点上一根烟,绕到夏雪另一侧站定。久别重逢的我们,以默契如故的站姿组合,并排仰望苍穹。

夜空如洗,星辰璀璨。我们的少年时代,就在这样寂静的凝眸中结束了。

重逢的我们恢复了隔三岔五的聚会,然而周围总会多出一些如走马灯般变换的"打酱油"面孔。在这些"江湖前辈"口中,我时常听到一个叫"唐老板"的名字。提及这个名号时,他们的口吻总会显得比较暧昧,气氛也会变得有些诡异。偶尔还有人以调笑的口吻把严浩唤作"少当家"——于是我不禁怀疑,这个"唐老板"就是当初把严浩和他母亲接走的那个男人。

可惜我没有机会验证自己的猜测：尽管名号常被提及，但这位神秘人物却从未在任何一次聚会中露过面。

严浩变了。变得更让人琢磨不透。他更懒于开口说话，笑容反而变多了。太过纵肆张扬的那副古怪笑容，奇幻得简直堪比威尼斯工匠为嘉年华狂欢节精心制作的奢美面具，毫不掩饰其主人对周遭世界的漠不关心和向同类物种做自我表达的刻骨厌弃——原本挂在门把手上的那块"请勿打扰"的牌子，似乎已被此人一劳永逸地钉死在门板上。

像对啬言语的一种补偿，此人迷上了吹口哨。每当我们并排游荡在车水马龙中，而又长久无人开口时，只要黄昏降临，他总会活似瑞士挂钟里的报时鸟一般，旁若无人地吹起一首当时那年代人人耳熟能详的曲子：日本电影《人证》的主题曲——《草帽歌》。

> 妈妈，你可记得，
> 你送给我的那顶草帽，
> 很久以前我失落了它，
> 它飘向了浓雾的山谷。
> 嗨，妈妈，我想知道，
> 那草帽究竟因为什么，
> 遗失在那山坳，

就像你的心,离开了我的身边

……

嘹亮哀伤的旋律,飞扬飘荡在腥稠如血的黄昏中,听起来格外悲怆苍凉。

总是这段旋律反反复复,不知厌倦。我从未听过此人改吹别的什么曲子,似乎这就是他唯一会的歌。

每次乌烟瘴气的江湖聚会都让我苦不堪言。每一次,我都幻想自己能像《阿飞正传》里的张国荣那样,能在众目睽睽之下从容起身,走到夏雪面前,拉起她的手,勇敢地带领她逃离这场让我既看不清前方也渐迷失来路的昏昏噩梦。但幻想终归只是幻想。镜子总能提醒我看清惨淡的现实:我不是电影里的阿飞,我甚至连那个小警察都不如——在闹哄哄的人群中,我连多看夏雪一眼的勇气都没有。

我从未向严浩和夏雪坦白过,在没有他俩做伴的日子里,我有多么寂寞——在上海,在我整个少年时代,他俩是我仅有的朋友。

在这座被由不得自己选择或篡改的血统指认为是故乡的大都市,我始终感觉自己是个惶恐的外来者。我既不像以外公为代表的祖辈,真正亲眼见证过它的传奇与辉煌,从此与它有了血脉相连的荣耀与哀伤;也不像以周围街坊邻居们为代表的底层小市民,迫于生计而谙熟了它隐藏在华美妆容之下的、更真切生动却从不轻易示于游人过客的另一面：不体面的市井规则，不宽容的地域观念，以及迷宫般的弄堂。

我从没胆量独自走进南京路和淮海路上那些漂亮气派的大商场，也从不敢再去探索任何一片陌生里弄——不管是赵志鹏家那种以治安糟糕、风气败坏著称的棚户区，还是老法租界那些美如油画的新式洋房与老石库门。

刚回上海时，心情亢奋的母亲曾带我去看过一次被外公捐献出去的那套位于衡山路的花园洋房，然而，还隔着一个十字路口，刚远远可以依稀望见雕花铸铁围栏内被香樟树掩映的绿茵茵草坪和草坪上的乳白色秋千架，我就下意识地恐慌起来，无论母亲如何恐吓胁迫，都宁死不肯再往前迈出半步。

我深深自卑于自己相较同龄人显得过于孱弱的体型，以及至今都显蹩脚的上海话——特别是：口音中可以被任何一个本地出生长大的孩子轻易识别出的苏北腔。这导致我从来无法采取主动姿态去与人结交，而不幸的事实是：除了严浩和夏雪，至今也再没有出现第三个同龄人有兴趣主动与我结识。

在严浩跟夏雪销声匿迹的日子里，陪伴我的只有樟木箱里的那些书——那些被外公冒着巨大危险偷偷保存下来、如今却又被随随便便遗弃掉的，书页间爬行着蠹虫、粘挂着蟑螂卵鞘、散发着卫生球辛辣气息的历史遗物。

外公搬走并未让我那阿修罗转世的母亲立地成佛。出于一种源自原始天性或受迫害妄想的好斗本能，她最终开始把失去过招对手的空虚与愤懑，迁怒于同一屋檐下仅存的两头活物。

相比于不得不与"虐待狂"同床共枕的父亲，我的幸运在于我有一个小小庇护所：我的阁楼。收起梯子，锁上盖板，小小阁楼就是我与世隔绝的私有世界，在这世界里陪伴我的，是在白桦林中哭泣的冬妮娅、是在石板路上缓缓倒下的日瓦戈医生、是穿黑天鹅绒长裙纵身跃下铁轨的安娜·卡列尼娜、是将爱人被砍下的头颅捧在怀中亲吻的马蒂尔德……以及，黑色藤蔓般的寂寞，在空气中，在我体内，缓缓生根发芽与抽枝拔节的窸窣响动。

三年高中时光，我读完了樟木箱里所有中文小说。所有小说人物中给我留下最深刻印象的，是《双城记》里的西德尼·卡尔登——这是一个欠揍程度绝对堪比严浩的家伙：说话玩世不恭，行事桀骜不羁，脸上更是时常挂着一副满不在乎的，甚至令人感到冷漠刻薄的怪笑。但在小说最后，他对老罗瑞说的一段话却令我烙印于心：

> 人活着，总得做点有意思的事不是吗？是的，我还年轻，但年轻的日子不会长久，我想我已经活够了。

说出这番话后，此人便运用自己高超的智商和演技，愚弄了在他短暂的一生中所有与他有过纠葛的人——无论爱他的还是恨他的、被他爱着的抑或被他恨着的，成功地玩了个调包计，代替与自己相貌酷像的贵族情敌走上大革命的断头台，并在被铡刀剐掉脑袋之前，用他那副无所谓的招牌笑容严重伤害了革命群众们的围观热情。

这是当时那个年纪的我所读到的最震撼人心的爱情故事,虽然严格来讲,它其实并不算是一部爱情小说。

我把卡尔登走上断头台的那一章反复翻看了一遍又一遍。在我凭借文字描写想象出的画面里,不知为何,在铡刀下昂起头颅环视众人的卡尔登,总是有着和严浩如出一辙的面容——一样的清冷眼神,一样的古怪笑容。

捧在我手中的这本《双城记》是民国三十七年(公元1948年)出版的,封皮已很破旧,内页却近乎完全崭新,像是从未被人翻阅过一般。更诡异的是:我第一次翻开它时,书页中竟掉出一张相片,相片上是一个年轻的女学生,两边剪齐的短发,大襟圆摆、中袖齐肘的白衫与黑绸裙,微侧着脸,笑得很甜美。相片是黑白的,笼着潮黄,无疑有不少年头了。好奇的我将它翻转过来,发现它背面竟还写着一行娟秀的钢笔小字:再见了,文清。雨中申城,民国三十八年(公元1949年)四月初三。

"文清"是外公的名字,但照片上的女学生却不是外婆——我看见过外婆年轻时的照片,外婆是苏州人,典型的江南女子长相:体型娇小,瓜子脸,五官轮廓线条柔和。而照片上的女子却有着高挑骨感的身材和深邃立体的五官:鼻梁削挺,唇角如线,特别是——她有一张比夏雪更标准的狐狸脸。

我向历史老师请教得知,民国三十八年正是中华人民共和国宣告成立的公历 1949 年——外婆说过，那时她还在苏州当中学教师，还未经党组织牵线，与远在上海干革命的外公相识。

那么，照片上这个神秘女人究竟是谁？她与外公之间究竟有过怎样的故事？——一切不得而知。但我深知这张小小的照片可能会引发多大的家庭风波——谨慎起见，我没把它夹回书中，而是塞进了我自己的"藏宝匣"。

或许是处女座（我生日是 9 月 14 日）的偏执天性使然，从小我就对字词理解有种钻牛角尖的较真劲头——我一直顽固地认为"再见"绝不等于"永别"："再见"应该是个约定，约定彼此总有一天一定要再次相见。

我有种强烈的预感，感觉自己日后一定会有机会见到照片上的女子。因为，近半个世纪前在照片背面写下的那句"再见了，文清"，无疑就是一个需要被兑现的约定。

06 匹诺曹

我就读的重点高中有个变态规矩,每学期结束,各年级都会依据期末考试成绩重新分班:每年级七个班,只有一个重点班。校领导创造出这么灭绝人性的政策,美其名曰是为激发同学们的争上游意识。不过对我而言,这倒带来一个意外的好处:我不必再费心记住任何同学的名字了——高中三年我一直在重点班,等到高中毕业,最初的同班同学已经只剩下不到十个人。

三年时间换了五个同桌。其中唯一一个在高中毕业后还能被我记得名字和相貌的,是我高三下学期的同桌——一个名叫陈沪玲的上海本地女孩。

名字很俗气,人倒长得还不赖——在这所可以从统计学上充分证明"在万恶的应试教育体制下,女生的学习成绩与身材姿色成绝对反比"的奇葩学校,此人的大名一早就登上了公布在男厕所小便池瓷砖墙上的校花榜。

同桌首日,我照惯例拿尺笔在桌椅上画出等分领土的"三八线",

同此人宣讲清楚保障睦邻友好的"和平共处五项原则"。但没想到,还没过一个星期,此人就悍然违约了。

"国际政治纠纷"发生在一堂语文课上。语文老师是位形神俱似江青的未婚中年妇女,绰号"顺风耳",诨名"一根鞭"——以听力超群和将一根教鞭使得出神入化、杀伤力堪比电棍而著称,但有个严重的软肋——高度近视加复性散光,眼神极不好使。所以,待她课上得入佳境后,我便轻车熟路地开始鼓捣自己的小动作:将课本在桌面上支成打掩护的屏障,猫腰假装俯首案上,在抽屉里偷偷翻开早已准备好的一本《静静的顿河》。正看得入神,突觉右耳根阵阵奇痒,我一扭脸,惊得险些心肌梗死——只见陈沪玲同学不知何时也照模学样地把课本给支起来了,鸵鸟躲猫猫般扎埋在课本后的小脑袋瓜俨然已大幅逾越"三八线",正目不转睛地盯着我抽屉里翻开的书页,眼珠子都快掉进我领口里了。

我强忍胸闷,压低声音质问她:"你想干吗?"

"你在看什么书呀?"恬不知耻的"侵略者"完全答非所问。

"不关你事!"我自诩在有限音量下演绎出了最凶狠的口气,以及眼神。

"你怎么这么凶啊……"她哆哆嗦嗦地看着我,声音都带了哭腔,好像她才是被侵犯"领土主权"的受害方。如此面面相觑地僵持了一会,此人意识到装可怜的伎俩不见效,瞬即改换路数,娇媚万分地同我商量:"带我一起看嘛,好不好啦……"

"不带。"

"我保证不出声、不打扰你。"

"不干。"

"我请你吃好吃的,跟你换。"

"不干。"

"你真不带我?"瞬间风云再变——她的眼神和口气都凶巴巴起来,甚至还学我样,特别拧巴地皱起了鼻子。

"不带!"

"你敢不带我,我就向老师揭发你上课看课外书!"此人掷地有声地威胁我,想必自恃稳操胜券,一副扬扬得意的邪恶嘴脸。

我没再还嘴——不是认输了,而是因为已经用不着我出声了:语文老师凶神恶煞地提着教鞭,林冲夜奔一般正悍然杀将过来。

几分钟后,我跟她并排在走廊里罚站,各自背负抄写一百遍课文的重任。

同归于尽的下场弄得气氛有些尴尬。我悲愤交加,下决心不拿正眼看她。

她臊眉搭眼地在我旁边嘟哝"对不起"。我充耳不闻,只当是不花钱的催眠,自顾自盯着走廊外的潺潺雨帘思考人生。耳畔终于消停了。我刚以为这个小恶棍总算知难而退了,却惨遭突袭——被一个粗硬玩意儿直捅腰眼。我惊得险些膀胱失禁,赶紧腾挪闪身,作势抵挡,却看见"凶器"原来是此人不知从哪里变出来的一筒巧克力豆——全是日文,看来还是稀罕的进口货。

我哭笑不得,呵斥她:"别烦我。"她不搭理我,耷拉脑袋,皱着眉,嘟着嘴,就跟上了发条似的,只管继续捅我。无遮无掩的光天化日下,为免招来更大祸事,逼不得已,我劈手将"凶器"夺下。此人居然根本不做反抗,一抬脸,笑容可掬地瞅着我:"吃一颗吧——吃了咱俩就和好,好不好?"

我这才明白自己又中计了——士可杀不可辱,我从牙缝里挤出掷地有声的回复:"不吃!杀了我也不吃!"

对手毫不气馁,祭出新的撒手锏——开始学唐僧念"紧箍咒":"吃一颗吧,尝一颗嘛,来一颗咩,人间美味哦,特别好吃呦,我没骗你哦,我真不骗你呦……"

我算是见识到了什么叫"刀枪不入"。在别无第三条出路的"炸裂"和"认怂"之间,我只得选择认怂——默默地拧开圆筒,倒出一颗巧克力豆,塞进嘴里。

尽管出于保持姿态之必要,我照旧一声不吭紧绷着脸,但凭良心说句老实话:我平生第一次吃到这么好吃的巧克力豆。

"怎么样,好吃吧?"她踮起脚尖,梗着细长脖子,满怀期待地观摩我的面部反应。我不晓得是什么表情细节出卖了自己,过了一会,只听见此人老气横秋地深舒口长气,扬扬得意起来:"这位同学,同桌这么久,你大概还不晓得本座的外号是什么吧?"

"灭绝师太?"

"灭你个豌豆、灭你个菜花!"

"校花?"鉴于自己没忍住又往嘴里塞了颗巧克力豆,我决定大度点。可没想到这么慈善的回答仍满足不了这个小禽兽:"什么呀……你才校花呢,你全家都是校花!"此人一副不堪其辱的嫌弃表情,"告诉你,我就是上海滩鼎鼎大名、人畜无害、人见人爱的——"她故意拖出长长的尾音,最后一字一顿、声音嘎嘣脆地说道,"机器猫小叮当!"

大眼瞪小眼,谁都没搞明白对方在迷惑什么。

看完此人借给我的漫画书后,我才终于知道"机器猫"是个什么物种,也开始发现她确实就像拥有一个神奇口袋的机器猫一样,随时随地不晓得打哪儿就能变出五花八门的、世面罕见的、堪称人间美味的零食。

我俩尽弃前嫌,达成新的双边互惠协议:我借书给她看,她请我吃零食。

听说我的理想是成为作家后,此人也豪迈地向我透露了她的理想——她原话是这么说的:"我要挣大钱,变成富婆,包养一群穷困潦倒的作家,给他们吃香的,喝辣的,什么活都不用干,就写小说给我看,只写给我一个人看!"我无语。最后请教她:"请问你图什么?""不图什么,就是乐意!"此人的招牌表情是神气活现——梗着细长脖子,翻着眼睛,"咱有钱!任性!"

高考后,我与她失去了联系。暑假里我才想起来,她还欠我本书没还——一本民国三十二年(公元1941年)上海开明书店版的《里尔克诗集》。

高中毕业，我考进了外公的母校——上海本地一所历史悠久的名牌大学，并且不顾母亲火力全开的阻挠，选择了被她唾弃为最没有"前(钱)途"的中文系。

严浩曾答应我会与我填报相同志愿。他也确实没有食言。以此人的成绩，我以为这次会师不会再出意外，但意外还是发生了——他竟以一种匪夷所思的丧心病狂和令人咂舌的心安理得，为这一年的高考奉献了一场惊世骇俗的"行为艺术"表演：每场考试，面对每张考卷，他都从裤兜里摸出一枚硬币，然后，在监考老师和其他考生几乎举座皆惊的众目睽睽之下，旁若无人地用这枚硬币解决了所有的选择题。

我本以为自己早已被他的"反社会人格"磨炼出足够强悍的耐受力，却没想到还是再一次被他轻易颠覆了我的想象力。特别是——当我问他为什么要这么花样作死时，他居然轻描淡写地只回答了我两个字："好玩。"

此人这一自毁前程的疯狂行径，令知情者无不震撼动容。只有夏雪表现得令我大出意料的平静，一句话也没有多说，就好像这只是一件早在她意料之中的事。

高中成绩更加一落千丈的夏雪放弃了考大学，但也算向她少女时代的理想成功迈近了一步：被广州一所民航职业学校的空乘专业录取了。

厄尔尼诺

062

　　夏雪启程去广州的前一天晚上,我们一起吃了顿饭为她饯行。这是已经很久没有过的没有外人在场破坏气氛的聚餐。然而,事实上,这顿饭的气氛也没什么可被破坏了:无论我如何使尽浑身解数地活跃气氛,他们俩都表现得死气沉沉,彼此间客气得近乎生分。

　　饭局散场后,夏雪说要回去抓紧收拾行李,独自先走了。严浩和我换了家便宜的小脏馆子,接着喝闷酒。喝到饭馆打烊,我们又上小卖部去买了几捆啤酒,干脆把酒局转移到苏州河边。

　　那时苏州河还未开始改造,这段河岸边还没有围起护栏。我俩双腿悬荡在河面上,只需一个伸展运动,就能投胎转世。

　　盛夏的河水格外腥臭,堪比强效催吐剂。刚在河沿坐倒,我就喷如泉涌。

　　天旋地转,泪花璀璨。我虚弱地干呕着,恍惚四顾,突然回忆起一件遥远的往事:刚认识他俩那年冬天,上海下了场特别大的雪,我们曾在这片河岸上疯狂地打了场雪仗,还堆了一个大雪人。那天大家似乎都玩得特别开心,夏雪咯咯笑得像个花痴小囡,严浩也百年难遇地表现出了对参与此类幼稚活动的一丁点儿兴趣——当我和夏雪齐心协力将雪人的大脑袋安放到位,此人不晓得从哪里暂摸来一根冻得硬邦邦的胡萝卜,插在雪人脑袋正前方当作鼻子。

　　"不对吧……哪有人会有这么长的鼻子呀?"夏雪故作娇嗔地提出质疑。

　　"谁说没有? 匹诺曹不就是嘛。"严浩不假思索地反驳道。此人嘴角昭然撇出的笑,让我感觉有种说不出的意味深长。"不说实话,遭了报应,鼻子就变长了呗。"他慢条斯理地说,突然转脸盯牢我,"小雨,我没记错吧? 童话故事是这么说的吧?"

我在夏雪笑吟吟的注视下,笑着冲他点点头。

下了一整天的雪,夜里悄悄停了。第二天早晨,当我独自重返此处,看见雪人已不复存在,只剩下一根发黑溃烂萎缩的胡萝卜,浸泡在一摊污浊不堪的雪水中。

我发了一会呆,狠狠一脚踢飞了那根胡萝卜。

陡然间又是一股胃酸掺混着胆汁蹿涌上喉头。我将满口辛辣与苦涩硬吞回去,扭头醉眼蒙眬地望向严浩,只见他若有所思地俯瞰着黑沉沉的河水,不晓得在琢磨什么。看到他从裤兜里掏出烟盒,我不知哪里来的冲动,不假思索地伸手过去:"给我一根。"虽然明知我不会抽烟,他却并没有任何意外的反应,一言不发地照办了。我笨拙不堪地埋头点烟时,耳旁传来他的淡淡声音:

"答应我一件事好不好?"

"说吧。"我学他的样子将烟屁股插入嘴角。

"如果将来我在你之前死了,请你帮我个忙。"

"什么忙?"

"找一个黄昏,就在咱们现在坐着的这个地方,把我的骨灰撒进苏州河。"

"你图什么啊?"我讪笑,仅存的一点注意力都集中在自己嘴角颤巍巍的烟杆上,完全没当真地随口质问他道。

他也笑了。笑得比我更轻佻凉薄:"图个环保! 就让肮脏的生命,归于肮脏的河!"他抓起酒瓶,冲河水高举示意,仰脖子灌下。

后来回想起来,他当时的口气似乎并不像是开玩笑。但当时的我已酩酊大醉到没心没肺,丝毫不以为意。

"好的! 满足你!"我满不在乎地应允下来——随后便被自己此生吸入肺里的第一口烟呛出了一腔放肆奔涌的热泪。

我同严浩约好一起去火车站送夏雪,但是第二天,直到走上月台,我都没有等来他的出现。此人的诡异失约令我心情复杂,倍感口舌笨拙,夏雪却显得无动于衷,不仅神色里没有流露出一丝意外与失落,甚至反而表现得对我格外体恤,一直主动找些轻松的话题与我闲聊。眼看列车员已开始催促登车,我终于鼓足勇气,将裤兜里被自己的手心攥捏得汗湿烫热的临别礼物掏出来送给她。看着被我递送到眼前的那支做工考究、式样古朴的银簪子,她一怔,旋即面露疑惑:"这不是你外婆……"

她果然还记得这件曾被她在我的小阁楼里爱不释手把玩过的古董。我当然不会让她知道这是我私自从樟木箱里偷出来的赃物,积极主动地撒谎说这是我向外婆讨来的。"可是,这么珍贵的东西……"她若有所思地凝望我的瞳孔,沉吟俄顷,莞尔一笑,"老实交代——你是不是满地打滚、撒泼放赖,外婆才答应给你的?"我脸红了,硬着头皮点点头。"这么来之不易……那我只好不客气地收下了。"她叹口气,把银簪子接过去,特别温柔地对我说了句,"谢谢你,小雨……"

她的眼神与口气让我有些怀疑自己的谎言其实已被看穿。但那都不重要了,重要的是——我平生第一回向异性送出的礼物被收下了!如鲠在喉的小鹿乱撞,霎时变成热血上头的心花怒放,狂喜之下,我觍着脸羞答答地又追问了一句:"你会戴它吗?"

"会的呀。"

"真的?"

"嗯。"她笑着眨眨眼,清了清嗓子,口气郑重地,"我保证会一直戴着它——不离不弃,一直到死!"然后举起一只手,向我伸出根小指。我心领神会,当即照葫芦画瓢也伸出根小指——"拉钩,上吊,一百年,不许变!"我俩勾牢小指,齐声念完口令,再一同竖起大拇指,认真地盖了个戳。

目送将要穿越三个昼夜才抵达广州的绿皮火车鸣笛远去,在人流散尽的月台上呆杵良久,我油然感受到心中的失落。作为一个长期饱受西方小资产阶级文学作品腐蚀浸淫的孤独少年,多愁善感的脆弱情绪总是来得那么猝不及防而又排山倒海——我屏着泪水,吸溜着鼻子,蹒跚走出候车大厅。在大门旁的小卖部前迟疑片刻,为自己买了此生的第一包烟。

几天后,我在录像厅偶遇陆琪。这个倒霉蛋因为高考失利,即将被父母送去日本自费留学。从他口中我得知了严浩失踪的真相:就在夏雪离开上海的那天上午,在杨浦区的一条老弄堂里,严浩就像《旺角卡门》中的刘德华一样,为替某个受欺负的小弟出头,只身赴会去与另一位"带头大哥"谈判,却不幸落入对方设好的圈套,赤手空拳地陷入了一场刀光剑影的混战。混战中,他用抢夺到的一把弹簧刀将对方的"带头大哥"捅翻在地,因为不晓得是否闹出了人命,他不得不藏匿到另一个小弟家中暂避风头,却没想到,那个小弟把他出卖给了公安。

　　出卖严浩的"二五仔",正是他最器重的小弟和最得力的干将——赵志鹏。

07　夏雨雪

　　我想尽办法打听严浩的下落,但一无所获。陆琪除了道听途说来的事件经过,其他一无所知。电视和报纸都没有对这起案件的报道。走投无路之下,我硬着头皮去拜访严浩的父亲,连吃若干次闭门羹后,我才发现那里已是无人居住的空屋——听邻居讲,由于长期以来的生活作风问题被人举报到单位,严浩的父亲半年前就已被开除公职,房子也被单位收回,如今不晓得投靠哪个姘头吃软饭去了。

　　更雪上加霜,也更让变故显得扑朔迷离的是:不仅严浩下落不明、生死未卜,夏雪竟然也失去音讯了——她答应我到广州安顿好就会给我写信,我却始终没有等到她的来信。

　　这段时间里我是何等寝食难安、度日如年,恐怕只有孟姜女能感同身受。但是当我终于等来结果时,我却无法相信自己的眼睛——出现在我眼前的,不是一封广州的来信,而是回到上海的夏雪本人。

　　更让我无法相信自己眼睛的,是短短两个月没见,她竟判若两人:化了清透的彩妆,长发盘成了发髻,穿着修身的西装套裙,黑丝袜,高跟鞋,看起来完全不像是个大学生,活脱脱是个写字楼女白领。

时间已临近晚熄灯。被宿舍管理员拿扩音喇叭召唤出来的我,与她相对站立在宿舍楼前的灯火迷蒙中。由于出门仓促,我只随手套了件皱巴巴的老头衫和一条路边摊大短裤,跟她相比,活像一个邋遢的乡下盲流。

"怎么……不认识我了?"她展露温婉笑容,柔声打破沉默。

"你——你怎么回来了?"我努力将直口条。

"回来当然是有事情呀。"她像是看穿了我的心思,又补一句,"别担心,我请了假的,不是犯罪潜逃。"

"是因为严浩的事?"我下意识地脱口而出。

她摇头。"他的事我都听说了,但是……和我已经没关系了。"沉吟片刻,她抬起眼帘,将静如止水的目光投入我眼眸,"对不起,小雨,或许我不该一直瞒着你——其实,我跟他在高考前就已经彻底分手了。所以,他是死是活,我都不会再关心了。"

我惊呆了,大脑一时缺氧,张口结舌地看着她,说不出话来。

"别聊我跟他的事了,过去的就过去了。"她心平气和而又不容抗拒地将我心中的问号改写成句号。"我这趟回来,就是来找你的……我有件事想请你帮忙。"

"找我帮忙……"我更加迷惘,"帮什么忙?"

她左右看了看,再次柔柔一笑:"我们换个地方说话好不好?这里……感觉不太合适。"

我大脑仍在短路,愣头愣脑地也随她左右一张望,察觉到四面八方灼灼射来的那些饥渴的雄性目光,这才如梦初醒:拜夏雪所赐,我竟也有幸享受到了群狼环伺的人生体验。

为夏雪骄傲之余,幼稚的感动令我有些忘乎所以——至少在这一刻,严浩的死活已被我遗弃到九霄云外。

"走吧——去校门口,有个咖啡馆特安静。"我豪迈地甩手招呼,打马上路,亢奋得活像胯下装了马达,生龙活虎地蹿出十几步,听见夏雪在后面招呼:"小雨你等等我……我穿着高跟鞋,走不快!"

我刹住车,面红耳赤,抓耳挠腮。夏雪步态从容,面带笑容,娉娉婷婷地追随上来,没说话,却把身子靠过来,自然而然地挽住了我胳膊。

这是我平生第一次被异性挽住胳膊。心跳遽然加速。伴随着澎湃如潮的惊怯欢喜,暌违已久的白兰花香突然也若有若无地弥漫到我呼吸里。

落叶遍地的深秋,属于盛夏的白兰花早已过了花期,所以我不晓得这迷醉我的熟悉香气究竟从何而来——是她用了什么含有白兰花香氛的沐浴露、洗发水、化妆品,还是我私欲里妄想出的幻觉。但答案并不重要。因为我根本不想自拔,只愿深深耽溺。

她就这样挽着我的胳膊,依偎着我,伴我一同走在夜色温柔的校园里。一路我们都没有再开口。只有脚下落叶细碎的沙沙作响和远处潮汐般的市声,让我感觉仿似我们正置身于王家卫导演的电影里。

　　如果真是在电影里,我想,应该对画面再做些后期处理:让周围的景物都隐没到黑暗中,只用一束淡柔的追光跟随我们的脚步,让这段并不漫长的旅程,看起来漫长得就像是绵延无尽在幽深如岁月长廊的迷宫甬道里。

　　我知道我已经迷失了,早就迷失了——多年前那个细雨绵绵的夏日午后,那个彷徨在细雨中的迷路少年,其实从未找到出路,从未真正走出那座记忆的迷宫。

　　如果可以,我甘愿就这样永远迷失下去——哪怕此刻只是在梦中,我也甘愿长眠不醒。

　　但我忘了一件事:纵使在迷宫中,前路也可能只是一条死路。

　　咖啡馆中果真没有什么人。我们挑了最角落的一个靠窗桌位落座。我点上根烟。"你也学会抽烟了。"她微笑着说了一句——没有问号,只是陈述句而已。然后她伸手向我要了一根,姿态优雅地夹在指间,也点上了。我们要了两杯最苦的蓝山咖啡,待服务员送上咖啡转身走远,我问她:"到底要我帮什么忙?"

　　"我记得你舅妈是医生,对吧?"

　　"是呀。"我笑,"怎么,想帮人挂专家号?"

　　"不是帮'人',是帮我自己。"她望着我。"我怀孕了,想麻烦你舅妈帮忙找个地方把孩子拿掉——就是那种不用走太正规的手续,可以替我保密的医院。"略一停顿,笑,"如果有任何风险,我保证都自己承担。"

我茫然地看着她。手里进行中的动作受惯性驱使兀自继续——想把烟屁股插进嘴角,然而已经再也找不准方位,徒劳无助地反复尝试着,机械循环的动作就像跳了针的唱片。

"这次我是偷偷跑回来的,我爸妈都不知道。向学校请假的理由也是瞎编的。所以,小雨,到目前为止,整个世界上只有你一个人知道我回上海了,以及回来的真实原因。"她语调平缓,垂眸弹了弹烟灰,笑容仍挂在嘴角,淡薄如纸。"小雨,这种事情,我明白你会怎么想,会怎么看我……但是,此时此刻,你是我在这个世界上唯一一个可以信任和求助的人了。"

她的最后一句话,像压垮骆驼的最后一根稻草,轻易击碎了我的耳膜与瞳孔。不听使唤的烟卷终于在我僵硬颤抖的指间断裂,赤红的烟头笔直跌落到大腿上,伴随着布料粘连着皮肉的焦糊味和血肉牵连至心肺的痛楚,转眼间便烧透进去,将膨胀在我体内的狂暴倏地引燃成一股足以将我胸腔焚烧成一片真空的凶猛热量……然而,又只是在一转眼间,更加强大的悲伤攫取了我的心脏,它无声地肆掠奔流过每一根血管,吞噬掉我体内每一分嘶嘶作响的热量,最终汇聚在一个隐秘空旷的黑暗角落,在最尖锐边缘凝结成一滴冰冷浑浊的液体,颤巍巍地滴落下去,消失在没有回声的无底深渊里……

"小雨,你愿意帮我这个忙吗?"夏雪柔和平静的声音从遥远的地方传来,像来自世界尽头的空洞回声。

痛楚中,我低下头,咬紧牙关,闭紧双眼,黑暗里,眼前显影出一张陈旧的底片:"我对你有信心,我知道你会保护好我的。"绚烂的晚霞下,温柔的黄昏中,亭亭玉立地站在我那破单车旁的夏雪,微笑着冲我眨了眨眼……

"可以。"我用没有一丝温度的虚弱声音回答她。然后睁开眼,掸去熄灭在腿上的烟头和纷乱烟灰,把一根手指慢慢戳进裤子上焦煳的黑洞中,将最后残存的一丝热量用力捻死在溃烂的血肉里。"但是我有一个问题想问你——只有一个。我希望知道真实的答案,我保证不会告诉任何人,所以,请你一定不要骗我。"我抬起脸。

夏雪用笼着一层雾气的眼眸静静注视我片刻。"好,你问吧。"

我感觉自己发出的声音,就像被一双扼紧咽喉的大手如骟猪般挤捏出的血肉碎块:"孩子,是严浩的吗?"

她迎望着我,抽了口烟,缓缓摇头:"是个年纪比你我都大很多的人。你或许见过他,但你并不认识他。"

我紧盯着她的双眼,沉默良久,摸出根烟点上,抽了两口,起身去柜台给舅妈打电话。

侧身靠在柜台上与舅妈通电话时,我望见坐在原处的夏雪将脸扭向窗外,出神似的一动不动,美丽的侧影让我联想起哥本哈根海边的美人鱼石雕。在她精心打理过的纤翘睫毛下面,我隐约看见有细碎迷蒙的几点反光。

安徒生的童话故事里,美人鱼的眼泪会变成珍珠。但石雕不会流泪。所以我相信那几点反光只是灯光与角度所造成的错觉——事实上,我清楚地记得,从严浩搬离弄堂的那个夏天开始,我就再也没有看见过夏雪流泪。

直到这时我才突然注意到,夏雪插在脑后用来盘起发髻的,正是我送给她的那根银簪。

夏雪住宿在火车站附近一家灰头土脸的廉价小旅馆。按约定,我与她在旅馆门前碰头,天没亮就出发,辗转倒几趟公交,从浦西颠簸到浦东,最后一路向人打听着才终于找到目的地:那是一家招牌都不敢用大字写的破旧民营医院,鬼祟藏身于一处大型露天农贸市场的偏僻角落,整幢灰黑色建筑阴恻恻得就像是恐怖片中的人体器官地下黑市。

我们比舅妈告知的门诊时间早到不少,但昏暗的候诊室内竟已人满为患。狗男女们个个面目可疑,但跻身于他们之中,我才发现自己和夏雪其实才是最扎眼的一对:夏雪仍是那身写字楼白领扮相,甚至还把妆容刻意化得更老气些,而我,佝腰驼背、站姿别扭地杵在穿高跟鞋的她旁边,首先个头就矮了一截,身上多日未洗的地摊文化衫和脚上一双脏球鞋,多半也出卖了我的学生身份——再加上我不争气的瘦弱身材,说不定都会被人误认为是高中生。

高中生配小白领,出现在这种地方,可想而知这是多诡异的画风。更要命的是,夏雪还始终挽着我胳膊。

　　我对四周围隐隐骚动起来的交头接耳视若无睹,领夏雪插队到领诊台前,一声不吭地将舅妈给的"接头"纸条递进去。中年女护士接下纸条,以海关查验护照的那种眼神,皱着眉头看了足有半分钟,抬起头来,又用锥子似的一双瞳孔将夏雪和我挨个做了一遍全身透视扫描,拿下巴颏指定夏雪,冷若冰霜地问我:"她是你姐姐?"

　　"不是。"我面不改色,目不闪躲,用同样坚硬冰冷的腔调告诉她——以及周围所有竖起耳朵的家伙,"她是我青梅竹马的初恋女朋友。"

　　护士眼中的锥子内力逼人地在我脸上继续扎了一会,没再多废话,扒拉出几张纸丢过来:"你们两个,先把表填了,名字认真签好,在这里等着。"随即傲然起身,拿着纸条走进奔涌出阵阵刺鼻消毒水味的阴森走廊。

　　我瞥见夏雪竟然在表格上签下了她的真名。出于一种难以言喻的戏谑情怀,我不假思索地把自己的名字签成了"夏雨"。

　　为配合自己这百无聊赖的恶趣味,在等护士回来的辰光,我就像道士要靠念咒降服住蠢蠢欲动的邪魔,在麻木不仁的心中反复默诵着《上邪》里的著名句子:冬雷震震,夏雨雪,天地合,乃敢与君绝……

　　护士游魂似的飘荡回来,把几张纸收回去,拿一张死人脸验收完毕,冲夏雪一勾手指:"你跟我来。"又乜眼一扫我,"你不用跟过来——老老实实在这等着,没那么快完事的。要是坐不住,就出去逛逛副食品商店,给你'青梅竹马的女朋友'买点补身子的营养品去。"

"别担心,没事的。"夏雪冲我微微笑了笑,抬手轻轻抚摸了一下我的脸,然后决然转身,头也不回地走进黑暗甬道。

我木立良久,掉转身,拖泥带水地走出医院。

在附近游荡到天光完全放亮,我提着一大袋胡买的东西,回到鬼气虽已消弭不少、却也更显破败的医院。

夏雪还没出来,候诊室里的气氛却变得更加惊悚:不堪忍受等待煎熬的成对"僵尸"们纷纷开始以各种壮怀激烈的交互方式上演"炸尸"——我感觉道士的咒语也救不了我了,便再次走出去,坐倒在门廊外的台阶上。

从昨晚就没吃任何东西的我,虽饥肠辘辘,甚至已有点低血糖的症状,却没有半点胃口。古语云:秋老虎,热死牛。日上三竿,晴空如洗,屁股下的水泥台阶渐渐被烈日曝晒成烧烤铁板,缺乏流动性的血液和脑浆如渐被收干的芡汁,令我只想听天由命地等待自己被起锅装盘,再无心思动弹——我就这样迷迷糊糊地睡着了。

是夏雪将我拍醒的。我睁开昏茫睡眼,扭头看见她正吃力地挨着我坐下,脸色苍白得吓人。我赶忙从脚边的购物袋内扒拉出各种货色,摆地摊一样陈列给她。

她拿起一盒鲜牛奶,一边拿吸管啜着,一边饶有兴致地继续观赏我摆出的地摊。突然面露迷惑之色,抬手指着问我:"你买这个干什么……"

我顺她手指望去,看见是一盒太太口服液。

"呃……那个……护士不是让给你买补品吗……这个应该算补品吧? 那个……正好又在搞促销活动……"我抓耳挠腮。

我语无伦次的困窘模样终于把她给逗笑了。她掩住嘴,若有所思地深深凝望着我:"谢谢你,小雨……你对我太好了。"

我脸热心慌。耷拉下脑袋躲闪开她的视线,摸出根烟插入嘴角,点上深吸一口,在鼻孔喷出的缭绕烟雾后问她:"手术怎么样……疼吗?"

"不疼……真的一点都不疼,打了麻醉药的。"

我搜刮不出更多台词了,只能自顾闷头抽烟。过了不知多久,她默默伸手过来,将我捏在手里的烟盒和打火机抠取过去。耳旁传来打火机的脆响。一团乳白色的烟雾缭绕到我眼前。然后,我听见她用比烟雾更虚渺的声音说了一句:"该疼的地方,能疼的地方,早都疼过了。多好……狠狠疼过一次的地方,以后就再也不会疼了。"

08　海上花

　　回浦西途中,夏雪突然说想去外白渡桥上看看,而且异常坚持。我拗不过她,只得陪她在外滩提前下车,沿江岸缓缓漫步走上外白渡桥。

　　很久没来外滩了。初中时我们三个经常放学后一起骑单车来外白渡桥看落日,往事画面至今栩栩如生在脑海中:绚烂的火烧云下,我和严浩轮流带着夏雪,两辆单车你追我赶的车轮飞驰中,海风尖锐的呼啸声、轮船苍凉的汽笛声、船过桥洞时巨大的轰鸣声,扑面而来灌满我们的双耳,海风鼓胀我们的衣襟、吹乱我们的头发,两旁疾退而去的风景如拉洋片般缱绻舒展在夕阳里,天地间的一切都被水色浸润蒸濡得迷离浓艳,似一幅烟熏蜡染的古旧画卷……我徒劳地在海风中一次又一次拨动着或许永远打不着的打火机,突然有种恍如隔世的苍茫感觉。

　　"小雨,告诉你一个秘密好不好?"扒在栏杆上的夏雪突然扭头对我说。

"说吧。"

"我曾经来这里自杀过。"

我愕然半响:"为什么?"

"因为年纪小,幼稚呗。"她笑,"小学五年级的时候,我爸妈闹离婚,有一次闹得太凶,我伤心透了,就离家出走,一个人跑来这桥上,想从这里跳下去。"

"学谁不好,学琼瑶阿姨电视剧里的女神经病。"我松了口气,揶揄道。

"嗯,确实被琼瑶毒害过。"她自嘲似的点头,顿了顿,"但是小雨,你知道后来为什么我没跳下去吗?"

"因为怕死?"我讪笑。

"不是。"她口气认真,"说出来你可能不相信,我真的一点都不怕死——死是最容易的解脱,活着才是真正难的。"

"那是因为什么?"

"因为这条河。"她将了将被风吹乱的刘海,转目望向奔涌的河水,"当时我像现在这样站在这里,看着脚下这条河,想到它这么千里迢迢、奋不顾身地从苏州来,就是为了奔向大海,我突然想起来,我连真正的大海都还没亲眼见过呢……你想,身为一个上海人,如果连真正的大海都还没亲眼见过,就这么死了,多说不过去呀。"

我苦笑,没说话,心中的苍茫感却更浓烈了。

"所以,那时我就下定决心,早晚有一天,我要走出上海,去见识、去领略一下真正的汪洋大海、真正的宽广世界——真看过了，我想，我也能死而无憾了。"

"什么死不死的……别乱讲这种不吉利的话。"

"每个人早晚都要死的。小雨，死亡并不可怕，真正可怕的是——直到临死的最后一刻，你才发现，自己其实根本没有真正活过。"

我想告诉她我也没有见过大海，但我宁愿到死都见不到大海，只希望时光可以倒流，可以让我们回到单纯的少年时代，然后一同停留在那个哪怕一直下着细雨的、永远走不出迷宫的上海……但我如鲠在喉，说不出口。

"我也给你讲个我的秘密吧。"最后我说，"我是出生在苏北小县城里的，活到十几岁都没走出过那个小破地方。小时候只见过池塘。回上海后，我妈带我来外滩玩，我第一次看见黄浦江，看见它那么大，激动坏了，上蹿下跳，大呼小叫：大海！妈妈快看大海！——然后就看见周围人都在笑……我妈特别要面子的，气炸了，一耳光差点把我扇江里去。"

"小雨，你——"她忍俊不禁，收住笑声后，用一种尤为温柔的目光凝望住我，"小雨，你知道吗？过去你在严浩面前总抬不起头，认为他什么都比你强，其实在我看来，你一点不比他差的，你比他善良，比他会照顾人，也比他可爱——我和他在一起那么多年，他还从没给我讲过一个笑话呢。"

我无法告诉她她错了——我并不认为我刚才讲给她听的故事是

一个笑话,而且我只羡慕严浩一件事:"他曾拥有你……"我深吸口气,
哂笑,"可能在他眼里,我就是个笑话吧……甚至有可能,这整个世界
对他而言都只是一个无所谓的笑话。"

她默默地看着我,良久,说出一句我完全料想不到她会说出的话:
"小雨,别打听严浩的下落了,趁这机会忘掉他吧。"

"为什么?"我愕然反问。虽然他俩已经分手,但我无法接受夏雪
说出这样的话——至少,我认为她不该在我面前说。

"因为,小雨,请相信我——你跟严浩并不是同一个世界的人,永
远都不会是。其实你完全不了解他……"

"嗯,我知道我没他聪明,没本事了解他。没关系,多给点时间,我
慢慢来呗。"我故作轻松地打断她。

"小雨,你没明白我的意思……如果有一天你真了解他了,就已经
迟了……"

"迟了?"我开始热血上头,"怎么迟了? 难不成他能把我肚子搞
大了?!"

话刚脱口,我就反应过来自己犯下多么严重的错误——我从没想
到自己也能开出如此恶毒的玩笑,我被自己的愚蠢惊得不知所措……
愣怔半响,我结结巴巴地向已失去声息的她认错:"对不起,我不是故
意的……我真的没过脑子……"

"没事的小雨,不用道歉的。"她面容平静地笑了笑,"我没那么脆
弱。要是连这种玩笑话都受不起,我还出去看什么世界呢?"顿了

顿,"对了……我记得我们上海话里有个特别有趣的词,专门用来称呼我这种女人的,你还记不记得怎么说的来着?"她蹙眉凝眸想了想,"哦对——叫'拉三'。"

她轻描淡写地从口中吐出这个相当难听的市井脏词。我懊悔得心如刀绞,但不晓得还能再说什么。我低下头继续拨弄着我打不着火的打火机。耳旁不再有动静。久到我不禁心生惶惑,做贼似的乜眼偷瞄向她……然后我便惊呆了——我看见她竟然站上了石墩,半个身子高出了护栏,向前挺着胸脯,扬着脸庞,闭着眼睛,张着双臂,就像一只迎风展翅将要飞上蓝天的风筝一般……有那么一刹那,我几乎以为她真的要纵身跳下去了,但她只是保持着那样一个姿势,静静的,一动不动,静得令身后湍急的车流和脚下奔涌的潮水,都变得像是在高速摄影机的镜头中一般,徐缓得不真实起来……

我瞠目结舌地望着她的侧影,不知所措,也不敢轻举妄动。不知过了多久,我看到她终于睁开眼睛,微启双唇,喃喃自语地吐出三个字:"苏——州——河——"

仿佛这条河的名字便是解除某个神秘封印的咒语,话音随风散去,她转过来——还原站姿,扭身下地,若无其事地冲我莞尔一笑:"我看够了,我们走吧。"

回到旅馆房间,我看时间还早,劝她再躺下休息一会。"那你呢?"她一边问我一边走到床沿坐下,脱下高跟鞋,俯下身去,隔着薄薄的丝袜轻轻揉捏着脚踝。

面对她冲我抬起的脸,我慌忙将视线自她脚踝上移开,无处安放地瞟向墙角一只不晓得是昨晚就已提前收拾好,还是原本就没打开过的行李箱。"你打算什么时候走? 明天吗?"我问。

"嗯。"她笑,"再不回去怕学校要报案了。"

"那你休息吧,我先走了,晚上再过来看你,请你吃个像样点的晚饭。"我挠着后颈琢磨着,"你想吃'新长发'的糖炒栗子吗? 要不就……'老大房'的鲜肉月饼?'沈大成'的桂花拉糕?'乔家栅'的糯米烧卖?"

她想了想:"我想吃油墩子——就是以前初中时候,早晨在学校门口撞见你,我每回都要从你手里抢一个过来的那种。"

我赧颜:"你别逗我了……"

"我没逗你,我说真的。"她脱下丝袜,屈腿坐上床,笃定地笑望着我。

"那……那我回头晚上出门上弄堂口瞄一眼……如果那个破摊档还在,我就给你买几个,趁热带过来。"我摸出根烟叼上,心慌意乱地在裤兜里摸寻打火机。

"谢谢小雨,你真好,真像我的——"她笑吟吟地拖长尾音,减缓语速,"——青梅竹马的初恋男朋友。"

我张口结舌,而后面红耳赤:"那,那我先走了。"我连嘴角的烟都忘了点上,慌慌张张夺路而逃。疾步走到玄关,手指刚搭上门把手,脑后突然飘过来她异常轻柔的声音:"小雨,别走了……留下来陪陪我,好吗?"

　　我触电般地哆嗦了一下。

　　两具沉寂的躯壳,泾渭分明地定型在尺码偏小的双人床上。窗户都关死了,窗帘也拉严了,静得一根针掉在地上都能听见。黑暗的房间里失去了时间的刻度,让我无从判断外面的世界已是什么辰光:午后还是黄昏,抑或夜色深沉。

　　背对我的夏雪毫无声息,似乎已睡着了。我入殓般庄重地将自己摊平抻直,僵挺在她身旁,在柏油般淤糊住所有感官的沉沉黑暗中,瞪着干涸酸涩的双眼,气若游丝地发着呆,全神贯注于压制住自己一不小心就会粗重起来的呼吸。

　　或许由于太过狠命抑缓心跳的速度,心脏每一次滞钝的蹦跶都似重锤打桩,几欲穿透胸骨。脑海中一会儿巨浪滔天、烈火燎原,一会儿沧海桑田、碧落黄泉。

　　没有倦意,也不知饥饿。我感觉自己的血肉之躯像飘浮在失重太空中的一颗微渺星尘,就会这样盲目运转到世界尽头。

　　不知过了多久——我甚至难以确定那真的不是自己的幻觉,我突然听见夏雪轻轻说了一句:"小雨,请抱抱我,好吗……"

　　声音十分虚弱,好似连温度都不曾有过便已熄灭成灰的一丝萤火闪烁,但在丧失视觉的我的听觉中却被放大得异常真切。那是种淡薄至极到难以言喻的语气,不是命令,也不是请求,让我无法从中捕获出任何情绪,却令我的颅腔和胸腔都在一瞬间被抽吸成真空——我的心脏从未体验过那么迅猛剧烈的收缩、那么生不如死的疼痛……我毫不犹豫地一个侧翻身,从背后用力抱紧了她。

我想她应该是察觉到了我身体无法自控的、筛糠般的颤抖——我感觉到一只十指修颀、柔若无骨的小手摸索着,慢慢包裹住了我不由自主已攥握到痉挛的拳头,然后用那么温柔小心的动作,将我僵硬的手指一根、一根掰开,细细地揉捏,直到它们都松弛下去……然后,抓起我的手腕,将我汗涔涔的烫热掌心紧紧按贴在她胸口……

我再次感触到了那种曾令我惊心动魄而又魂萦梦牵的、紧实而又饱含弹性的柔软——那个遥远的、最初的夏天,那个从此迷失在细雨中的单薄少年,他那一场从未在岁月流沙中被掩埋冷却的仲夏迷梦,再一次烫热、肿胀于我指间……

"小雨,你喜欢过我吗?"还是那个虚弱的声音,缥缈、淡薄,像细脆的玻璃纤维,似山林深处隐秘寒凉的一丝泉涌。

我没有回答她。因为我已发不出任何声音——我用力握紧她的乳房,把脸颊深埋在她的发丝里,紧紧地抱着她,紧到我都已感觉不到自己的心跳与呼吸,紧到她每一根纤柔的发丝仿似都在勒紧我被血肉模糊的哽咽淤堵住的喉头,磨砺我那么哀伤无助的苦痛灵魂……泪水奔涌出我紧闭的双眼。与此同时,我感觉到悄然滴落在我手臂上的湿凉……

失去时间维度的整个黑暗世界里,只剩下她的呼吸与心跳。随着她的每一次呼吸与每一下心跳,一种不可思议的漂浮感开始渐渐侵蚀我的知觉,让我感觉自己身下的床褥就像一座暗礁,正在涨潮的宁静海水中缓缓沉没……

那么安宁而又哀伤,那么绝望而又温存。最后,只有如烟如梦的轻柔细雨,无声无息地飘落在无边无际的黑暗深海里。

我做了一个梦。梦中自己已非常苍老,孤零零地伫立在静悄悄的雨雾中,手中捏着一张看起来已相当有年头的泛黄照片,然而照片上的人,却并不是那位身着民国学生装的神秘女子,而是穿一条海蓝色连衣裙的夏雪。

黑沉沉的苏州河水从我身边流过。我脸上蒙裹着雨水,呆呆凝望着照片。我知道照片背面一定写着什么,却不敢去看。

当我终于鼓足勇气,将照片翻转过来,却发现它背面的字迹已被雨水泡得一团模糊,一个字都看不清了。

我从梦中惊醒过来,发现房间里只有自己一个人。墙角的行李箱,卫生间盥洗台上的化妆包,从医院拎回的购物袋——包括那盒未拆封的"太太口服液",都已消失不见。

黑沉沉、静悄悄、空荡荡的旅馆房间里,唯一能证明夏雪存在过的痕迹,是她留给我的一张小纸条——一张旅馆房间内免费提供的便笺,被一只枯萎干缩发黑的白兰花花苞压放在床头。纸条上是娟秀的圆珠笔字迹：

　　小雨，我走了。听我的话，忘掉严浩，也忘掉我吧。愿你遇见一个能真正给你幸福的好姑娘，请珍惜她，善待她，别让她受伤，别让她心碎。

　　谢谢你送我的发簪，我一直在用，非常喜欢。这支簪子会让我记得你，记得我们在一起的那些美好时光。我会把它一直带在身上，一直到死。

　　几天来发生的一切，虚幻得像古书中所说的一场黄粱迷梦。我麻木不仁地走路，坐巴士，回到恍如隔世的校园。直到坐倒在宿舍床头，脑中依旧是一片空白——我不清楚究竟发生了什么，也不晓得接下来该做些什么。

　　周围同学们的追逐打闹，嬉笑鼓噪，都仿佛是发生在另一个世界里的事，与我隔着一道透明的玻璃幕墙。

　　直到预备熄灯的铃声刺耳响起，我才条件反射地起身，端起脸盆，扯下毛巾，给牙刷挤上牙膏，直愣愣地迈出门，目不旁视地走向公共盥洗室。

　　身旁经过的某间宿舍里传出罗大佑的歌——他与甄妮合唱的那首《海上花》。我下意识停住脚步，茫然侧耳倾听，然后，在突如其来的一阵轰然耳鸣中，我只感到眼前光迷影乱的一片天旋地转，旋即便听见了自己后脑勺磕砸在坚硬水泥地面的笃实声音。

视野堕入黑暗前的最后刹那，我才突然悲哀地意识到：夏雪在留给我的告别纸条上，直到最后都没有对我说声"再见"。

09 王国维

　　我摔出了脑震荡,在病床上浑浑噩噩地躺了十几天。出院后,我继续保持着基本令人不敢轻易近身的浑浑噩噩状态,苟延残喘到学期结束,终于在考完最后一门课后,突发四十度高烧,再次一头栽倒——好在这回是栽在阁楼的木地板上。

　　断续反复的高烧使我整个冬天都像植物人一样瘫痪在厚厚的棉被下,直到次年开春才总算可以下床复习已快生疏的直立行走。看见下床的我,母亲十分欣慰,不是因为我终于活过来了,而是因为我总算长高了——或许由于长期耽于枕榻脚不沾地,我的个头竟离奇地拔高了近十厘米。"这才像你们苏家男人该有的样子嘛。"母亲在饭桌上用漫不经心的口吻点评道,"你不晓得你爷爷,还有你到现在都还没有见过面的那几位叔伯,个子都有多高!"我瞥见一旁个头已被我明显超过一截的父亲应声变了脸色,但终归一句话都没敢接,埋下头默默扒饭。

　　这个春天母亲心情格外不错,不仅因为我不再寒碜的身高替她在街坊邻里间又争着些面子,更重要的是,她靠自己艰苦卓绝、永不言弃的"一根筋死磕大法",终于在"与人斗其乐无穷"的小市民专属打怪升级游戏里再闯一关:已连续多年从厂里领回"先进生产者"奖状的她,终于被评上区里的"三八红旗手",凭借这一热乎着的荣誉,配上各种卖萌耍横而又不致太下三烂的谈判手段,她终于让自己的大名挤进了厂里原本只有科级以上干部才有份在列的第一批福利分房名单。

虽然身为"死磕派常胜将军"的母亲早已凭她过往的显赫战绩在这片老弄堂里扬名立万,但我还是头一回见她为自己的胜利会春风得意到这等令人咋舌的程度:虽然新房还未交付,虽然所有外人都无法理解她为何当初放着外公的"豪宅"不去白住,却为一套还要自掏血汗钱贴补的工厂宿舍房如此搏命,此人还是就跟打了鸡血嗑了药似的,整个春天都在纵横捭阖方圆五百里地忙于瞎串门,四处分享她的胜利喜悦,无私传授她的斗争经验。

鉴于我的身高已不再令她蒙羞,我就读的大学也够档次替她撑场子,慑于此人淫威,我不得不苦不堪言地常常义务沦为其"掼浪头"活动的"扎台型"道具。在她滔滔不绝的演说兴头上,唯一能解救我于水深火热之中的意外变故,是不知好歹的听众打量着我,真情洋溢地冲她来一句啧啧感叹:"这才多久没见,小雨这孩子真是越长越像他外公了呢!"每逢此时,母亲总是会当即由晴转阴,草草鸣金收兵,再无半点兴致继续她的"路演"。

全家喜气洋洋。只有刚经历过濒死体验的我,对终于能告别"下只角"的这一天大喜讯,完全无动于衷。

当选项只剩"生"和"死"时，任何选择题都变简单了——我不是夏雪，我会背诵"千古艰难唯一死"，所以我怕死，我觉得还是活着更容易些。

不就是没心没肺地活着嘛。在我所寄身的那所以热衷于标榜"自由而无用的灵魂"而著称于世、莫论师生均沆瀣一气甚得魏晋遗风真传的学校，虚度光阴别提多容易：无论多么放浪形骸，都不会有人觉得你有精神病，甚至越是玩得惊世骇俗、出格离谱，越会得到广大群众的交口赞誉、顶礼拥戴，被评定为如假包换的精神贵族。

开学后，我开始沉溺于烟酒。我抽烟时深受香港录像熏陶的颓废腔调，与酒后超凡脱俗的胡说八道，深深感染了舍友们。没多久，全宿舍都被我带坏成了烟鬼加酒鬼。四月，艾略特笔下最残忍的季节，一个集体酩酊大醉的晚上，"劈情操"劈到个个欲火焚身的高潮时刻，睡我上铺的安徽哥们儿动情地跟大家追忆起他老家青梅竹马的恋人，细节丰富地供述了两个小情种如何从穿开裆裤相识，到干草垛旁打啵儿相知，到小山坡上脱裤子相恋，到小村口执手相看泪眼离别，声泪俱下地控诉双方家长因宗族世仇对纯真爱情的残酷镇压，末了真把自己给煽豪壮了，竟悍然宣布要就此放弃学业，回老家找上他"小情儿"，一起私奔去深圳做"捞仔"淘金——美其名曰为响应国家号召：争做先富起来的一批人。

一屋子醉得五迷三道、唯恐天下不乱的"毯儿哄分子"纷纷为此人感天动地的豪壮决定击节扼腕，极尽煽风点火之能事。鉴于此人先前曾尤为沉醉地描绘了某回他赶着小毛驴驮着小情人去逛庙会的剧情，当即有饱读诗书的家伙提议，大家不如效仿魏文帝曹丕率一众建安才俊为生前爱听驴叫的王粲送葬的美谈，这就也来搞一场学驴叫大赛，为一去将不复返的壮士践行。

早已熄灯的校园，夜深人静，月黑风高，可想而知，一阵骤然号起的驴叫有多惊悚——且不说其中还有几头从未亲眼见过活驴的"南郭驴"在凭艺术气质自由发挥。于是我们成功招惹来了宿舍管理员、学生会干部等各路厂卫人马，集体拿了个严重警告处分。

衙门的处分换来民间的莫大抬举：我们这一窝"驴"在校园内声名鹊起。几天后，立志私奔的情种果真辍学开溜，自此成为一个可歌可泣的传说——后来每年都会有新入校的小师妹组团来瞻仰膜拜此人的床铺和"遗物"，我们甚至还能捎带赚点解说费和香火钱。而剩余的"驴"，由于数量恰好还剩七头，便当之无愧地在本系知名民间传统学术活动——"相辉月旦评"——上被光荣册封为"建安七子"，终于也算牛×闪闪地留名本系青史。

"驴"们扬名立万了，"驴圈"自然也跟着蓬荜生辉：我那宿舍自此成为楼里人气最旺的所在，每逢闲散时光便高朋满座，酒局或茶摊随时开张，各路名士骚客、豪侠散仙接踵而来，络绎不绝，大家席地而坐，坐而论道——觥筹交错间，有理有据、有礼有节地热烈探讨各种高深的学术话题，譬如，人为什么活着？李煜和李渔谁更能干？高尔基会不会想跟陀思妥耶夫斯基"搞基"？……虽乌烟瘴气、狼奔豕突，倒也不知有汉、不亦乐乎。

母亲拿汗水和口水打拼来的新家交房了。搬家又是在暑假。搬家前夕,家里突然来了位不速之客。那是个身材瘦高、面容清癯而又极显沧桑的中年男人。大清早天刚鱼肚白,我就被母亲从床上拍醒,强拖至堂屋。第一眼望见陌生来客,我便从他的眉眼轮廓中隐约猜出了他的身份——"小雨,快喊'大伯'!"母亲用罕见的慈祥口气吩咐我。

我驯顺地打了招呼。而眼前这位我有生之年第一次见到的大伯,却只是相当冷淡地冲我略微点了下头,旋即扭脸吩咐呆坐一旁的父亲:"让孩子赶紧收拾吧,别误了火车。"耷拉脑袋一直在揉搓手指的父亲慢慢吞吞抬起头,缓缓移动视线找准我的脸,却像是又忘了要讲什么,微张着嘴木讷在那里。母亲眼明嘴快地插入救场:"小雨,快去换衣服——找件白衬衣,配条黑裤子,待会跟你爸和大伯去苏州——"母亲飞快地瞟了眼大伯,音量陡降一个音阶,"参加你奶奶的追悼会……"

看来我在有生之年又能见到一位名谓"奶奶"的至亲了——虽然已经只剩下遗体了。

在灶披间洗漱时,我努力竖起耳朵,断续捕获到几段大伯在堂屋里说话的低沉声音:

"妈是直到闭眼,都不准许我们通知你的。但是,你毕竟是她的亲骨肉。考虑下来,我觉得在她老人家下葬前,还是应该让你跟她最后见上一面。"

"我代表全家人做这个决定,并不等于原谅你了。我只是出于对传统的尊重,还有考虑到咱们家起码该有的规矩跟礼数——怎么说,我们桐城苏氏也算是有历史、有文化的世家大族,母亲去世了,亲生儿子都不露脸,这若传出去,也是个愧对祖宗颜面的笑柄。"

"到那边,你控制下自己的情绪。跟周围人,能不说话就别开口,老老实实把过场走完,就算皆大欢喜。你也晓得大舅和三弟的脾气,我不想因为你,母亲这最后一程都走得再不安生。"

传入耳中的始终只有大伯的语声,间杂母亲的赔笑客套,父亲却全无声息。凭经验我完全能想象出堂屋里的场景:父亲一副没脊梁骨的脓包尿样,对大伯低声下气地点头啄米,或者干脆闷头装死。

去往苏州的火车上,由于缺席了家中唯一具备没话找话功能的母亲,三个老少爷全程冷场。着实无福消受这等诡异气氛的我干脆放弃座位,躲去过道闷头抽了一路烟。

抵达追悼会现场,气氛更加诡异。有生以来这十几年间,我虽已不吝想象,却还是没能想到我在这世上竟还有那么多活生生的本家亲戚。但所有这些同我血脉相连却又素不相识的面孔,对待我和父亲的态度都极冷淡,看向父亲的眼神更是复杂古怪:视若无睹,横眉冷目,甚至凶光毕露。没有任何人主动来跟我们说任何一句非必要的话。全程只有大伯不远不近地"关照"着我们,直到把我们送上回沪的火车,连声"再见"都没说,便头也不回地走了。

回到家里,显然早已等得急不可待的母亲将父亲一把扯进卧室,做贼似的关起门来窃窃私语。我自顾洗漱完毕,爬上阁楼。几十分钟后,母亲难得客气地预先通报了一嗓子,随后押解犯人般推搡着步步踯躅的父亲也爬上来,双双落座于床沿。父亲还是那副丧魂失魄的死相,在母亲又是使眼色又是掐臂膀的催逼下,才终于臊眉耷眼地盯牢自己脚尖,支支吾吾地冲我开腔:"小雨,有……有件事,我和你妈妈,都觉得是时候该让你晓得了……"

"哦,讲来听听。"我心平气和。

其实我很清楚父亲要讲什么。多年前苏北小县城的某个夜晚,我就已无意中隔墙偷听到这故事的大概。我故意伪装出一副懵然无知的嘴脸,是因为我深知另一件事:对父亲而言,这故事的讲述——特别是讲给自己亲生儿子——过程本身,就是一次死去活来的受刑。而我,相当乐于观赏他这一番受刑表演。

父亲对我讲述的故事,梗概如下:

父亲的父亲——也就是我的祖父,是清代文坛赫赫有名的桐城文派的嫡系传人。晚清末年,为避安徽的捻军战祸,举族南迁苏州。民国时期,因为固执于推崇同光古文,祖父长期饱受南社激进势力的攻讦排挤。但也好在受了排挤——新中国的头几轮政治运动,祖父都侥幸躲过了。但老人家万万没想到,"文化大革命"拉开大幕后,因为受他连累导致所谓"出身不干净"而无法当上红卫兵的他的次子——正当愣头青少年的我父亲,竟为了自己朝思暮想的那一个红袖标,跑去向当权的革命小将们检举揭发祖父为"反动文人",并主动请缨,带领一帮"红袖标"上门抄了自己的家,亲手泼油点火,将祖父珍视为命根子的所有字画藏书——按当时的官方定义叫"封建毒草"——烧了个灰飞烟灭。而后,按批斗活动的标准流程,父亲又给祖父插上一块"牛鬼蛇神"的大牌子,押解祖父游街示众,并在最后的高潮环节——"批倒斗垮"——再次带头上阵。结果,父亲由于革命激情太高涨、下手太无私,亲手打断了祖父的一条腿。

父亲用他大义灭亲的立功表现,为自己换回了梦寐以求的绿军装和红袖标。而饱受凌辱的祖父,却在当天夜里,待家人都熟睡后,在暴雨中硬拖着一条断腿,蹒跚到柴房,悬梁自尽了。自缢前,祖父换上一件最干净的长衫,拿毛笔在柴房墙上以苍凉的繁体行草写下王国维先生的半阕词:试上高峰窥皓月,偶开天眼觑红尘,可怜身是眼中人。

次日清早发现祖父遗体的祖母,当场突发脑梗,中风偏瘫。从南京紧急赶回苏州的大伯,进家门后二话不多说,抄起把斧头将父亲追杀出家门。父亲自此无家可归,四处瞎串联一阵后,最终走投无路,为混口饭吃,跑去报名"上山下乡",然后在苏北小县城遇见母亲,结婚生下了我。

父亲用半死不活的断续声音,无比艰难地讲述完这个耻辱透顶而又惨烈绝伦的故事后,抬起眉眼忐忑地瞄向我。我知道他在向我企盼——更准确的说法是"乞讨"——什么。但我并不急于结束游戏。

我脑海中无声地上映着我并未亲眼看见的悲凉画面：泼墨般漆黑的夜幕下，摧枯拉朽的狂暴风雨中，一位面目模糊的老人，倔强地拖着一条断腿，那么艰难、那么缓慢地挣扎向前，一步，一步……

"讲完了？"我用若无其事的腔调问父亲。

不出意外，父亲一脸错愕——而这正是我要的效果：为这一刻，我已隐忍蛰伏多年。

"没什么大不了的。"我嬉皮笑脸，"跟外公一样，不就是败家吗——能败的都被你们败光了，就没我什么事了，说起来我还得感谢你们呢。"我盯牢父亲的眼睛，"而且吧……我觉得其实你比外公强多了——外公祸害亲人，是为了祖国，你呢，好歹是为自己，显然比外公明智嘛！"

我愉悦地凝眸目送由自己口中徐徐吐出的话语像一把锋利的匕首凌空掷向父亲来不及有任何机会闪躲的面门——那张脸在一瞬间就失尽血色，甚至连骨肉都塌陷干枯下去了，仿佛苍老了数十岁。

"小雨！不许油腔滑调！"母亲一声厉喝——此人素常警惕性极高，但这一回显然是因为疏于防范而方寸大乱了。虽然应该已经意识到不对劲，但仓促间，她仍是低估了我蓄谋已久的冷酷与凶残——发威后，她居然还试图将局面掰扯回自己心理预设的尺度范围内，改用极力压抑住火气的和缓语调对我晓之以理："小雨，你爸当年确实犯了大错，但他当时毕竟还是个未成年人——年纪比你现在还小。而且，你看看他现在的样子，看看今天你们苏家人对他的态度——这几十年来他已经受到过惩罚了！况且，说一千道一万，他毕竟是你父亲，毕竟含辛茹苦地把你抚养到这么大，你就不可以原谅他吗？"

"我没说不能原谅他。"为继续诱敌深入，我故作诚恳地冲母亲一笑，"不过……我有个条件。如果你答应我的条件，我这就原谅爸。"

母亲一愣，稍一迟疑，将充满警觉的目光锥刺进我瞳孔："什么条件？你说来听听。"

为迎接即将到来的高潮，我做了个深呼吸，同样盯牢母亲的眼睛："你先原谅外公。"

空气蓦然凝固，而后爆破——母亲像一头被激怒的母狮子，张牙舞爪地蹦起来，以狂暴的咆哮回应我："不行！绝对没有这个可能性！"

"为什么不行？"我拿手指定已形容枯槁如遗骸的父亲，"我的父亲——这么一个自私懦弱的家伙，你都能原谅，还想要我也原谅，为什么你自己的父亲反倒就不行？！"

话音未落，母亲已扑过来，一记耳光抽在我脸上。眼冒金星过后，我傲然冷笑，品尝着唇齿间弥散开的血腥味，寸步不让地迎视住她。从未遭遇过我如此程度对抗的母亲气得浑身颤抖，直喘粗气，僵立半晌，拿手指住下阁楼的梯子："滚……你给我滚下去！到楼下去给我好好照照镜子！看看你现在的嘴脸，是个什么混账样子！"

"好呀。"我笑，"正好——那么多人都说我越长越像外公，我还没认真在意过呢！现在就去研究一下。"

没等手捂心脏的母亲真的犯了心脏病，我故意当着她的面，摸出我藏在枕下的香烟盒和打火机,昂首挺胸地与她擦身而过,爬下楼梯。

　　站在堂屋里的镜子前,我点上根烟,打量镜中的自己。昏暗的灯光下,透过缭绕在眼前的烟雾,我看见一张酷似青年外公的脸,还有这脸上狰狞堪比严浩的一副笑容。

　　我知道我已经再也回不到原本属于我的那个安稳世界了。

10　机器猫

搬家前一天,我最后一次爬出阁楼的老虎窗,坐在屋脊上,远眺着苏州河上穿梭往来的行船和浮云游移的天空,一根接一根地抽着烟,心绪空茫地发了一整个下午的呆。

苏州河上的黄昏,被水色浸润着,总是不知不觉就燃尽了。当夜色似潮水轻烟从四面八方悄然漫袭而来,我坐在整片起伏无际的屋顶中央,浸润在微凉晚风中,看着四周从坠沉下去的喧嚣里远远近近、次第泛起的点点灯火,看着被自己砸向夜空的一枚烟头溅散开的万点星光,一刹那的恍惚里,猝不及防地,我回想起夏雪的脸。

像在暗室中显影的相纸,那样一张在黑暗中从未模糊泯灭,反而随着每一次重复冲印而变得越发清晰的脸。

我从来都没有足够的言辞用以描述她的美,就像垂死的溺水者要如何说出自己的窒息。

我也无法对她说出我喜欢过她。因为——我曾深爱过她。

我想,相比于"喜欢"的轻松与愉悦,她或许应该比我更能懂得

"爱"的晦涩、沉重、绝望、疼痛吧。

我将夏雪最后留给我的纸条,同神秘民国女子留给外公的相片一起夹回了《双城记》的书页中——夹在西德尼·卡尔登决定要为拯救情敌的生命献出自己生命的那一章。在那一页,卡尔登第一次——也是最后一次——轻轻亲吻了露茜的额头,微笑着告诉她:"给你你所爱的生命。"

出门去买烟时,我在灶披间门口险些撞翻父亲——父亲化石般悄无声息地枯坐在门槛上,就着还算皎洁的月光,呆呆地凝视着双手捏举的一张照片。

那是父亲仅存的一张他少年时代的单人照。从我记事时起,这张照片就一直被压在父母床头五屉柜的玻璃板下。父亲过去时常长久地伫立在五屉柜前,若有所思地盯住它发呆,但从未动手去触碰过它——像此刻这样把它取出来捧在手中,我还是头一回看见。

鉴于我与父母之间仍处于冷战状态,我一言不发,若无其事地自顾走了。回来时,再次经过父亲身边,他突然怯生生地叫住我,向我讨借打火机。虽不明所以,但我还是懒得在意,直接掏出来递给了他。随后,我做梦也想不到的剧情竟发生了:我眼睁睁地看着父亲用笨拙的动作拨打出火苗,点燃了那张被他珍藏已近半生的老相片……

随晚风摇颤的火光中,父亲捏举照片的手指也在微微颤抖。我愣在原地,跟他一同默默注视着相片上那位身穿绿军装、腰系武装带、臂挂红袖标、手举"红宝书"的瘦弱少年,其夸张造作到滑稽可笑的革命身姿,带着脸上一副异常容光焕发的神气表情,被猩红火苗贪婪地舔舐着,一寸寸化为轻烟,散作灰烬。

曾经无知少年的虚妄执念,曾经革命小将的冷血罪证,就这样灰飞烟灭。我却无从得知,这一刻,对父亲而言,是否真的已是梦醒了?

父亲将打火机递还我。我没接。我在他身旁蹲下,拆开烟盒的塑封,摸出两支烟,自己叼上一支,另一支默默递向他。从不抽烟的父亲蓦地张大嘴,讷讷地与我对视片刻,最终一声没吭地把烟接了过去,再次笨拙不堪地打着火苗,给自己点上了。

随着一连串咳嗽声剧烈地迸出,我看见父亲被他此生吸入的第一口烟呛出了斑驳的泪光。

咳嗽声渐渐平息下去。夜深人静的昏暝弄堂里,只剩两枚赤红烟头忽明忽暗地微弱地呼吸。

托各路挂单散仙的福,在各种"杀时间"的无聊把戏的更新换代上,我们的"驴圈"一直高端大气上档次地走在时代潮流前沿。大二时,本宿舍率先玩起了一种西洋舶来的新游戏:Truth or Dare ——中文名叫作"真心话大冒险"。游戏的玩法无须赘述,如今早已臭大街。由于玩家普遍人品欠奉,互相掏不出一句"真心话",所以玩到后来,游戏基本上已经只剩"大冒险",而且冒险任务的设定,也在通往邪恶的出格道路上越走越远。

中秋节后一个周末的晴朗午后,我从某个拖欠我巨额饭票不还的贱人手上接到一个史无前例的邪恶任务：到女生宿舍楼前找棵大树，爬上去骑树杈上为楼里的姑娘们献唱一首情歌，而且唱完还必须赚得喝彩才算过关。此任务着实惊天地泣鬼神，我刚灌进胃里的几斤绍兴花雕又着实太有后劲——我二话不说蹿起来，拖鞋都没换，穿着条大裤衩就起驾出征。马不停蹄杀奔至女生宿舍区，暴土狼烟转悠一圈，踅摸到一幢楼前有几棵紫薇树的，挑了棵离楼最近，也最粗大的，尽显矫健地攀爬上去。职业起哄分子们也没闲着，一路招募收编新成员，声势浩大地尾随而至，各种架秧子暖场——打呼哨的打呼哨、敲脸盆的敲脸盆、拉客的拉客……最给力的当属我的"建安"损友们——自带小板凳，吉他、口琴等伴奏乐器一样不少，还特体贴地把我脱在树下的拖鞋给收了，张罗着拿扫帚、拖把等等十八般兵器把我下树的退路也给封了。

等我察觉到裤裆内某重要器官被树杈硌得着实很有反应时，已经骑"树"难下了，胯下乌泱泱一片看戏不嫌事大的面孔眼巴巴地翘首以盼，还冲我指指戳戳，品头论足："啧啧……骑个树杈都骑得这么身姿淫荡，真是位壮士！""喂，尿急了就吱一声，你的脸盆我帮你给带来了！""哥们你到底唱不唱啊，再不唱砍树了啊！"……

唱就唱，豁出去了。自诩音色感人的我清清嗓子，醉意陶然地唱了首沈庆的《寂寞是因为思念谁》。一曲唱罢，楼里窗户稀稀拉拉开了几扇，探出寥寥几颗发也蓬松目也惺忪的脑袋——正当午休时分，显然都还没醒过神来，不明所以又悲愤交加地打量着树杈上花丛中的我,以及树下花果山周年庆般的妖邪阵势。

"没有女生鼓掌,太失败了! 不算不算,再来一个!"坏人们不买账,纷纷冲我喝倒彩。

伤自尊了。怒从中来,我决定祭出自己的撒手锏。我郑重调整坐姿以便从下盘发功运气,然后冲树下的舍友们比画下手势,他们当即心领神会,个个拗好酷炫造型,吉他、口琴等等诸般乐器纷纷就位。

这回我献唱的是自己最拿手的保留曲目:高晓松的《同桌的你》——去年系里举办纪念南社诗词编集六十周年的校园民谣大赛,我宿舍"建安七子队"凭这首歌勇夺第二名"苏曼殊奖",赚尽台下本系女文青的红泪。

> 那时候天总是很蓝
> 日子总过得太慢
> 你总说毕业遥遥无期
> 转眼就各奔东西
> ······

唱到第二段时,楼里有反应了:窗户一排排推开了,脑袋瓜一丛丛探出来了,居然颇有些衣衫不整、姿色不赖的家伙。

我们"建安七子"的封号可不是臭盖的,在悠扬的吉他和口琴声中,连往常最会来事儿的几位愣头青和"二道哄"都乖乖安静下来了。

一曲结束,万籁俱寂,旋即掌声与喝彩声自楼里楼外同时响起,从四面八方澎湃如潮地将老树连带我拥裹其中。

黄酒出名的后劲越发上头。我昏昏然感觉自己已在声浪中飘浮起来,光芒万丈地摆脱了地心引力。自我感觉过于良好的后果是我连胯下的树杈都懒得扶了,打着酒嗝,张扬出自诩可与紫薇花媲美的风骚笑容,四下招手示意,大肆抛洒媚眼和飞吻。可惜哪怕再受群众爱戴的偶像,"粉丝"中也会混入极个别爱冒充有个性的讨厌鬼捣鼓出不和谐动静——正对面一窗口内,冷不丁排众杀出一位一副学生会干部面相的黑脸"四眼妹",横眉冷眼地指斥我:"喂,这位男同学,现在可是秋天,我只知道有反季打折的,没见过有反季发春的——你是有病吧?"

"你有药吗?"状态极佳的我笑容可掬地回敬她,编段子不带眨眼——"我是来向我暗恋多年又失散多年的中学同桌表白的,请问你是我中学同桌吗? 古有司马相如凤求凰、萧史弄玉骑凤凰,今有本人骑大树——爱情的伟大力量你懂吗? 也不去找面镜子照照你这张大咕咕鸡都没'性趣'冲你打鸣的'马哲'脸——赶紧退散吧!"

看着此人憋闷成出膛炮弹的脸色,我玩性更盛,借着刚顺口胡诌出的段子继续煽动高潮——我挺直腰杆,双手拢嘴,运足中气,虎躯一震,冲楼里大喊:"我那美如天仙的同桌女孩,请问你躲在哪里? 为啥还不出来接受我的表白?"

话音刚落,我做梦都料想不到的惊悚剧情发生了:我竟然听到了回应,而且就来自树下——

"我就在这里呀!"清脆甜美的女声,语调从容,口气真诚,听起来和我一样心情不错……

现场霎时再次迎来时光暂停般的万籁俱寂。

回应声响起的那一瞬间就已惊得魂飞魄散的我,惶惶然循声向树下找去,果真在簇拥攒动的人头中赫然定位出一张煞是眼熟的脸——"机……机器猫?"我如遭雷劈,骇然失声——这历史性的一刻让我对"冤家路窄"和"阴魂不散"这两个成语的含义有了彻骨理解。

"是的,就是我!"久违的面孔张扬出久违的神气活现,冲我昂然颔首,一双大眼睛灵活无比地转动着,上下打量我,午后的绚烂阳光,在此人的瞳孔中突然折射出一道让我感到头晕目眩的璀璨光芒——

"咦……"拎着两只热水瓶的她煞是费力地腾出一只手,冲我胯下一指,"小雨,你短裤上有个被烟头烫出来的大洞——"

是的,我穿的正是当初见夏雪时所穿的那条短裤,我都忘了当时被自己烫出的这个大洞,却不幸被胯下这个上辈子结下的冤家注意到了——我只觉裤裆一紧,而后一个重心不稳,在群众的一片惊呼声中,姿势别扭、大头朝下地从树上栽落,平生第二次摔晕了过去。

从昏迷中醒来,我发现自己已被以殡仪馆里的标准遗体造型陈列在宿舍里自己的床铺上,四下寂静,除我之外,屋内仅有的活物又是那张阴魂不散的讨债鬼面孔——感觉是坏人们怕我没死透,特意供奉一个镇邪利器在这儿防诈尸。

我的第一反应是：这遗体告别仪式也忒简陋了吧？第二反应是：我还是死透了算了。

"你醒了？你没事吧？要不要紧？会不会死？"抠着裙角盘踞在床沿的"机器猫"凑鼻子过来一迭声问，颤巍巍的长睫毛差点戳进我眼眶里，大眼睛笼着雾蒙蒙的水汽，不晓得是否在我昏迷时已难得良心发现地落过泪。

"相当有事，非常要紧——我快死了。"我气息奄奄地回答她，暗自掐了掐自己的大腿，确认不是做噩梦。

"骗人！"此人急了，"刚才校医来看过你了！全身检查！说你应该没事，就是酒喝多了，再加上——"音量陡降下去，"再加上……或许，可能吧……还受了一点点小小的惊吓……"

"我受的是内伤。"我艰难地扭动像被灌入成吨糨糊的笨重头颅，四下踅摸，"帮个忙——把桌上那个脸盆给我端来，我要吐血。"

"你就往我身上吐吧。吐完了，我跟你同归于尽。""女杀手"口气凄婉哀凉，一副自暴自弃的愁苦面容。

我终于从枕头旁找着烟盒和打火机，强撑身子半坐起来，点上根烟深吸一口，这才感觉自己活过来一些。

"贱人们都哪去了？"我环视一圈难得空荡荡的宿舍，纳闷地请教她。

"不晓得。"此人把小脑袋瓜摇得像拨浪鼓，一脸无辜地皱起眉头，撇嘴嘀咕，"你不说我还纳闷呢……我说我要守在这陪护你，等你活过来，这帮奇奇怪怪的家伙不晓得为什么，一扭头就全都鬼鬼祟祟地溜掉了……"

"他们这是好心，给你提供作案机会。等你把我彻底弄死了，他们回来会弹冠相庆，还会替你毁尸灭迹。"

"讨厌！我才不要弄死你呢……半死不活最好玩了。"此人话没说完小脸先绯红了，耷拉下脑袋，臊眉搭眼地挠着裙边，又勾弄手指，用堪比蚊子哼哼的音量嘟哝，"对不起……我真不是故意要害你从树上摔下来……"

静悄悄僵持半晌，没等到我出声的此人终于屏不牢了，小心翼翼地抬起眼睫毛，拿楚楚可怜的小眼神偷偷瞄我，发现我正目光沉稳地上下打量她，霎时紧张起来，拿双臂猛捂住胸：

"你在看什么……你是不是想对我下毒手？"

"别瞎紧张，我对平胸没兴趣。"我懒洋洋道，视线故意不慌不忙以龟速扫过她这些年居然已大有发育的胸。"我是在找你的'神奇口袋'呢，看你这回又打算从哪儿变出些什么好吃的来讨好我，收买我原谅你。"

"我才不是平胸呢……"此人脸更红了，却又不服气地小声反驳一句，别别扭扭地收回护在胸前的双臂，还掩耳盗铃地做个深呼吸，借势挺了挺胸脯，然后一本正经地对我说，"告诉你，现在我已经不是机器猫了——我长大了，是个成年的淑媛了。"——在"成年"两个字上特意咬出重音。

"哦,恭喜。"我心不在焉地附和她,而后问,"变不出来好吃的了,那你打算怎么补偿我?"

"那……"此人愁眉苦脸做苦思冥想状,"要不我请你吃顿大餐吧。"

"什么时候?"

"就今晚吧——如果你还没挂掉的话。"

"多大的大餐?吃到你破产,三个月都买不起'护舒宝',可以吗?"

"嗯!"豪迈点头。大约觉得自己应承得太干脆,想找补回些腔调,此人又小声嘀咕着补了句,"看在你思念我都思念得爬树犯病去的分上……"

"好吧,我接受了。"基于跟某些习惯性拖欠债务的贱人长期打交道的经验,我深知穷寇莫追、见好就收的兵法古训,心满意足地鸣金收兵。

"那……你先好好休息吧,六点钟我来你们宿舍找你。"

"好的。"

"那我先走了。"

"再见!"

"我可真走了。"此人说走却不动,屁股在原处蠕动,"其实我也可以留下来多陪你一会的……如果你需要的话,用不着羞涩,勇敢告诉我……"

"谢谢！不用！请你赶紧团成一个球,圆润地滚蛋吧。"

神烦的缠人家伙终于嘟着嘴跑了。我以"债权人"该有的矜持姿态,自顾吞云吐雾,将此人气哼哼的背影目送出宿舍门口,忽然想起件事,招呼她:"喂,窈窕淑女!"

"啊?"此人猛一个急刹车,脑袋探回来,"怎么啦?"

"晚上过来,带钱包就行,别瞎捯饬啊。"我叮嘱她——凭良心讲,我真是为此人的安全着想,当然嘴上肯定不能露怯,所以我说的是,"我宁可被你晚上在大餐里下毒给毒死,也不想还饿着肚子呢,被你一露脸就给活活吓死。"

此人愣了足有两秒钟,明白过来后气急败坏:"就捯饬,就捯饬!——哼,苏小雨,你等着,今晚我非要让你好好见识见识什么才叫大美女!你就等着自惭形秽,准备好哭着鼻子求我让你摸下裙角吧!"

"行,我等着,放马过来吧!"我眯眼遥望穿一条海蓝色连衣裙乱蹦跶的此人,没心没肺地哈哈大笑。

11 小黑裙

我真的见识到了"大美女"。

在我的高中记忆里,此人虽姿色尚佳,但由于该发育的地方彼时都还没啥动静,公主范儿的穿衣风格也跟我的审美情趣完全不搭界,再加上其整日 cosplay(角色扮演)机器猫那个没有性别特征的卡通怪胎,所以我一直都只把她看成是个小女孩,从未认真视其为"女人"。这一深刻顽固的成见,直到几个钟头前惨绝人寰的意外重逢,都还没来得及被她已然正反面分明的身材给纠正过来。所以,可想而知,当脚踏一双孔雀蓝细高跟凉鞋,身穿一件虽式样简洁但看面料和剪裁应属大牌的小黑裙,耳戴一对小巧精致的绿松石金耳坠,马尾辫解散成披肩长发,甚至还化了清透淡妆的此人翩翩然走进宿舍,我是有多么不敢相信自己的眼睛——一个恍惚失神,我险些把烟屁股给怼进鼻孔里去。

原本闹哄哄的宿舍霎时安静了:挠裤裆的爪子原地冻结住了,刚填鼓腮帮子的面条原路出溜下来了,举在半空的茶壶将茶杯倒得满溢而出……

被工夫茶摊子挡住路的大美女，亭亭玉立，巧笑倩兮，美目盼兮，环视着茶摊旁那一圈口水嗒滴、色眼呆萌的发情戆徒，大大方方道："请问苏昱同学在吗？麻烦哪位好心的同学帮我喊他出来看美女。"

寂静俄顷，千层浪花飞溅起：

"找老苏？'苏老湿'好像出去跟发廊的小芳约会了吧……"

"听说是下午寻短见未遂，跳大树摔了个脑震荡，送去医院急救了，估计正被一群如花似玉的小护士爱心呵护着呢……"

"这位女同学，你千万要冷静，我刚从医院看望他回来，他目前体征很稳定——要不这样，现在探访时间已经过了，明天一早我就陪你去医院探望他，现在咱们先出去找个安静的地方喝点东西，我跟你详细介绍一下他目前的情况……"

"哦，是吧？"大美女笑靥如花，眼瞅着我从蚊帐里灰头土脸地钻出来，闷声不响地一路扒拉开挡道的人头臂膀，活像一个扛着白旗的苦逼战俘，臊眉耷眼地走向她不费吹灰之力一举拿下的制胜高地。

"咦，苏昱同学这不活得好好的吗？步伐都这么矫健……"鹤立鸡群的受降者意犹未尽，继续对我补刀。

"走吧，亲，吃饭去吧。"我气息奄奄地招呼她，"别跟这帮'宗桑胚'瞎逗贫了，我饿坏了，等你等到花儿都谢了——我要是饿死了，他们准保把你活剥洗净，干柴老火煨成一锅'腌笃鲜'，到那时候可别指望还有人能来救你。"

厄尔尼诺

112

"苏小驴你个没口德的臭流氓乱讲什么呢！太辜负我们平常对你的言传身教了！"众人齐声讨伐我，眼前齐刷刷竖起一片中指。

俗话说得好：惹谁别惹性生活长期自理的愣头青，招谁别招姑娘面前人来疯的二道哄——眼看豺狼窝里炸了锅，我二话不多说，赶紧扯乎——抄住大美女一只白嫩胳膊，拖起她夺路而逃。一路除了风声鹤唳，只听见"咔嗒、咔嗒"的高跟鞋声悠哉笃定地敲击着我颤巍巍的老心肝。

一直败逃出宿舍区大门，我才大汗淋漓地收住脚，点上根烟喘口气。眼看四周已是风清月朗、夜阑人稀，大美女终于也不再端着了，原形毕露出她那副堪称招牌的神气活现嘴脸，哼着靡靡小调《茉莉花》，有模有样地踩出一串轻盈曼妙的芭蕾舞步，最后跟踩了弹簧似的一个颠儿蹦到我面前，灿若桃花的小脸直抵上我鼻子尖，笑眯眯地拿手指捅我腰眼："服不服？"

"服！赤身裸体冰天雪地后空翻三百六十度脑门碎大石跪服！"我决定明哲保身：认怂。

"说，我捯饬得怎么样？美不美？"

"美！美得沉鱼落雁、闭月羞花、天昏地暗、飞沙走石，美瞎了我这一双阅女无数的西门庆真传钛合金狗眼！"

"嘁，就你还阅女无数？是对孤苦人生悲观绝望了大半辈子，看见了我，才总算找到了活下去的动力吧？"

"你不光美若天仙，而且冰雪聪明，这都被你发现了！"

"这就对了嘛。对大美女说真心话，不丢人。"此人心满意足地点点头，语重心长道，"不过，在大美女面前还是要懂分寸的。你对我的仰慕，我已经晓得了。先忍耐一下，待会吃饱饭有力气了再接着赞美我吧。如果能打动一点点我的芳心，我会考虑准许你摸一下下我的裙角的。"

"谢主隆恩！娘娘吉祥！——请问咱们到底去哪儿吃呀？"

"你就别问了，放心跟我走吧。保管让你吃饱，吃好，吃得热泪盈眶，忘了窈窕淑女也要用'护舒宝'！"

我平生第一次听到有人能把上海话说出山东快书的效果。从此人分明闪露出一丝狡黠的眼眸中，我预感到今晚自己的受苦受难多半还没算完。

我没想到远离商业区的学校附近竟会有这么高档的西餐厅，而且在七兜八转的石库门老弄堂里把自己藏得那么深，外部还伪装得那么低调——然而进去之后一脚踏上牛轧糖纹理的黑色大理石地砖，一眼望去没在远近任何一张餐桌上看到一双筷子，我就只听见自己脑袋里"嗡"的一声，明白自己这回算是彻底栽进火坑里了。

进一步生不如死，退一步不如去死。想有技巧、有尊严地撤退已经没有机会了，只能硬着头皮死扛到底，就当是继承革命传统重走长征路，熬过雪山草地大渡河，未尝不又是一条咸鱼翻身的好汉。身穿黑色无尾礼服、颈打黑色蝶形领结的大堂经理静悄悄杵到我面前，极有教养地面带英式微笑，视线十分自然地故意避让开我颈部以下堪比丐帮职业装的惨烈卖相，用饱含宽容的目光候询我的指示。我外表强装镇定、内心万分悲壮地告诉他："我家大小姐需要一张靠角落僻静位置的、训斥我时不至于打扰到其他客人的双人桌位。"

落座后，翻开沉重阔大得堪比法租界年鉴的菜单本，心中残存的最后一丝侥幸也泡汤了。我一声不吭、一字不落地审查了一遍菜单的纸张质量和印刷工艺，一脸淡定地将它转递给对面笑容可掬的美女：

"还是你来吧……我跟你一样就行。"

"真的？你就不担心我点了什么我吃了有好处、你吃了有反应的东西？"大惊小怪状，附赠眨巴眼坏笑。

"我可以很负责任地告诉你，现在，除了你，这世上再没有什么能让我有反应的东西了。"

"好吧，我就当你是在恭维我了。"此人派头十足地冲我颔首致意。随即熟练地开始点单，三下五除二轻松搞定，而且嘴里蹦出来的竟还都是洋文。

事已至此，接下来也都可想而知了：

"苏小雨同志，那个玻璃碗里的柠檬水是洗手用的，不是拿来喝的。哎呀，你别吞下去呀，这么一大口也不怕呛着！"

"苏小雨同志，切牛排要用你左手边那把带锯齿的牛排刀，你现在手里拿的是把果酱刀，会把牛排切飞到我脸上来的！"

"苏小雨同志，喝红酒不能握着杯子，应该像我这样，用两根手指捏住杯脚——你手指绷那么直干吗,是给我上香吗?"

"苏小雨同志,请跟我学:左手叉,右手刀——你冲我举个大汤匙想做什么?"

······

不带歇气的连番"大刑"伺候下来,我终于进入一种死猪不怕开水烫的浑不懔状态——破罐子破摔呗,怎么舒坦怎么来,于是我打酒嗝不再掩着声了,脚上的破球鞋也懒得往桌下藏了,一时竟也其乐融融。

吃饱喝足,大小姐请服务员撤了餐具,上了瓶冰酒。既然不愁买单,我也不嫌酒多,抻着被酒精和果酸泡发的口条,陪老同桌正式开始久别重逢的必备戏码:怀旧。酒过三巡,我的状态越发超凡脱俗,她的人品也大有改善——或者说,开始有了点我受用得起的女人味。我们探讨了当年的边界纠纷,追忆了缔结双边友好条约的一波三折,当然我也没忘了讨债——此人还欠我一本《里尔克诗集》没还呢。"好像找不到了……"她愁眉苦脸。"肉偿吧。"我大大咧咧地回道。"如果真被我弄丢了怎么办?""扒光了凉拌!"

得知此人就读外文系后,我不禁有些想入非非——本校最历史悠久的外文系是全校男光棍有口皆碑的美女大本营,我当即表态想征召她做个卧底,助我打入内部寻芳。此人不开心了,拍着桌子冲我咆哮:"苏小雨!你太过分了!你看不到校花就坐在你面前嘛!"

"没看出你哪里长得像白玉兰啊……"我借醉装傻——白玉兰成为我校校花比成为上海市花还早几十年。

“讨厌！我说的是那个‘校花’啦！”此人被酒精烧燎出酡红的小脸蛋涨得浓艳欲滴，像是完全忘了她当年在我面前对“校花”这一名号怎样嗤之以鼻，“就是头牌！懂不啦！”

“哦——”我打着酒嗝佯装恍然大悟，“可是请问，你是怎么晓得的呢？是四月一号有人给你写情书了，还是六月一号有孤寡老教授给你送花了呀？”

“哼！那还用说？收到好多情书了！有偷偷摸摸塞我抽屉的，有羞羞答答托人转交的，还有个最夸张的，居然路上拦住我，当面硬塞给我！吓死本宝宝了！”她泫然欲泣地揉揉小胸脯，“而且这个臭变态还特别自我感觉良好，递情书你就好好递嘛，他还拗造型，学琼瑶阿姨电视剧里的男神经病，一边纠缠我扯废话，一边还掏出把梳子来梳头——天哪！你能想象那个画面吗？真是恐怖得无法用人类语言形容！”她边说边气咻咻地举起酒杯自灌一大口。

“这么浪漫的情种啊……这哥们难不成是学英国古典文学的吧？”

“呀！你真厉害，居然猜得那么准。那家伙真是学英美文学的哦，每回写给我的情书都厚得能砸死人，跟剪贴簿似的各种摘抄，从拜伦到雪莱到济慈一个都不放过……《洛丽塔》那种臭流氓小说能一气连抄五页纸！”

“居然放过了汪国真和席慕蓉……”我啧啧感叹，“感觉是真爱呢——要不你就从了吧。”

“不从，宁死不从！”她掷地有声地宣告，“我也是有追求的人！”

"其他写情书的呢？有顺眼的吗？有的话赶紧拿下一个，不就可以断了这位情圣的念想。"

"没有。"眼神瞬间凄凉了，幽幽地望着我，让我鼻孔直痒痒。

"看来你的择偶标准还真够高的啊。"

"谁说的？才不高呢……我其实很萌很天真的，特容易追到手。"

"那你把需求说来听听，我回头打印成册，兜售兜售，帮你广撒网，我顺带挣点饭票钱。"

"说就说。"此人开始掰手指，"第一，用不着有钱——我家穷得只剩钱了，而且将来我肯定是女强人，差什么都不差钱；第二，用不着很帅——跟帅哥一起过日子太不省心，万一被人挖墙脚怎么办？万一拿我的钱出去包养'小三'怎么办？帅又不能当饭吃，寒碜点还能衬托我的貌美如花呢！长得别太鬼斧神工就好了啦。"此人无视我的复杂表情，换口气接着又说，"至于我的期望嘛，也只有两点：第一，宠我，我不开心的时候会讲笑话逗我笑，我不讲理的时候不会乱生气——不要跟我这么柔弱的小女子一般见识嘛；第二，有才气——也不用是大才子啦，苏曼殊跟徐志摩那种成精的妖孽也怪吓人的。一般有才就好……但得是有骨气的才气，不会轻易向现实世界妥协自己追求的那种。这样的男人在我眼里是最可爱的，我愿意做牛做马地照顾他，挣钱养家啦、柴米油盐啦，这些没有技术含量的下贱活儿都交给我好啦，每天毕恭毕敬地给伺候着，就算性生活有点不过分的小怪癖也绝不嫌弃。而且也不非逼他一定成功，哪怕他就那么一直一直追求下去，小奴家也心满意足。"

"听着怪瘆人的——弱弱地问一句,这样择偶,你图什么呀?"

"为什么要图什么?!"此人铿锵有力地回答,还白了我一眼,简直令我肃然起敬,"哼,我就是我,是颜色不一样的烟火!"

我心悦诚服,无话可说,感觉此人接下来哪怕就像昔日的鉴湖女侠那样,从身上不知打哪儿变出一把明晃晃的倭刀,"Duang"的一声直插桌面,我也不会有半点意外。

销声匿迹许久的服务员幽灵似的飘过来,十分有眼力见儿地无视我这个雄性的存在——直接绕过我,飘到对面的侠女旁边,客客气气地鞠躬致歉,告知餐厅已打烊,请我们埋单。

我左右一张望,这才发现餐厅内已只剩我们一桌。再扭回头,正一眼瞄见服务员刚要合上的收银本里夹着的厚厚一沓百元面额钞票,不禁瞠目结舌。

"你家是开银行的吗?"起身离座时,我讪讪然地小声问她。

"才不是。就是没文化的生意人,赚钱赚得可没技术含量了。"她伸手过来拍拍我脑袋,"用不着担心我买不起'护舒宝'哦!我爸就我这么一个宝贝女儿,可宠我了,我花他的钱,他比我还开心呢。"

"能跪求包养吗?我可爱吃软饭了。"

"唔……"此人捏着下巴,"看在咱俩曾是同桌,还有以前我总欺负你的分上……这样好了,你也给我写封情书吧。"狡黠一笑,"我都批准你插队了,好歹总得走个报名手续吧?我要是被情书感动了,可以考虑收你做个'备胎'。"

　　说话间走到餐厅门口,早已提前一步恭候在门旁的服务员毕恭毕敬地向我递来一把雨伞——我一愣:"上你们这吃饭还有雨伞送?"校花在边上又拿手指捅我腰眼:"傻小雨! 你看看外面——下雨啦!"

12　瘦金体

雨下得不大,沾衣欲湿的那种。校花号称喜欢淋雨——不晓得是不是从脑残琼瑶剧里学来的怪毛病,求我陪她淋着雨走回去。吃人的嘴软,我多少还是要点脸的,便将雨伞还给服务员,奉陪此人犯病。

慢悠悠并肩走在绵绵细雨中,我没话找话地捡起先前中断的话题:"报名材料喜欢什么风格的? 婉约派还是豪放派? 藏头七律还是回文俳句?"

"不用那么难为你,你的宝贵才气还是好好存着,留到将来当作家用吧。"此人迎着雨丝扬起脸庞,表情陶醉地做了个深呼吸,扭头冲我嫣然一笑,"用你最粗俗奔放的口语写出最不知羞耻的真心话就行啦。对了——字写得好看能加分哦!"

"字写得好看?"我得意起来。正打算开始吹嘘,没想到此人却小声来了句:"我知道……"

"你知道什么?"我愣住,盯着她。此人东张西望,羞羞答答,扭扭捏捏,不幸却扭出了祸事——只听"咯噔"一声,紧跟一声"哎哟",我眼瞅着此人龇牙咧嘴地歪倒下去。我赶忙一把抄住她胳膊："怎么了?""扭到脚了……"此人被我搀扶着缓缓蹲下,眼泪汪汪地一边揉着脚踝一边冲我气哼哼,"都怪你小瞧人,害得我下决心要让你见识下大美女……人家其实最讨厌穿高跟鞋了!"我听得瞠目结舌,而后哭笑不得,再而后——发现自己竟无言以对。

我第一次注意到这家伙的脚踝竟也相当漂亮——小巧,白净,圆润,泛着玉石般的光泽。

"没事吧你? 伤着了吗?"我关切道。

"这难道还用问吗? 我是机器猫,又不是奥特曼——你眼睛里从来就看不见我的伤痛难过吗?"此人带着哭腔控诉我。

我被这家伙草稿都不用打的上纲上线给噎到了,但眼见此人龇牙咧嘴的惨相和双眼泛出的泪光,又不由得心软,小心翼翼问她:"你……还能走路吗?"

"走不了了,我快死了。"

"那……那我扶你回去?"

"扶不了了,站不起来。"

"那怎么办……"我本想说那我找帮手来给你抬回去,但四下一张望,夜深人静的蒙蒙雨雾中完全不见其他活物。

"你别管我了,就把我孤苦伶仃地抛弃在这里吧……让我被坏人拖进小树林,先奸后杀,杀了再奸,下辈子我再跟你做同桌吧。"

我窘困得都想给她跪下了:"校花大美女,机器猫姑奶奶,求求你饶了我吧——到底想要我怎么做,请娘娘明示,我一定遵旨!"

"真的吗?"她楚楚可怜地冲我眨巴眼。

"我发誓!"明知前方等待自己的多半是火坑,我也只能硬着头皮往里跳了,"君子一言、两肋插刀! 做牛做马、万死不辞!"

"好吧……"奄奄一息的伤员粲然一笑,"那……我要你拿出冲冠一怒为红颜的大丈夫气概来,用你的小细胳膊把我运回宿舍。"

我哭笑不得,胸闷难当,打量着此人要胸有胸、要腰有腰的小身子骨,硬着头皮问她:"请问,怎么个运法? 背还是抱?"

"我想想。"她歪着小脑袋瓜煞有介事地琢磨了一会,口气笃定地吩咐我,"背吧。"说着她幽怨地瞄了眼我的下盘,"你今天穿的怎么又是这条烫个大洞的破裤子啊——那么大个洞,让你抱感觉好不安全……"

"那——那我可真来背你了哦……"我开挼袖子,拿一副禽兽嘴脸掩饰自己的心慌胆怯。

"快点来嘛! 怎么那么婆婆妈妈的呢! 你再不赶紧动手我们可就老了!"真不晓得此人的语文是哪位体育老师教的。

一语成谶沦为牛马的我背着伤员踽踽跋涉在空寂的校园。我托持她两腿的双手,麻痒地感觉到她赤裸的细嫩肌肤在我掌心下起了一层细密的小疙瘩,加上她有节奏呵吐在我耳根和颈窝的温润呼吸,当然还有她压紧我脊背的胸脯,我发现自己的身体不由自主地开始有了生理反应,导致我的走路姿势变得别扭起来。

"你怎么了嘛！走得这么不稳当，还有心情东张西望看风景，做护花使者做得太不敬业了！"伤员怨声载道，"你怕人看见吗？吃亏也是我呀——我一个如花似玉守身如玉的大美女都不怕被人说成'拉三'，你有什么好怕的嘛！"

毫无防备的，我体内某个几乎已被自己遗忘的隐秘伤口，被她无意间说出的一个词——"拉三"——倏地戳痛了一下。我深吸口气，岔开话题问她："刚才的问题你还没回答我呢——你说你知道，你到底知道什么？"

牢骚满腹的家伙遽然噤声了。过了一会，我听见她特别温顺地小声回答："我知道你的字写得好看呀。"

"你怎么知道的？"我困惑。

"我……"此人更加娇羞了，又难掩得意，"我不但知道你字写得好看，我还知道你写的那种字体叫作'瘦金体'，是宋朝一个皇帝发明的……"

这回我真是大吃一惊了——我恶狠狠地拷问她："快说你到底怎么知道这些的——敢不老实交代，我就把你扛进小树林，先奸后杀，杀完再奸！"

此人相当配合地在我背上一哆嗦："英雄你别这么火爆好不好！小奴家这就一股脑全招……"顿了顿，"但你得保证，我说了你不会笑话我。"

"嗯。坦白从宽——我保证不笑话你。"

　　她幽幽地叹了口气:"你是不是都忘了,当初咱俩做同桌的时候,我经常向你借笔记抄?"

　　我稍事回想,省悟了:"哦……"

　　"我坦白……其实吧,我那时根本不是自己懒得记笔记,找你借笔记抄,其实就是因为我喜欢你的字……我拿着你的笔记本,请教了我舅舅才知道原来它是那么有名的字体。你大概也没留意到,在你专心写字的时候,我可喜欢在边上偷看了,那个时候,感觉特别——特别……"随着尾音拖长,声音也轻下去,"总之是种特别奇妙的感觉啦。"

　　我不晓得该如何接茬。只是胸中突然也有了一种"特别奇妙的感觉"就像苏州河的寂寂水面,在细雨中缓缓涨起。

　　"为什么以前同桌的时候没听你说过?"我故作淡定。

　　"帮帮忙好不好——人家一个那么清纯的女孩子,又是校花,这种事情哪好随便说出口的……万一被你当成花痴,还怎么在江湖上混嘛。"她理直气壮地嘟哝,话锋一转,问我:"但是小雨,你知不知道,为什么我现在愿意把这个秘密这么没羞没臊地告诉你了吗?"

　　"因为我今天差点被你弄死。"

　　"讨厌……人家说认真的呢。"她想了想,"不过你说的其实也算对……我告诉你吧,是因为咱俩失散这么多年,上海又这么大,今天能这样偶然重逢,这是多么小概率的事件呀,一百年才能发生一次吧。而我们的人生才有多长呢? 所以,我就想到,如果现在我还不说出来,万一明天我俩又走散了，我说不定就再也没机会把这个秘密亲口告诉你了……那样的话，等我临死前，回想起这件事，万一觉得特别后悔、特别遗憾，不是死都不能瞑目了？"

此人振振有词的一番演讲，让我感觉似曾相识——我回想起夏雪在外白渡桥上对我说过的另一番话，感觉它们竟如镜子的两面：意思差不多，但后者却那么黑暗冰冷。

"你知道那些给我写情书的家伙，为什么一个我都看不上吗？很重要的一个原因就是——他们字都写得太差了！"秘密招供完，此人故态复萌，气哼哼的，"一个个会说大把漂亮话，会背莎士比亚，却连把字写得赏心悦目点的诚意都拿不出，多可笑嘛！以为大美女都那么好泡吗？"

"照你这意思，我要是拿出我性感迷人的瘦金体，给你胡抄个三两首徐志摩或戴望舒的小诗，莫非就能吃定软饭了？"

对我的乘虚而入美女丝毫不怵："你试试不就晓得了？"

我没试。我干了件比写情书"老卵"多了的事：又一个周末午后，我在又一局"真心话大冒险"游戏里，附加上免除全部历史债务的额外奖赏，把先前送我上树的那位哥们也送去她楼下，遵照我给出的任务指示，杵在光天化日下的草坪上，高举我从学生会活动室偷来的扩音喇叭，以其正宗原产地口音的河南话，按两分钟一次的频率冲楼上大喊："外文系二年级的陈沪玲同学请注意——你妈妈刚才打电话来值班室，喊你速回崇明相亲！"

　　喊到第七遍时,她终于在楼上现身了——此人显然是洗头刚洗一半便被不堪噪音骚扰的其他同学强行绑架来的:湿漉漉的长发乱糟糟地披散着,滴着水,还挂着一团团乳白色泡沫,身上只穿件泡泡袖睡衣,胸前印着一个胖嘟嘟的机器猫表情无限陶醉地啃着铜锣烧……睡衣前襟全湿了,若隐若现地透出了里面的粉红色胸罩……

　　校花不愧是校花:虽惨遭偷袭,搞得卖相如此狼狈,却毫不乱方寸,腔调照旧"结棍"——不仅大大方方地冲楼下招了手、应了声,还笑靥如花地问候我那位"雇佣兵":"这位同学,今天是轮到你来慰问演出了吗? 请问你打算为我们献唱什么歌曲呀?"

　　我算是领教了何谓"一笑倾城"——不争气的"雇佣兵"立马露怯成"软脚蟹",手足无措,抓耳挠腮,突然一扭头,冲隐身于树荫下的我觍脸撂挑子:"苏小驴同志,你布置的任务里可没有唱歌这项——喏,我的过关任务已经完成了,我的原则是卖身不卖艺的,大家都晓得卖艺是你的强项,你自己上吧!"言毕绝尘而去——矫健似土遁。

　　楼上挤爆窗户洞的女生们爆发出一片哄笑和嘘声。骑虎难下,我只能视死如归地亮出真身,一夫当关地站成众矢之的,回应楼上:"请问这位恩客,您想听个啥小曲?"

　　"还能点歌的呀?"

　　"有打赏就行——人民币、美元都收,饭票也不嫌弃。"我笑容可掬,死撑牢场子。

　　"往哪里打赏呀?"

我大大咧咧张开双臂："朝这砸，能给我砸趴下最棒啦！"

只见旁边一小妞凑脑袋向她鬼鬼祟祟地耳语几句，随后此人更加笑靥如花了："麻烦你乖乖地稍等一下下哦！"

湿漉漉的脑袋瓜从窗口缩回去，两分钟后，带着灿若朝阳的笑容返场："接好了哟！"

话音未落，只见一个圆滚滚长得活像没把儿狼牙棒的金黄色刺球当头朝我怀里砸下。

未及护住嘴脸，遑论抱头鼠窜，我就被这一坨或许堪称中华冷兵器史上最肥硕丑陋的"暗器"给砸趴下了。

与前同桌兼老冤家的第二回过招，我再次以惨败收场。唯一的收获是：我平生第一次见识到榴梿这种恐怖水果，并有幸与其做了最亲密接触。

在陈沪玲同学颐指气使的督导下，在满宿舍跟我一样头一回目睹此神物的好奇土鳖们的闹哄哄围观中，我几乎用尽一切可以募集到的凶器，使尽浑身解数，才总算把这坨死硬死沉的刺球给开了瓢。然后——四周围一片哭号惨叫，狼奔豕突，眨眼间只剩下我和前同桌并排呆坐床沿，捂着鼻子面面相觑——不是我不想逃命，而是仅有的逃生出路被身旁这人给堵死了。

僵持片刻，她深情款款地望定我，我大义凛然地回望她。"尝一口吧。"她真诚地撺掇我，"这可是水果之王哦——别看闻着臭，吃进嘴里可香了，就像臭豆腐一样——不对，比臭豆腐贵一百倍，也更美味一百倍。"

这坨"生化武器"是此人几十分钟前刚从一位香港交换生那儿征募来的——装得再面熟也别想哄骗我:我确信她也没吃过。"根据《日内瓦公约》规定,不得强迫战俘从事危险性和屈辱性的工作。"我不卑不亢地表态。

"吃一口嘛!你是不是男人啦?怎么胆子这么小的呀?"

"法律规定,我国公民男女平等,任何人不可以乱搞性别歧视。"

"那……你先吃一口,你吃完我保证也吃。"

"不干。要吃一起吃。"

"'剪刀石头布'好不好?"

"不好。要吃一起吃——吃死算殉情,没吃死算定情。"

为显示自己立场坚定——更为了多少抗衡一下已浓烈到快令我窒息的恶臭味,我肃穆地摸出根烟点上。

"那好吧。"她冲我竖起根小指,"拉钩。"

小拇指拉钩,大拇指盖戳。然后,我与她充满警惕地互相监视着,各自出手掰下一块果肉,齐声数完"一二三",一同囫囵塞进口中,默默地咀嚼、吞咽。

鸦雀无声中,再次面面相觑片刻,她宣布:"真好吃。"

"还不赖。"

"看来是殉情未遂。"她叹口气,伸手又掰下块果肉。

"一失足定情成功。"我也叹气,目不转睛地盯着她。

"你干吗这样看着我呀?"她心虚地暂停住进食动作,怯生生地问我。

"既然定情了,总该有点实际行动表态吧?"

"你……你想怎么实际行动呀?"

"这可不是我能随便想的,这是老祖宗立了规矩的——《诗经》有云:'一吻定情,如鼓瑟琴。'"我正色道——我欺负这家伙没文化,毫不手软地篡改了《诗经·小雅·常棣》里的句子。

此人脸唰地红了,左顾右盼如坐针毡地嘟哝出一句:"臭流氓……"

我被此人骂得心旷神怡,当机立断要乘胜追击:"古人还有云:君子一言,驷马难追。古人又有云:人无信不立,业无信不兴,国无信则衰……"

她默不作声地把果肉搁回去。我以为她终于要发飙了,却只见她深吸一口气,突然把脸蛋冲我歪斜过来,一闭眼:"来吧,下毒手吧……轻一点,不许涂上口水,不许传染青春痘给我。"

轮到我措手不及了。心中犯怵,面子还得强撑——我继续虚张声势:"就脸蛋吗? 要是脸蛋都能算,我穿开裆裤的时候就已经不晓得跟多少大妈定过情了。"

话说到这分上,大家都骑虎难下了——大眼瞪小眼,一时竟有点剑拔弩张眼看要血溅五步的紧张气氛。

"我必须很严肃地告诉你……我长这么大,还没跟任何男生亲过嘴。"

"我也没有过——无论男女。"出于对自身贞节的捍卫,我不得不同样严肃地表态。

"我完全没经验。"

我想说我也没经验,却鬼迷心窍"豁胖"成了:"我有丰富的理论知识和见习经验。"

"两点要求……不准笑话我,不能弄疼我。"

"两点提醒——别嫌我口臭,别怪我活好。"

"好吧。"此人幽叹一声,调整坐姿,将脸蛋冲我摆端正,微绽双唇,再次一闭眼。

我注意到或许由于紧张,她的睫毛在微微颤抖。被自她身后窗户洒入的阳光勾勒出清晰轮廓的小胸脯,也随着急促起来的呼吸,充满撩人动感地哆嗦起伏。

我突然联想到了《格林童话》中的睡美人。

我心中擂着鼓,百般估测、调校,总算定型好进攻态势,开始缓慢小心地逼近目标。

接下来发生的,就是我笨拙到无地自容的初吻——在我发现自己好半天都未得要领、苦不堪言地在唇齿僵局中硬撑着、内心激烈斗争于是否该知难而退的时候,她用更笨拙的动作热烈地回应了我。

13　树袋熊

　　我利用游戏规则为自己泡妞的丑恶行径在宿舍里犯了众怒,自尊心遭受一万点爆击的"单身狗"们,不仅都不肯再带我玩"真心话大冒险"的游戏了,甚至还趁某次我外出与前同桌约会之机,秘密召开宿舍政治局扩大会议,同仇敌忾地对我进行深刻的揭发批判和正义的缺席审判——全票通过对我的制裁决议:在我失恋之前,全楼对我实施一切"撸管辅助用品"——譬如那时刚开始火热流行于市便已成为深夜男厕"硬通货"的各种人体艺术摄影画册——的全面封锁禁运。更不厚道的是,当我春风满面、春情荡漾地姗姗归宿时,竟看见宿舍门板外张贴了一张中英文双语版的大告示:校花与狗不得入内(No Dogs and Campus Belles Allowed)。

　　我只能说"法西斯"们太低估我家校花了:此人岂是聂小倩那等段位的寻常妖孽?别说这么一张鬼画符的破告示,就算是请来左观音、右关公的护法组合也没卵用——面对"单身狗"们饱满侧漏的恶意,此人不仅照样美目盼兮、巧笑倩兮地径自登堂入室,甚至只要她乐意,就总有本事让碍眼的"电灯泡"们个个自觉主动地落荒而逃——八人宿舍间秒变双人钟点房。

不过话说回来,"禁运"处罚对我还是有影响的,而且有苦说不出:虽然自"一吻定情"后,我与她很快就摸索、发展出了更多情趣互动手段,但遵照此人向我颁布的新版"和平共处五项原则",想告别单手解决性生活的悲苦日子,眼下看来还遥遥无期。

此人有个堪称招牌的口头禅,譬如她爱吃芋头,那么见到芋头时她就会念念有词:"芋头芋头我爱你,就像老鼠爱大米!"由于她这句口头禅几乎拿各地方言以各种韵律都能轻松哼出山歌小调的效果,朗朗上口且喜感十足,所以深受广大群众喜闻乐见,以至于此人荣膺一枚比她那个村气十足的本名响当当许多的昵称:阿米。

跟我勾搭成奸后,她这句口头禅时不时就串词成了:"芋头芋头我爱你,就像小雨爱阿米!"

我认为她是故意的。所有不幸被肉麻到的无辜听众也都认为她是故意的。但她拒不认账,不但不悔改,还越说越响亮,以至于最后我也喜获一枚深受广大群众喜闻乐见的新外号:芋头。

我也是有骨气的。所以无论她如何处心积虑地挖坑、下套、使绊,我都坚守底线拒不中招——对她说出她就差拿枪逼我说出的那一句"我爱你"。

哪怕喝到再烂醉如泥,我也从未对她吐露某个遥远夏日午后细雨中的某段回忆。

身为此人的准男朋友,出于最起码的卖乖义务,我不得不一次又一次满足她的怪癖——陪她淋雨,而且即便淋成落汤鸡也得佯装惬意。但我从未向她坦白的是,早在她还未出场于我生命中的时候,我对这种在细雨中漫步的情境就已经有了一种难以言喻的感受:雨水模糊了眼前的方向,涣散了世界的边际,疏离了身边的一切。置身在雨中,我感觉自己像是误闯入了一个时间与空间都被扭曲得失去了势能与向度的冷酷仙境,又仿似已毫无退路地来到了回忆无尽苍凉、万物尽归虚空的世界尽头。这种极分裂又无可厘清的复杂离奇感受,总会令我不由自主地陷入一种不知所从而又不知所终的深远茫然:既慌张于渴望挣脱与逃离,又倦怠得甘愿就此沉溺。

在雨中,我总感到莫可名状的茕茕孑立与寒凉彻骨:哪怕近在咫尺的就是阿米的呼吸与体温,哪怕被她小鸟依人地挽住胳膊或是与她手牵着手,哪怕我内心相当清楚地知道她喜欢我——甚至有可能,她真的爱上了我。

恋爱关系在一个冬天的基础铺垫后,春暖花开的大二下学期伊始,阿米以上海姑娘特有的缜密心思和绵绵深厚却毫不显山露水的内家功力,开始有计划、有条理、由点到线、由线到面地全方位接管我的俗世生活:大清早,我还半死不活地赖着床,她就已替我买好早点,托人给我捎来床头;中午,待我磨磨蹭蹭晃悠到食堂,此人早已替我打好饭菜——菜式选择则依据此人对营养与口味的综合权衡,从无必要与我商榷——并霸占好一对情侣位,花枝招展地冲我雀跃招手;晚上,只要我没病没正经事也没被外星人掳走,就得陪此人去鼓捣那些既老掉牙又土得掉渣的传统约会项目:逛街遛弯荡马路,花前月下小河旁,以及诉诉衷肠,耍耍流氓。

在其多米诺骨牌式的"和平演变"攻势之下,由不得我从与不从,她在我生活中开始有了越来越多的兼职身份:膳食管家、造型顾问、服装导购、卫生督察……可想而知,照此势头一路晋级,最后的通关身份自然是:全能老妈子。

无须预约,此人定期杀来我宿舍,义务替我洗洗晒晒、各种拾掇,甚至还擅自代理了我的邻里社交,四处串门瞎聊天,且以此为掩护大搞谍报活动,致力于发掘我的八卦丑闻、特殊嗜好以及一切日后拌嘴时可用作制胜筹码的脏丑破事。直到某一天我赫然发现,此人去宿舍管理员那儿替我买两包方便面,居然可以享受到我身为多年老主顾都还从未享受过的折扣,我才悚然惊觉:我的大后方已经彻底沦陷了。

阿米和夏雪都是典型的上海姑娘。但在我的切身感受里,她俩却又是截然不同的两个物种:阿米像阳光,简单、灿烂,虽然满脑袋精灵古怪,但只要与其混熟了,很容易就能总结出规律,往后一劳永逸;而夏雪,虽然看似一样的透明、纯净,却更像一块被精心切割打磨过的水晶,那种透明是考究的、深邃的,每个细微的角度变换看去,都是又一种迷离的情绪。她不言不语的恬静,抑或自言自语的忧郁,都以无从把握轨迹的折射路径,冷凝在深邃的透明里,让你慌张,却不要你管,让你以为剔透，却永难洞穿，若凝视久了，或许还会没道理地模糊了自己的眼睛。

阿米并不知晓夏雪的存在。但我不可告人的秘密有一次却险些露馅。那天，"老妈子"正为我的床铺鼓捣声势浩大的换季工程，插不上手的我乐得扮演"二大爷"，瘫在对面床铺看亨利·米勒的《北回归线》，突闻一声惨叫，抬眼只见她一副活见鬼的花容失色模样，我赶忙兴冲冲凑过去看热闹。"这是什么呀?!"她树袋熊似的蹦到我身上——就差装俩把手供她攀爬上头了，哆哆嗦嗦拿手指向床上问我。我顺她指尖一眼瞄去，霎时心脏沉入冰窖里。

"几朵干花而已，大惊小怪什么……"我强自镇定，故作轻松地奚落她。

"干？花?"阿米一脸难以置信——这不奇怪：那几朵原本被我装在空烟盒里埋藏于枕下伴我过冬的白兰花花苞，估计也只有我还知其物种属性。

"乖，"我揉她脑袋，"真是干花，真不是干尸——不信你凑近自己看。"

"树袋熊"将信将疑地下地，以一个高难度芭蕾动作，踮着脚尖小心翼翼凑过去，审验清楚我没骗她之后，皱起眉头嘀咕："臭芋头你怎么还有这种怪癖啊……刚才猛一眼看见，我还以为是你这个大变态豢养的什么奇葩宠物，养死了都不把人家好好下葬，没人性地给做成标本了——吓死本宝宝了！"

"对不起，被你发现我内心深藏的柔软了。"

"大尾巴狼装什么内心柔软！明明就是个采花大盗！"满血复活的阿米对我嗤之以鼻——这是一个让我安心不少的积极信号：进入这种状态，说明此人多半不会疑神疑鬼地深究下去了。

"我错了，我下回带你一起去采。"

"喊，我才不要呢。"大小姐开始拿糖了，"这种路边野花，哪里配得上我这种大家闺秀！"

"是啊，所言甚是。"我点上根烟，赔着笑，眼看此人毫不含糊地将那几朵干花扫进簸箕。

我以为这事就这么过去了，但我错了。几天后，阿米神神秘秘把我拖到她宿舍，指着摆满化妆品的书桌让我看。我看得眼花缭乱、一头雾水。被扫了兴的此人着急上火，也没耐心再卖关子了，一把抓起"正确答案"塞我手里。我凭自己寒碜的英文底子连猜带蒙研究好半天，才看出那貌似是瓶香水。

"Gucci Glamorous Magnolia……"我磕磕巴巴念出招牌，然后决定认怂，"报告陈老师，这几个单词跟我好像都不太面熟。"

"土人！告诉你，这叫：古驰花园香氛璀璨白玉兰女士香水！"阿米嘴里嫌弃着我，脸上却再次洋溢出饱含期待的萌蠢表情。

"所以呢……"我依旧找不着北。

"蠢死了你！"此人气急败坏，跺着脚蹦跶，"你不是喜欢白玉兰吗？所以我买了这个香水来用嘛！你知道这瓶香水多贵吗？居然这么不解风情！”

"用不着花这冤枉钱吧……"我讪然，没忍住又嘀咕一句，"有这钱还不如请我吃顿大餐……"

果然我"求仁得仁"——"你真是个没心没肺、只有满脑袋淀粉的芋头吗？"阿米满目悲怆，泪光盈盈，"这是钱的问题吗？你能再庸俗点吗？亏你还是个想当作家的文学青年，'女为悦己者容'这么有腔调的古话你都没听过吗？我是你的女朋友呀，将来万一一不小心鬼迷心窍再一失足，就变成你家黄脸婆了呀！所以我用的香水当然得是你喜欢的味道呀，否则怎么拴住你的心呢？防火防盗防'小三'，我们做淑女的容易吗？你不懂吗？……"

面对此人机枪扫射般的铿锵诘问，被灭成筛子的我汗如雨下、无言以对。

后来我一直没忍心告诉她，尽管有不少上海人都会弄混淆，但白玉兰和白兰花真的并不是同一种花：

白玉兰又名"木兰"，贵为我校校花和上海市花；白兰花又名"缅桂"，只是市井小囡的心头所好。

或许正如阿米所说：相比白玉兰，白兰花的出身太平凡卑微了，它注定只属于一个短暂的雨季和一些出生成长在上海却从未被这座城市真正在意过的名字。

阿米虽然像个虔诚的美国南方清教徒一样，始终不肯为爱情献身帮我解决性饥渴，却霸道地要求我自己动手解决时只准意淫她的"美丽容颜和性感身材"。我试着照做了。但我没敢告诉她的是:无论我的性幻想如何以她变本加厉的淫荡形象开场,最后一泄而出的时候,黑暗中,在她身后,总会静悄悄地闪现出另一张苍白而又看不分明的脸庞。

特别是,当窗外夜色里正飘着细雨的时候。

又一个白兰花上市的时节,卖力鼓捣多年"造人运动"的舅舅和舅妈终于修得正果,而且生了个男孩——这意味着外公百年传奇的姓氏终于有了嫡系传人。为庆祝这一天大喜事,在外公家宽敞气派的客厅里,外婆为全家人摆上了一桌丰盛的晚宴。饭桌上大家都很开心,甚至包括刚莅临人世的小表弟和常年一副苦大仇深嘴脸的我的母亲。但令我倍感困惑的是:照情理讲最应该欢欣开怀的外公却表现得十分心不在焉,甚至可以说是郁郁寡欢。

父亲不止一次对我讲述过,当年我出生时,外公激动开心到何等程度:他不顾母亲反对,亲自拎着大包小包当时在上海都因供应紧缺而采买不易的各种营养品,千里迢迢辗转赶奔到当时连公路都没通的苏北小县城,并且为了说服母亲接受他为我取的大名和小名,不惜低声下气乞求。回上海后,他还用他最擅长的瘦金体亲笔题写了一副对联:金鳞岂是池中物,一遇风云便化龙。这副对联至今仍贴在弄堂老屋客堂间的正墙上,后来让我的小表弟一度怀疑他的祖父——我的外公——与一部名叫《风云》的香港武侠漫画之间有何不为人知的神秘关系。

如果说我这外姓晚辈的出生都能让外公如此开心，为何作为血脉传人的小表弟来到人间，外公却表现得如此无动于衷？

更让我难以理解的是，搬到这个高档小区后，生活环境显然改善了许多，并且听外婆讲，还是得益于帮外公获得平反的他那位老同学的帮忙，已恢复名誉和职称的外公如今每月都能领到一笔数目不寒碜的国务院特殊津贴，所以经济条件无疑也宽裕了许多，但我却注意到，外公的精神状态不仅没见起色，反而变得更差了——变得更加孤僻自闭、阴郁寡言，甚至在这短短几年光景中，他分明竟以一种近乎不可思议的惊人速度，飞快地衰老下去了——与他那位经常在电视和报纸上露面的老同学相比，他看起来至少要比后者苍老十几岁。

据坊间沸沸扬扬的小道消息传说，外公那位老同学在明年的换届选举上当选连任已无悬念。或可视为对此小道消息的佐证，这位老人家最近在媒体上抛头露脸尤为频繁，并且显得格外容光焕发，尤其那一头保养得浓密油亮的黑发，与外公的一头苍枯白发形成强烈的对比——我后来才知道，他其实比外公还大一岁。

随着全国人民都再熟悉不过的激昂旋律响起，《新闻联播》开始了。当外公的老同学不出意外又一次现身于屏幕时，外公突然搁下碗筷，一声不吭地离席而去。但除我之外，桌上似乎没有任何人留意到外公的不告而别。大家继续吃饭、闲谈、看电视，就像桌上本就空着一个座位、多了一副碗筷似的。

我去上洗手间,途经外公的书房时,发现外公又在听他那张诡异的老唱片。

隔着紧闭的房门,我察觉不到外公还活在其中的一丝声息,只有干涩喑哑的单调旋律一直循环反复。

14　皮条客

暑假里,备考"托福"的阿米报了一堆补习班,丧心病狂的日程安排令此人疲于奔命,再无暇操持我俩的感情生活了。趁这难得的档期,我也鼓捣起自己的小算盘:我打算去干份暑期工,攒点小钱,等她过生日时给她买件不算太寒碜的礼物。

理想很丰满,现实很骨感,很快我就品尝到了打工的艰辛。

第一份工作是在酒吧做酒保。待遇尚可,还能免费跟调酒师学调酒。可惜上班第一天,我就失手摔了瓶"路易十三",被老板热泪盈眶地赶出门了。

第二份工作是在餐馆做服务员。工作任务除了伺候人点单和端盘子上菜,还得独自负责盯牢四张餐台的客人结账。由于我近视眼还总不爱戴眼镜,加上对社会风气误判严重,上岗当月的工钱不到一周时间就被逃单的人渣们逃成了负数——可想而知,当我终于逮住一伙现行犯时,胸中燃起的悲愤让我何等"奥特曼"附身:我与人渣们当堂大打出手,掀桌子、抢板凳,好一场酣畅恶战。恶战以同归于尽告终——由于更多的人渣借战乱之机逃单,老板清点完当天的损失后,请我走人了。

第三份工是站街发促销传单。盛夏午后,脚踩被烈日晒得滚烫的水泥砖,身穿肥厚臃肿、完全不透气的卡通牙膏道具服,还得活蹦乱跳地追着过往行人屁股跑,如此不消几分钟,我就感觉自己已变成一坨热气腾腾、蓬松软胀的烤红薯——熟得就差炸瓤爆浆了。这还不算凄惨。真正凄惨的是,突然有位慈眉善目的大叔如天使下凡般出现,从我手上接过一张传单还嫌不够,直接劈手抢去一沓,然后我一路目送此人一溜烟冲进附近的公厕……目瞪口呆的我唯有狠狠祈祷上帝"保佑"此人擦屁股擦出个痔疮加肛裂。

暑假结束前,我找到的最后一份工作是在一家夜总会做包厢服务员。这份工作的好处是只上晚班,所以开学后我还可以继续干。

开工第一天我就迟到了。而且迟到得蛮严重。迟到严重的好处是领班已经忙得没空骂我了,见我露头,立马支使我去给一间包厢送果盘。我心中正窃喜,突然意识到不对劲:这只"拿摩温"究竟是叫我去送果盘还是去送死?果不其然,包厢门一拉开,一团杀气便随喝骂声扑面而来。

"一个破果盘老子催了五次才他妈的送来,你们他妈的还……"

喝骂声戛然顿止,我也已呆若木鸡——杵在我面前的凶神恶煞,那一脸脏兮兮的青春痘和一双凶光毕露的小眼睛,一照面间我就认出了他……我脑中一片空白,与此人以同样复杂的目光定定对视,谁都没再先开口，周围的空气也在一瞬间凝固成干冰，将一切背景声音都隔绝出剑拔弩张的定格画面。如此僵持了恍似足有一个世纪那么久，我突然强烈地开始预感到什么。

我伸出手去，一把扯开挡住我视线的赵志鹏，然后，我的预感变成现实——

"严浩!"我听到自己口中发出一声几乎要将胸膛撕裂开来的大吼，热泪险些迸射出目眦欲裂的眼眶……

嗡嗡作响的回声振荡中，整间包厢都隐隐摇颤了一下。包厢内，除了兀自播放的伴唱音乐，所有动静都偃息了，所有活物都将目光投射向我——包括被我呼喊名字的那位。这个容颜分毫未改的家伙，用带着醉意的清冷目光静静盯住我的脸，自己仍是一张我再熟悉不过的、看不出任何情绪反应的脸，然后，不紧不慢地从自己纽扣解开到胸前的衬衣内拔出一只属于一旁陪酒小姐的手，推开手的主人那张原本正与其耳鬓厮磨的妖冶脸蛋，从容不迫地系好纽扣，坐直身体，掸了掸裤缝笔挺的西裤，起立，步履沉稳地向我走来。经过赵志鹏时，他招手示意赵志鹏凑近耳朵，低声吩咐了几句什么，随后从我手中一把扯下果盘，递给赵志鹏，另一只手搭上我肩膀，将我推搡出包厢，身后的包厢门旋即便被紧跟上来的赵志鹏拉拢并带严。包厢门合上的瞬间，我听见包厢内有个陌生的中年男声在用相当困惑的口吻向赵志鹏怯生生发问："赵经理啊……外面那个大呼小叫吓死人的服务员，不会那么巧是你们严老板仇家吧?"

我没有听见赵志鹏的回答。我与严浩面对面伫立在走廊里，默默相视良久，最后还是情绪平稳的那位先开了口："不错，长高了。"他伸手过来用力捏了把我的上臂，"嗯，也结实了。"

"谢严老板夸奖。"我总算挤出一丝回魂变调的声音，为纾解尴尬，笑着问他，"是不是终于够资格能跟你过个手了？"

"那还不够。"他也笑了——从半边嘴角撕裂出的招牌笑容，完全复原出了我记忆中的他，"有些事情呢，是值得花时间等待的。不要太心急，早晚有一天，我会满足你的。"

"我可以等。希望你到时可别后悔，我是绝不会手下留情的。"我心有默契，毫不示弱地配合他玩起了电影台词接龙——来自我们曾经一起看过的那些古老的港产黑帮片。

"一言为定。"

"生死由命。"

相视一笑，他摸出包"中华"，自己点上一根，又递给我一根，问："怎么跑来这种鸟地方端果盘了？"

听完我含糊、扭捏的解释，他拿烟头一指我身上的工作服："脱下来给我。"

我不明所以，懵然照办。脱下工作服递给他，他不假思索地随手揉成一团，塞进恰巧路过的另一位服务员怀里，吩咐那个跟我一同呆愣住的家伙："帮个忙，替这只'戆徒'去跟你们管事的辞个职。工钱你替他领了，自己买糖吃。"

"你这是干什么?"我快要哭了。

"别在这现眼了。明天来我公司报到——你在这儿的工资,我双倍开给你。"

我瞠目结舌,无法相信自己耳朵。

"走,换地方聊。"他转身便走。我迷迷怔怔地尾随上去。

几分钟后,僻静的地下停车场里,在属于此人的一辆崭新的黑色"桑塔纳"轿车上,他给我讲述了他被捕后的故事。被捕前的部分,与我从陆琪那里听到的基本没有出入。幸运的是被他捅翻的那个家伙保住了命,不幸的是当时正赶上"严打",所以案件按"从重从快"的原则直接就给判了六年。"严打"的风头过去后,他母亲开始四处活动,打点关系,最终凭一纸医院证明给他办成了"保外就医"。从牢里放出来后,他开了一家广告公司,成了一个下海经商的小老板。

他讲得轻描淡写,我听得心惊肉跳。而且,我从他过于简洁的讲述中捕捉到两个暧昧的疑点:第一,凭他母亲的财力和社会能量,怎么可能这么轻松就捞他出来? 第二,一个保外就医的刑事犯,怎么可能这么容易就开起公司? 本钱和客户资源都是哪里来的? 我怀疑这两个谜团的答案,都与一个人有关:那位神秘的"唐老板"。

至于眼下我最关心的问题——他为何会跟赵志鹏一同出现,并且两人都表现得好像无事发生过一样,他没有直接给出答案,而是给我讲了段故事:

　　离开监狱,他第一个去的地方不是自己家,而是赵志鹏家。他用服刑时干活挣下的钱,买了瓶烧酒和一些卤菜,趁赵志鹏的环卫工母亲还没下班,于黄昏时分敲响赵志鹏家的门。开门一眼看见是他,赵志鹏一言不发,扭身进厨房取来自己那把剔骨刀,递到他眼皮下。严浩没接他的刀,告诉他,自己之所以家都没回就先来找他,就是想让他知道,自己并不怨恨他。然后,严浩给他两个选择:一、放严浩进门,一起喝个酒,一醉泯恩仇,顺带聊聊接下来一起干点什么;二、把门再关上,只当严浩没来过,以后大家各走各路,一刀两断也一干二净。

　　讲到此处严浩就停住了口,若无其事地点上根烟抽起来。确实他也用不着再讲下去了——赵志鹏做了哪个选择,答案就在眼前。我甚至可以身临其境地想象出严浩当时的模样:何等从容淡定,何时又从嘴角撇出他的招牌笑容。但我却无法揣摩出赵志鹏又是怎样的角色体验——事实上,在我用想象力还原的场景中,几乎就感觉不到赵志鹏的存在:他面目模糊得仿似只是一个道具,只能别无选择地奉陪严浩演完其令人惊叹咂舌的独角戏。

　　想到此处,我竟不由得不寒而栗。

　　我也向严浩汇报了一下自己的近况。对于夏雪,我识时务地只字未提;对于阿米,我简略地一带而过,并瞎编出理由,推托掉了严浩要我哪天约她出来一起吃个饭的提议。

　　"别怕,我不会对你家小妞下手。"严浩像是看穿了我的隐晦心思,嘴角撇出戏谑的笑意,慢条斯理地抽了口烟,不动声色地接着道,"我这种混社会的烂人也是有原则的。古话怎么说来着? 朋友妻,不可戏。"

我赧颜讪笑——心头却再次一凛。

默默抽了会烟,严浩摸出个传呼机,翻了翻留言,吩咐我:"走,跟我吃夜宵去——带你去见一位远道归来的老朋友。"

"远道归来"和"老朋友"这两个词的组合出现,令我心中陡然"咯噔"了一下。我佯装若无其事地问他是谁。"待会自己亲眼见到不就晓得了。"他比我更淡定地卖了个关子,拧车钥匙时,顺手打开了车载音响。

宛若来自宿命的某种暗示一般,音响内传出的竟然又是罗大佑那首曾经祸害我摔出脑震荡的《海上花》:

> 是这般柔情的你,给我一个梦想
> 徜徉在起伏的波浪中盈盈的荡漾
> 在你的臂弯
> 是这般深情的你,摇晃我的梦想
> 缠绵像海里的每一个无名的浪花
> 在你的身上
> ……

　　几十分钟后,在南京西路波特曼丽嘉酒店对面的避风塘里,我见到了从日本远道归来的陆琪,还有此人领来的一群姑娘。

　　姑娘们都正当妙龄,姿色良莠不齐,共同点是个个浓妆艳抹,衣着暴露得足以令任何一个性取向正常的成年男性——更别说我这种处男——无法不产生非分之想。

　　陆琪递给我的名片是洋气的淡粉色,烫金字热压凸印在雪花纹特种纸上的公司名称是:上海露琪娱乐活动公关有限公司。此人的头衔赫然是"董事长兼总经理",甚至还给自己起了个洋名:Rocky Lu——真不晓得史泰龙看见了会怎么想。

　　名片看着唬人,几句话聊下来,我才搞明白原来这公司就是个下三烂的色情团伙——陆琪这个所谓的"董事长兼总经理",其实就是个兼了"老鸨"和"马夫"的皮条客。至于他领来的这群姑娘,不用问:都是他手下刚从夜店放工的三陪小姐。

　　陆琪随身携带的最震慑到我的办公用品,不是这张装×名片,而是一个看似卖相普通的小黑本,本子里详细登记了由他代理皮肉业务的每位小姐的个人资料:年龄、籍贯、身高、体重、三围、从床下到床上的各种特长与偏好,当然少不了精美的艺术照,甚至有的居然还标注了经期——看得我瞠目结舌,景仰之情如滔滔江水。

　　多年不见,除了改换成一副日系打扮——花衬衫、大短裤、夹趾拖鞋、染成麦黄色的长发扎成浪人髻,陆琪的猥琐相貌和淫荡本性基本都堪称与时俱进,特别是——还是那个自说自话能把自己说到口条勃起的话痨。吹嘘到兴头上，他向我透露一个重大商业机密——此人宣称：为保障客户安全，其麾下每位小姐正式上岗之前，他都会亲自献身先做一轮"质检"——"有问题也该我先挂，不能坑害消费者啊！"所以他果真挂了——开业没多久就感染了淋病。正所谓革命战士轻伤不下火线，此人胡吃海塞一通抗生素后，毅然重返安检岗位。结果，再次求仁得仁——他又挂了。这回牺牲得壮烈了：由于淋病重复感染导致的并发症，每次尿个尿都尿得泪流满面，滴滴答答几分钟都甩不干，走个路腿都甭想并拢更别提蹦跶小跑，终于不得不乖乖住进医院接受正规治疗。最后，性功能好歹算是保住了，生殖功能永久报废了。"这辈子的避孕套钱都他妈的省下来了，感觉赚大发了！"——这等不同凡响的革命乐观主义精神，着实令我纯真的世界观遭受到崩坏性的打击。至于被此人拍着胸脯做"品质保证"、仗义豪爽地表态可以让我任意挑选两个带回去今晚就免费"试用"的那伙小姐，我再没敢多瞄一眼。

　　话痨陆琪说得不带歇气，小姐们闹哄哄吵个不停。此刻正值夜店散场时段，四周人满为患，尽是喝酒喝大了甚或嗑药嗑嗨了的骚男浪女。空气中弥漫着呛人的荷尔蒙气息，嘈杂得人人都得吼着说话。触目所及，似乎只有严浩依旧是一副气定神闲的平静模样，静得与我们所置身的环境格格不入，静得仿似这场本就如梦似幻的久别重逢，乃至周围这令我眼花缭乱、目眩神迷的整个繁华夜上海，都只是一场海市蜃楼，转眼间便会烟消云散。

没有人提起夏雪,这个名字成为一个彼此心照不宣的禁忌。她与我们共有的少年记忆,她在这座城市中留下的所有痕迹,还有她不可告人的残酷秘密,以及她的哀伤、她的疼痛,流光泡影般地破碎消失在了光阴的深海里。

15　拆白党

　　严浩的公司藏在天钥桥路上一栋不起眼的商住两用楼里。说是广告公司，其实就是个那年头风靡一时的"二道贩子公司"，什么业务都做——从媒体资源到大宗商品到项目工程，各种拉皮条的居间中介、搏手气的倒买倒卖，赚差价、抽佣金。但相比陆琪那个纯属"流动皮包公司"的野生色情团伙，好歹看起来还算是有个公司的样子：两排隔断式办公桌，像模像样地坐了几个业务员，人手一部响个不停的电话机；两间独立办公室，宽敞明亮的一间归严浩，另一间大白天看起来都显得鬼气森森的小黑屋是财务室，赵志鹏带着会计窝匿在里面。

　　严浩爽快地兑现了他的承诺，给我开出了夜总会服务员的双倍工资。并且告诉我，我不用来公司坐班，也无须顾虑开学，每天该上课上课、该泡妞泡妞，等召唤就行。为方便联络，此人给我也配了个传呼机——"摩托罗拉"最新型号，和他同款，购机费和月租费都由公司直接走账报销，用不着我掏一分钱。报到第一天，此人还不由分说地把我硬拖到南京西路新世界的"培罗蒙"，让裁缝为我量身定做了两套西服，又带我去淮海路的"金利来"专卖店买了半打衬衣配半打领带，同样也没让我掏一分钱——号称是工作服，属于劳保用品。这等天上掉馅饼的慷慨待遇着实令我受宠若惊。我满心忐忑地向他请教我的工作内容具体是什么，此人轻描淡写地回答我四个字：吃喝玩乐。

我以为他在开玩笑。但上岗后没多久，我便瞠目结舌地发现：他并没有开玩笑，是我自己太纯真。

此人做生意的方式方法简单粗暴得令人发指，几句话就可以总结其万变不离其宗的基本套路：首先，业务员们利用各种或明或暗的信息渠道搜寻潜在客户，搜寻到了，就开始发动电话攻势，以"交个朋友"为名，死缠烂打地把对方约出来"吃个便饭"，饭桌上不谈生意，只套近乎，同时安排三陪小姐出场，供对方挑选到满意，待吃喝到酒醉饭饱、热络到称兄道弟，转场去歌舞厅或夜总会，让配对成功的客户和小姐在自由耍流氓的基础上继续培养充分感情，最后，替欲火焚身的这一对开好房间，一车送去酒店，拿上房卡走人，次日一早再带着房卡回去，让小姐滚蛋，把客户留下，拿出早已准备好的企划案、报价单，乃至只差填上数字再签名盖章的合同书，正式开始谈生意——据我观察，但凡走到这一步，基本上就没有谈不成的生意了，顶多不过为回扣的比例再磨叽上三两回合而已。

当然，此套路需要满足一个前提条件：客户是男性。但事实上，如果客户是女性，流程反倒更简单了——我就从没见到过在严浩面前还能保持头脑清醒的女人，更别提我们还有一个随时可以祭出来充当终极法宝的"大彩蛋"：陆琪那个立志为播种事业鞠躬尽瘁的"极品牛郎"，随时乐意无私奉献出他的"种马"天赋和在岛国风俗店长期浸淫出的一身必杀技——据说此人之所以没在日本混完学业便灰溜溜归国，就是因为没管住裤裆睡了不该睡的女人。

就是这样一套男盗女娼的陈旧把戏，简单得就像"任天堂红白机"上最经典耐玩的"超级玛丽"游戏：踩乌龟，顶蘑菇，一路冲过去便皆大欢喜。不仅毫无技术含量可言，甚至堪称搞笑滑稽，但实战操练的结果却屡试不爽，从无败绩。

"记住——生活需要的不是感性，而是尺度。当你主动对生活放弃自己的幻想，生活就会同样主动地对你暴露出它的真相，甚至还会附赠一把方便你测量它的尺子。"看着我如遭超度的呆萌模样，严浩用戏谑的腔调这么对我说。他还说，"相信我——如果你真这么做了，你最后所看到的真相，或许会比你想象出的一切可能性都更简单也更可笑。"

在这一场场死循环的龌龊游戏中，作为掌控全局的唯一主角，为保障游戏顺利进行，不至于因某些角色的不识时务乃至寻衅滋事而意外卡壳，严浩随身总带着两样小道具：一把弹簧刀和一枚硬币。硬币就是普通的一元硬币，只是不晓得是否还是当年曾让此人名扬上海高考考场的那一枚。我对此人抛硬币的把戏早已见多不怪，但那把弹簧刀——尤其是它的来历——却让我大感意外乃至被吓了一跳：据陆琪私下八卦，这把刀正是当初严浩捅残人的凶器——也是他从敌方手中缴获的战利品。至于他为何没把这件作案工具向警察交出去——这显然不是识时务的选择——则至今无人知晓。我只是注意到,每当他掏出这把刀来,赵志鹏总会显得很不对劲,特别是一旦跟人动起手来,会表现得极其凶残暴戾,活似邪魔附体。

严浩告诉我,不要小看这两样不起眼的小玩意,它们足以用来解决生活中遇到的一切麻烦事,而且使用方法相当简单,就是三条基本原则:经验解决不了的就用硬币解决;硬币解决不了的就用刀解决;解决不了对手,就解决掉自己。

人生中看似充满无穷无尽的选择题,令人眼花缭乱乃至左右为难,但其实一切选择题归根结底都可以被简化为同一道最古老的单选题:生,还是死。说到这里,只有高中学历且从不看书的此人,居然发音相当标准地背诵出了哈姆雷特的那句著名台词:To be, or not to be: that is the question(生存还是毁灭,这是一个问题)。

"所以,其实我们每个人都是哈姆雷特。"他嘴角撇出玩世不恭的笑意,用戏谑的腔调问我,"未来的大作家,你知道在我看来哈姆雷特的最悲哀之处是什么吗?"

我想说是哈姆雷特对奥菲莉娅注定只能深埋心底、至死都没有机会表白和兑现的爱,但我明白这绝不是他会给出的答案。所以我将这个回答深埋心底,默默摇头。

"哈姆雷特的最悲哀之处就是——他那么玩命地折磨自己、折磨周围的所有人,却到死都没搞明白一件最重要的事。"他意味深长地暂停片刻,就像多年前某个夏日午后在我的小阁楼里一样,慢条斯理地吸了口烟,恶作剧地将一团白色烟雾喷吐到我脸上,然后微眯起眼睛,带着终于定格的诡异笑容,将令我后背发凉的目光钉入我的瞳孔,"他真正需要的,其实只是一枚硬币而已。"

　　秋天悄无声息地来了,日复一日阴雨连绵。台风时常裹挟着暴雨突袭而至,肆虐得昏天暗地,而后又猝然不知踪影,只留下一片狼藉。秋天本该最为浓艳漫长的黄昏,被无休无止、后劲绵绵的雨水直接给泡洗没了,天色不到晚饭时分就完全黑了,熄灯后,窗外彻夜树影摇曳,状若鬼魅狂舞。全上海的法国梧桐都在雨中疯了似的猛掉叶子。被雨水浸透泡软的落叶层层堆叠在人们鞋底下,此起彼伏的沙沙作响完全消解了来去匆忙的脚步声,再加上空气中始终饱含的氤氲水汽总为视野平添出的一层磨砂质感,使得道路上过往的身影个个显得面目模糊、行踪飘忽、宛若幽灵。宿舍里成日弥漫着一股酸馊刺鼻到令人作呕的阴湿霉味,枕褥像泡透了泔水,夜寐其上,不知是否是受严浩聊起哈姆雷特的影响,我开始时常做一个阴森诡异的梦,梦见我已遇害身亡,被凶手弃尸在荒郊野外高速公路边的一个烂泥坑里,圆睁着突起的双眼,瞪视着无星无月的黑暗夜空,听着夜行货车从我身旁呼啸而过,我肿胀腐烂、爬满蛆虫的躯壳上,悄无声息地长出一丛丛灰白色的蘑菇,就像发酵在雨水中的妖邪花朵……

　　我将这个噩梦添油加醋、绘声绘色地汇报给阿米,此人被吓得不轻,不仅当即跑去静安寺为我烧香拜佛,并且后来再在一起吃饭时,此人再没有同我争抢过原本我俩都爱吃的蘑菇。

在我记忆中,上海往年秋天尽管也都阴湿多雨,但还从未有过像今年这般如此不见天日地无休无止,雨一直下,下到令人眩晕乃至窒息,令我几乎出于动物的某种求生本能,平生第一回开始琢磨或许应该设法逃离这座城市——然而自己却又是那么倦怠萎靡,虚脱无力。

狂热了整个夏天的股市也被这场没有尽头的雨给浇熄了。在这座刚从股市里再次诞生出无数致富传奇的传奇城市里,就像是流行起某种离奇的传染病,股民们突然开始竞相效仿雨滴的自由落体运动,三天两头从四处的高楼上噼里啪啦往下自由落体。同时,活似变戏法一般,仿佛只在一眨眼间,原本闹哄哄扎堆在电视里、广播中、报纸上的股票专家们突然都被换成了气象专家,开始以分毫不输于前者的装腔作势和神神道道,致力于向大众宣讲当前这一诡异气候现象的成因,甚至竟如同每日跟踪大盘行情、研讨指数走向一般,持续分析其当前影响,预测其演进趋势,进而终于也发展到诞生出几方互不买账的意见领袖,个个言之凿凿,终日喋喋不休地开打口水战。

我无法理解这帮家伙掰扯个天气都能掰扯到口条勃起、高潮迭起的恶趣味,也不晓得有多少人真听懂了他们孜孜不倦的高谈阔论抑或胡言乱语,或者真会关心这场被定性为20世纪最严重和持久的一次全球性气象灾害。我只知道,许多祖国同胞都和我一样,正是在这一年,平生头一遭听说从此并牢记住了一个新舶来的西洋名词:厄尔尼诺。

据说这个词出自西班牙语,是个古老的宗教术语,直译过来的意思是"上帝的男孩",也就是少年耶稣。

由于这一诡异气候现象自命名之初就被赋予的宗教寓意,又恰逢世纪末临近,国内外许多人纷纷眼明手快地把握住这一绝佳的市场机遇,通过对各种宗教典籍的断章取义,再借助一些来历存疑的所谓古老预言,开始大肆兴风作浪,不遗余力地试图将它鼓吹为世界末日将要来临的征兆。

作为一个从小接受唯物主义教育、早已基本掌握宇宙终极真理的社会主义新青年,我当然不至于愚昧到会被邪教轻易蛊惑。况且我也想象不出,在这片早已经告别了战争与革命、荒芜与野蛮的新十里洋场,除了得不到的爱与被爱,我们这些平凡人的人生里还可能会发生怎样暴烈的兵荒马乱。

大学生涯倏然过半。身边的同学大多开始显得病恹恹的,肢体动作普遍有行尸走肉的视觉效果。表面上看来是令人不适的天气所致,更深的原因其实彼此心知肚明:初进大学时的新鲜感已消耗殆尽,许多人已开始彷徨烦恼于毕业后的何去何从。但我除外。相比于身边多数同学,我感觉自己就像一个中了六合彩的幸运儿——没心没肺地蹭着阿米恩赐的软饭,吃喝玩乐地挣着严浩打赏的工资,令我对自己堪比"拆白党"的俗世生活一时竟找不出任何不满足之处。

中文系到了大三,课程已轻松得简直犹如放假。混着一潭死水般波澜不惊的日子,吃吃喝喝、晃晃悠悠之余,唯一让我感到有些心烦意乱的事,是阿米日益临近的生日——阿米正式邀请至今还从未去过她家的我,在她生日那天去她家里吃饭。

为说服我接受邀请,此人搬出一堆冠冕堂皇的理由:天气太糟糕不宜户外撒野;去她家吃饭能替我省钱;这是我第一次陪她过生日,在她家里吃顿她的软饭,更能彰显这一重大里程碑的纪念意义……无论她如何娓娓动人地胡扯,我心里都很清楚她的真实用意,当然,也能理解她的煞费苦心。

在此人锲而不舍的死缠烂磨下,最后我终于要死不活地点了头。我记得那是一个淫雨霏霏的午后,在惨遭此人暴力清场的宿舍里,在我点过头后的诡异寂静里,从此人脸庞上和眼眸中所猛然焕发出的那种无以言喻的、甚至堪称使我望而生畏的熠熠神采,简直令我感觉自己所置身的时空,只待一声清脆的响指,便会遽然切换进一个魔幻的童话世界:阴霾散尽,阳光普照,海盗欢呼,美人鱼歌唱……还没等我回归现实,原本臊眉耷眼杵在我面前刚被"小白菜"附体过的此人,一个饿虎扑食跳坐到我大腿上,用两条小细胳膊狠狠箍紧我的脖子,我的心脏被此人的乳房压迫得几乎当即停止跳动,而在缺氧导致的瞬间大脑空白与视野模糊中,我隐约望见窗外遥远的树影深处,一个身穿海蓝色连衣裙的少女身影,终于结束了在雨中的悄然伫立,默默扭转身,不回头地走远了……

16　衡山路

阿米生日当天,我俩如临大敌:一大早便接上头,一上午紧张拾掇——主要是此人在指导我的服装搭配,以及反复向我宣讲各种注意事项……好不容易煎熬到午后,我俩从宿舍出发,搭巴士,换地铁,抵达衡山路站。

天气预报说本日午后至夜间会有一场强台风过境,所以我俩这趟出行有幸享受到了全程贵宾待遇——无论巴士地铁,车厢内都乘客寥寥,大街上也空旷冷清得像座死城,偶有寥寥活物出没,莫不行色匆匆,宛若逃命。

我人模狗样地穿着一身向严浩借来的名牌西服,紧绷绷、硬邦邦地走在阿米身旁。惊喜的是:西服的尺码竟正合适;丧气的是:穿在严浩身上特显腔调的这身西服,到了我身上居然就变得格外乡土气,我穿着它似乎卷起袖子就能冒充外地民工。

我走得垂头丧气,拖泥带水,心不在焉,踽踽凉凉。脑中循环播放着《史记·刺客列传·荆轲传》里的千古名曲:风萧萧兮易水寒,壮士一去兮不复还……

像是来自命运促狭的恶作剧,当我随阿米从衡山路上拐入一条格外僻静的不知名小路时,竟似触碰到了某个冥冥中埋藏于此的机关,抑或误推开了某扇通往另一时空的暗门,眨眼间,四周围就飘起了细雨。

此处是有百年历史的旧法租界地段,也是上海滩至今声名显赫的老牌富人区。听说这里路旁的每一棵法国梧桐和我们脚下的每一块彩色拼花地砖,都是 20 世纪初漂洋过海从欧洲运来,由异国工匠亲手栽下与铺上。四下里随处可见巴洛克风情的廊式悬挑阳台和雕花铸铁围栏,维多利亚式的尖顶烟囱飘窗和知更鸟蓝装饰木墙,西班牙特色的红瓦黄墙与旋柱拱窗……这种种异国情调的点缀,无不彰显着此地界的高贵血统与其住户的身份不俗。

我不记得自己曾经造访过此处。但吊诡的是,我却有一种强烈的感觉:一切都那么似曾相识。

更诡异的是——这种难以言喻的似曾相识感,竟随着终点的愈渐临近,也愈渐变得凶猛强烈。

或许为安抚我的紧张,阿米一路几乎没停过嘴,一直在东一榔头西一棒子地找我瞎聊着些什么。但我胸中愈燃愈烈的惶惑和四周愈织愈密的雨丝,渐渐沦丧我的话语,最后连偶尔敷衍一句的能力都湮灭在茫茫雨雾中。

雾越走越深,路越走越静。路两旁的建筑愈渐典雅稀疏。空寂的路面上,梧桐落叶堆叠得愈密愈深,青黄相间中愈渐糅杂进更多落花,晕染出油画般纷繁浓烈的色彩,在神经愈渐敏感的我眼中,它们竟如陷阱上的浮华粉饰般触目惊心。

前面再次来到一个十字路口。阿米在斑马线前停下脚步,扭转身冲我盈盈一笑:"要到了哦!"

我茫然地看着她。她向一旁闪开身,笑吟吟地伸臂一指。我揉擦一把被雨水迷蒙的近视双眼,努力望去,望见了路口斜对面那座带花园的独院式老洋房,望见了雕花铸铁围栏内被香樟树掩映着的萋萋草坪,还有草坪上那座曾多少次出现在我梦境中的乳白色秋千架……"那是你家?"从气管中猝然迸发出的变调嗓音,在自己耳中听来竟是那么的不真实,渺茫得像是来自雨雾深处的凄楚哀鸣。

"嗯!"她神采奕奕地点头,"别害怕哦,这是有机器猫镇邪的豪宅,不是电影里的鬼屋呦!"

我没再搭理她。我失魂落魄地僵硬在原地,恍恍惚惚地遥望着那座梦魇般的秋千架,任由冰凉的雨水刺痛在眼眶中,带走我的体温,湮没我的心跳与呼吸……这一刻,在这宿命的十字路口,一路走来被我零星捡起的记忆碎片终于拼凑出完整的拼图——我回想起了多年前那个同样驻足于此、怯缩在母亲身后、遥望向对面的男孩,而多年后这一刻的我,就像多年前那个可笑男孩一样,再没有一丝胆量和力气再向前迈出哪怕半步——我就像《圣经》中的罗德之妻,只因回望了一眼自己失落的来处,连眼泪都未及流出,就已被神的诅咒变成了一根盐柱。

"你怎么了……你真被吓到了吗?"耳旁传来阿米怯生生的声音。我想,她是真被我吓到了。

我抖抖索索摸出根烟,插进嘴角,在雨中千辛万苦点上,然而刚吸一口,烟头就被雨淋熄了。

我拔下烟卷丢掉,闭目深呼吸,然后睁开眼睛告诉阿米:"不好意思……我身体突然不舒服,今天就不去你家吃饭了。"

阿米猛地张大嘴,却没发出任何声音。雨水蒙裹在她脸上,让我分辨不出陡然沸腾在她眼眶中的究竟是雨水还是泪水。

"祝你生日快乐。"我冲她笑了笑,"我先走了,再见。"

我转身疾步离去。经过一排垃圾桶时,我将一直拎在手里的、本该由我亲手递向她父母的一袋"见面礼"劈手砸进去——那是几盒不值钱的无锡酱排骨,来自我外公先人创立的、如今早已沦为国有的某个百年老字号。

外公祖上创立的百年老字号被收归国有,外公住过的花园洋房如今住着我的女朋友——想到这些不幸的"历史事故"都没我半分责任,我把脸上的傻笑一直带到巴士站。在站台旁小卖部的雨篷下抽完一根烟,我抓起柜台上的公用电话拨通严浩的手机,问他人在哪里。他说在家。我说我想去找他喝酒。他古怪地沉默良久,回复我两个字:来吧。

坐在公交车上,望着窗外空寂郁沉在雨雾中的上海,我忽然回想起某次在雨中勾着手指荡马路时,阿米曾问过我的一个傻问题:"芋头,你相不相信,如果我们俩以后就这样一直在雨中瞎遛弯下去,总有一天,我们一定可以把上海的每一条大街小巷都一起走遍?"

"我不相信。"我毫不客气地回答她。

我不相信,因为我不是她。我出生在"下只角"的贫民窟,我深刻了解这座城市迷宫远超其物理存在的恢宏庞大与变幻多端:多少溃烂的伤口与狰狞的伤痕,从不曾上药,也来不及痊愈,就已被新的妆底草草遮盖;多少错乱的记忆与潮湿的往事,从不曾收整,也来不及晾干,就已被深深埋藏于黑暗的泥土之下……每一天、每一刻它都在以这种残忍的方式改变着自己的容颜,我们这些渺小生命的细碎脚步,永远跟不上她容颜变幻的速度。

但是现在,我发现自己错了。我终于明白遗弃不等于遗忘,埋藏也不等于销毁。存在过的仍会长久存在,会凭更深邃的疼痛,以一种更狰狞的姿态,扭曲蛰伏在黑暗潮湿的泥土下,感染扩散在溃烂化脓的伤口中,静静地等待,等到无论是一场有心的发掘还是一次无心的触碰,就会火山爆发般喷薄而出,摧毁一切掩耳盗铃的自欺欺人,令负罪者更负罪,无辜者也不再无辜。

而既无法篡改自己的出身,也无法篡改这座城市的历史的我们,除了迷失在雨雾中,又还能做些什么呢?

我揣在裤兜内的手里,握着一个扁扁的小纸盒。这是我刚才忘记送出手的生日礼物:知更鸟蓝色的小小纸盒里,装着一只"蒂芙尼"的纯银兰花胸针。

严浩的住址如今已不再是秘密,我已来过好几次:开公司后他买了套两室一厅的房子,自己一个人住了。

我扛着一箱啤酒,浑身滴答着雨水按响他家门铃。门开了,我呆住了——万万没想到,给我开门的人竟然是他的母亲。

自她搬离弄堂后,这还是我第一次再见到她。多年不见,她不但仍风韵犹存,而且俨然已从“美妇”升级成了“贵妇”:发型精心做过,妆容一丝不苟,一身时髦名牌——最令我惊诧的是,在这种阴雨天气里,人又在室内,她居然戴着一副硕大墨镜,显得既突兀又吊诡,让我不晓得该把她这路数评价为是“朋克”还是“哥特”。

“你是哪位?找谁?”她一开口我就倍感亲切——看来此人的老毛病半点没变:她又把我给忘了。

没等我想好如何应对,从她背后传来严浩冷冷的声音:“你别管他是谁了,赶紧走吧。”

“可是……”

“没什么好‘可是’的。”严浩不耐烦地打断她,“你也看见我这来客人了,今晚没地方收留你。”

“那,那我可真走了……”面对儿子的恶劣态度,中年美妇瞬间复原出我遥远记忆中的经典形象:近乎气若游丝的病怏怏语调,虚弱疲惫中透着乞怜。

严浩不再看她,视线转到我脸上:"你还傻站在那里干什么?进来坐,别挡我妈的道。"

"阿姨再见!"我臊眉耷眼地绕过严浩母亲,尾随严浩走向里屋。俄顷,外屋传来房门的落锁声。

严浩坐进沙发,不吭声也不看我,自顾点上根烟,倒空烟头堆积如山的烟灰缸,然后抓起遥控器,将电视音量调大了至少一倍,面无表情地盯着屏幕上那只从来没有一句台词的捷克小鼹鼠入神半晌,这才将脸转向我,沿用盯鼹鼠的眼神匕睨住我:"晚饭吃了吗?"

"没吃……"我被他那种死鱼眼神盯得有些毛骨悚然,说话都不太利索了,"那个我……我不饿。"

他继续审视了我一会,视线转向我刚搁下的那箱啤酒,言简意赅地来了一句:"开喝?"

我短路片刻,忙不迭地四处找开瓶器。

我俩并排瘫坐在沙发里,各自默默抽烟,默默喝酒,一同盯着电视里那只小鼹鼠撑着一把长柄黑伞漫步在雨中的布拉格街头。

去上厕所时,我无意中瞥见一旁房门大敞的厨房里,瓷砖地上碎着一摊玻璃碴,有几块还沾着血。

我喝醉了。醉得外衣裤都没脱便在客房中扑倒睡去。在滚滚炸雷声中惊醒时,发觉自己眼角似乎有干枯的泪渍,却忘了先前究竟做过一个什么样的梦。

我摸黑下床,进洗手间,锁门,开灯,用跟陆琪学的招数,拿中指抽插嗓子眼,终于吐得酣畅淋漓。烂泥般匍匐在马桶坐垫上,喘着粗气点上根烟,从裤兜里摸出传呼机,我赫然惊见屏幕上提示着数十条未读消息,全都来自阿米。最新一条收到的时间就在几分钟前,一句话:"芋头,你真的不要你家阿米了吗?"

我没再翻看前面的留言,直接选择批量删除,关机。然后我出卫生间,走上阳台,没想到竟撞见严浩——此人趴在栏杆上,眺望着远处风卷云涌的恢宏夜空,赤红色的烟头摇颤在狂风中,忽明忽暗地向指间坍缩下去。我没出声惊扰他,默默上前与他并肩趴下,一同凝目远眺。

夜空如墨,狂风大作。高速奔涌的厚重云层似黑色矿脉般纹络分明。一团团闪电金蛇狂舞在天边,不时乱糟糟撕扯出一串串摇撼天地的炸响,令我的心脏共振般地在胸腔内狂乱冲撞,几欲破骨而出。经验告诉我:台风终于要来了。

"真像世界末日。"我自言自语感慨。

"真是世界末日就好了。大家一起死,谁也不吃亏。"严浩毫无征兆地淡淡接了一句。

我错愕地扭头望他。在我印象里,这还是头一回听到向来对一切漠不关心的他发表出这么偏激的言论。

"就算你仇恨全人类,上海也没得罪你……"我哂笑,"上海这么美丽的城市,你舍得让它给我们陪葬?"

"上——海——"他若有所思地沉默片刻,从唇齿间缓缓咀嚼出这两个字,嘴角隐约撇扯出一丝冷笑,"你有没有想过,或许这座城市其实从来就没有真正存在过,我们看到的,其实只是自己的幻觉。这里其实只有一片古老的海,一片干净的、宁静的无人之海。"

此人低沉的嗓音配上诡异的笑容,在波谲云诡的夜幕映衬下,竟产生出一种不可思议的蛊惑力,令我就像被催眠了一样,情不自禁地追随他的话语,陷入对一幅画面的遐想:一片干净的、宁静的海。

如果这座城市真的只是一场幻觉,这里真的只是一片海,那身在其中的我们又是什么?是长眠在深深海底枯守黑暗迷梦的苍老鬼魂,还是在上升到海面的旅程中误以为自己拥有了漫长的光阴,却转眼就将破灭不留痕迹的小小汽泡?

又是一声惊天动地的霹雳。仿佛只在一眨眼间,所有凝结在空气中的重量都析出来了,整座城市宛若虚脱似的摇颤了一下,几乎在我还没看见的时候,大颗大颗冰冷坚硬的雨滴已开始随着狂风横扫一切,瞬即浇灭了我们手中的烟。

黑暗中,四下里此起彼伏地传来门窗的碰撞声和玻璃的碎裂声。如子弹般饱含穿透力的雨滴将我击打得站立不稳,向后连连趔趄几步。严浩却似钢铁浇筑出的雕像一般,迎着狂风暴雨兀自岿然不动。过了好一会,他才徐徐仰起脸庞,深吸一口气。"舒服多了。"他心满意足地点评道,随后招呼我,"走,睡觉去。"

17　张爱玲

我厚着脸皮在严浩那里蹭吃蹭喝蹭睡了几天。不但没回过宿舍，甚至干脆连课都逃了。

台风过境了。暴雨停歇了。严浩的母亲没再露过脸，我的传呼机上也没再收到阿米的留言——断片的记忆就像一场梦。

我决定暂时躲开阿米。我告诉自己我需要时间冷静头脑、厘清思绪、研判形势、考量对策……但我其实很清楚：以上这些说辞纯属自欺欺人的胡扯淡。

衡山路的花园洋房也好，无锡的百年老字号也好，都是外公的人生风景，与我本就没有半毛钱关系。我真正无法逾越的，不过只是自己脆弱可怜而又卑微可笑的自尊心而已。

我与阿米的出身差别，从我们在苏北小县城与繁华大上海各自发出人生的第一声啼哭开始，就已注定我们即便生活在同一座城市，也并不拥有同一个世界。我有自知之明。我知道自己不是夏雪口中的"丑小鸭"，我只是一只有幸遇见天鹅并陪她开心玩耍一程的土鸭。这场或堪称命运之残酷玩笑的"意外事故",或许只是提前终止了真正无可救药的悲剧故事,从这个角度讲,它反倒是件值得庆幸乃至令我感激涕零的好事。

无论如何,这场不幸的"意外事故"好歹让我想明白一个朴素道理:如果终归逃不掉被无情现实摁倒的命运,不如趁早学会自觉主动配合——最后也就能坦然面对一切了。

茅塞顿开后,我下定决心将"臭老九"的可笑清高弃若敝屣,开始把无处安放的时间和精力统统投入"工作"中:把严浩和陆琪乃至陆琪手下那帮阅历丰富的职业女性奉为导师,积极学习这个醍醐世界的醍醐法则,了解那些卑劣游戏的卑劣玩法——那些被职场中人美其名曰为"营销策略""谈判技巧"之类的下三烂手艺。

声色犬马,醉生梦死。初学者心理与生理上的种种不适很快就被习以为常的麻木取代,从麻木中又滋生出没心没肺的快感——像煮熟的鸡蛋虽然失去体内流动的质感,却终于能像陀螺一样平稳旋转;像清水被酿成酒然后又变成醋。

某次招待外企客户,地点选在一家甚具文艺范的酒廊。喝高了去解手时,我发现洗手间里每个小便器上方都贴了张纸,每张纸上都印了一句特矫情的语录。我"打水枪"时脸正对的那张纸上印的是:

感谢上帝恩赐我们耳聋与目盲,遂让我们学会了轻易的施舍、爱,与原谅。

我不晓得这句话是出自哪位"心灵鸡汤特师"或"七浦路仁波切"之口。拉上裤链后,醉意陶然的我一时兴起,摸出随身带的签字笔,将原句中的"耳聋与目盲"涂改成了"寂寞与虚妄"。

再去解手时,我惊见自己的字迹竟然也被人涂改掉了。"寂寞与虚妄"被改写成了"骚×与老卵"。歪七扭八的笔迹旁甚至还贴了一张名片,而且还很贴心地把名片上的手机号打了个圈——定睛细看:陆琪的名片。

我不得不赞叹陆总这"老卵":这等商业敏感度,干哪一行不是金牌销售?

我没再继续对文案做"升级"。我给陆琪写下的那两个名词添上了既大气写意又一目了然的简笔画配图。

严浩招待客户通常都选址在有内线关系或业务合作的固定场所,这样既便于掌控环境,也利于财务操作。但为了拿下一个极难伺候的大客户——某家大型垄断国企的一位处长,不得已终于破了次例:换了家我们既不了解背景也从未光顾过的高档夜总会。

在当时的上海滩,这家夜总会是个牛×的异数,不仅规格档次和消费水平都领先同行,还有一个匪夷所思的霸道规矩:禁止外人——不管是跑单帮的"流莺"还是陆琪那类"带团"的皮条客——进场做色情生意。客人若想找小姐,只能选择店内自营货色,而且不准带出场——要开房也只能去楼上的自营酒店。

谢绝自带酒水很正常，谢绝自带小姐就太不近人情而让人想不通了，且不说这种颠覆行规的做法在业内也会犯下众怒。但不得不承认的是，这家店胆敢如此欺辱同行，确实也有其傲人资本：店内供应的小姐姿色都相当不赖，个个全是标准的模特身材，甚至有不少还受过专业歌舞训练——价码自然也可想而知。

指定要来这家夜总会的处长大人年纪五十出头，矮矬白胖，满脸横肉，谢顶谢得没剩几撮毛发，神似《铁臂阿童木》里的茶水博士。陪同处长驾临的两个跟班，一个白净瘦弱的小伙子是其秘书，虽看似一脸呆萌书生气，实则是个"口活"极好的马屁精；另一个魁梧黑糙、一口奉贤土话的汉子说是其司机，看着更像是保镖。

开席后，处长开始还挺端着，埋怨菜点多了，嗔怪酒选贵了，还吵着要把小姐们都轰出去。这等装腔作势的套路我们早已见多不怪，应付自如。果不其然，酒过三巡，老人家变得慈眉善目，逮着一旁比他高半个头的小姐，拿一只肥美"熊掌"又是撸搓姑娘胳膊、怜惜姑娘太瘦，又是揉抚姑娘脑袋——以盘核桃能盘出浆的"文玩老炮"手法，感慨姑娘长得像自己孙女，另一只"熊掌"则一直鬼祟潜伏于桌下，也不晓得在鼓捣什么见不得光的猥琐勾当。酒足饭饱，转场去 KTV 包房。众人簇拥着处长走了，我落单去上洗手间。尿完出门，在盥洗池前迎头撞上陪侍处长的那位小姐。我笑着打了声招呼，她却表现得相当慌乱，回应我的声音也分明有异样。我定睛再看，赫然发现此人眼中竟泪光闪闪。我大吃一惊，问她怎么回事，她连连摆手说没事，扭身想躲进女厕所。借助酒劲催生的豪气，我不假思索地一把抄住她手臂，硬将她掰转回来，凛然正告她别怕，老实交代，任何事有我罩着。姑娘被我的气焰镇住了，迟疑片刻，没说话，冲我撩卷起半边裙摆。我一眼瞄去，再次大吃一惊，旋即怒不可遏，二话不说，攥牢她手腕硬拖起她，罔顾她的挣扎和哀求，一路杀奔进 KTV 包房，推搡开正倾情献唱《春天的故事》的小秘书，指住处长的鼻子破口大骂："你个老×养的，你他妈的还是个人吗！"

除了伴唱音乐的欢快旋律和严浩兀自嗑着开心果的清脆声响，屋内霎时再无任何动静。

原本正饱含慈爱地在给另一位小姐喂食哈密瓜的老家伙张口结舌地瞪着我，半晌才缓过神来，抖着手指戳点着我："你——你骂谁是老×养的？"

"我骂的就是你——你个老瘪三！老畜生！老棺材！"我把我能想到的问候老人家的脏话全贡献了出来。

处长气得浑身哆嗦，只剩喘气。旁边的司机坐不住了，劈手砸掉烟头，怒目圆睁地呵斥我："你个小赤佬吃豹子胆了？怎么跟我们处长讲话的？想作死是吧！"被我推搡开的小秘书此时也如梦初醒，手忙脚乱地关了电视音量，打开明晃晃的大灯，屁颠颠蹦跶到老家伙旁边，揉胸拍背，好一通献媚，还不忘拿狐假虎威的小眼睛瞪我。

"小雨哥你喝多了吧？我扶你去外面静一静。"赵志鹏从其惯于蛰伏的阴暗角落里起身,带着一股阴寒杀气向我走来。

"等一下。"严浩突然开腔。赵志鹏应声顿足。严浩转向我:"怎么回事?说来听听。"

我不晓得该如何启齿,一咬牙,干脆把姑娘拽扯到大灯下,当众再次撩卷起她的裙摆。

屋内再次沉寂。所有人目光都聚焦在姑娘白晃晃的大腿根部内侧那一片色泽尚算新鲜浓艳的青紫瘀痕上。

老家伙脸上青一阵白一阵,转头盯住严浩,干巴巴一声哼笑:"严总,咱们谈的生意可不是小数目。还想不想做,你考虑清楚。"

严浩没搭理他,搁下开心果,掸掸手,点上根烟,若有所思地抽了两口,不动声色地抬眼望定我:"还记得我们俩早晚要决斗一场的约定吗?"

我心头一凛,眼看此人慢吞吞坐直身体,若无其事地将一只手揣入裤兜。我知道他这个动作意味着什么。

我默默与他对视,喉头发紧,浑身绷紧。我以为我看懂了他的表态,自己已在劫难逃,但我错了——正如夏雪所说,我根本一点都不了解他。

他心平气和地赏玩着我视死如归的表情,慢条斯理地又说:"我告诉过你,你现在还不够资格跟我动手。趁这个机会,要不你先自己练练手?"

除我之外,估计没有第二个人能听懂他在说什么——随着分外熟悉的笑容自此人嘴角撇出,我恍然大悟。没等旁人回过神,我已气势如虹地踏过茶几,踢翻冰桶,蹿到老家伙面前,劈手揪住其肥脑壳上仅存的几缕毛发,将此人连带其捧在胸前的果盘一同掀翻在地——老家伙以惊骇定格的一张肥脸一副吃屎相扎埋进果盘中。

我开始狠狠揍他,毫不手软。

司机最先醒过神来,骂骂咧咧地扑过来想要救驾,却被严浩长腿一伸给绊了个天摇地动的"倒栽葱"。待他好不容易抬起一张被摔得五官错位、鼻血横流的丧气脸,已被严浩从裤兜内摸出的弹簧刀抵牢颈动脉。在我扑向老家伙时就已灵巧闪躲到角落的秘书见势不妙,正欲趁乱贴墙根开溜,也被严浩一扭头拿眼神给钉死在墙上。

"你去哪?"严浩客客气气问他。小秘书惊惶失措地苦着脸,张着嘴,憋得眼泪汪汪都没吭哧出半个字。

严浩喊赵志鹏过去,将手里的弹簧刀和刀尖下的俘虏交接给后者。司机或许以为翻身做主人的机会来了,视死如归地昂起头,以渗血的凶狠眼神与一声不吭的赵志鹏死死对视片刻,终于还是老老实实地再次蔫软下去,然后赵志鹏摁住其后脑勺,重重地将其面门拍扣在大理石地砖上——我清楚地听见了鼻梁骨折的清脆断裂声。

严浩踱到点歌台前稍事摆弄,俄顷,以澎湃海潮声和嘹亮汽笛声为前奏的旋律充满房间——是罗大佑的《东方之珠》。"把大灯关了,过来合唱一个。"严浩冲小秘书招手,接着又邀请剩余几位不知所措的小姐,"都来一起唱吧,或者打打拍子伴个舞也行。"

　　屋内恢复了一个夜总会包间该有的正常景象:五彩灯光迷离,身姿剪影绰约,深情款款的主旋律大合唱。在歌声鼓舞下,我挥汗如雨地将老家伙从中气十足的连声惨叫殴打到只剩下半死不活的哼唧。一曲唱罢,严浩带头鼓掌,吩咐小秘书:"你接着唱——后面我给你点了首《光阴的故事》。"然后走到我身边,略一打量地上的受害人,告诉我,"差不多了,给老东西留口气吧。"最后从裤兜里掏出张房卡递给我,"楼上房间都开好了,不用也浪费。你带姑娘上去,等我消息。"

　　我一愣,慌忙推挡:"不要……""又没让你睡她,瞎紧张什么?"严浩冲我嗤之以鼻,"你们两个不回避一下,我怎么收拾烂摊子?"

　　夜总会自营的酒店客房装修十分豪华,令我感觉自己就像刘姥姥进了大观园。姑娘在洗手间里无声无息,我在外面无所适从:想开电视,找不到开关;落座床沿,被陈列在床头柜上的各式避孕套和润滑剂吓个半死……末了,我只得灰溜溜地龟缩到落地窗的窗台上,故作深沉地闷头抽烟,假装出神地俯瞰窗外流光溢彩的夜上海。

　　耳后终于传来开门声。我佯装不经意地回头望去,霎时呆若木鸡——迎面走来的姑娘拿毛巾擦着湿漉漉的长发,身上居然只穿了件白棉浴袍。

　　"你要不要也先洗个澡?"姑娘柔声问我。

　　我更蒙了,茫然摇头,突然反应过来,不禁方寸大乱,语无伦次:"我们,那个,我们不用那个什么……"

我俩面面相觑。姑娘看起来比我还不知所措:"你真的不要……"

"真的不要!"我被自己的嗓门吓了一跳,转而意识到自己的露怯,不禁羞愤难当,讪然吩咐她,"你坐下吧……陪我发呆或者聊聊天就行。"

"可是……"

"台费照付,一分钱都不会少你!"我恨不得赌咒发誓。

她没再吭声,定定地看了我一会,走到我旁边坐下,向我讨了支烟,借了火,转脸望向窗外的璀璨夜景。

在我眼角的余光里,她默默抽烟的侧影,特别是那双仿似笼着一层迷离夜雾的沉静眼眸,突然间让我感觉像极了夏雪。

"你是上海本地人吧?"她突然打破沉默,扭头望向我。

"嗯。"

她抬手指向窗外:"请问那里的那条路……是常德路吗?"

我瞟了眼,点头——夏天时刚带几个外地新生去转悠过。

"张爱玲以前住过的常德公寓,请问,现在还在那里吗?"

再次点头确认前,我不禁一怔——爱侃琼瑶或三毛的小姐我领教过不少,聊张爱玲的倒真是头一回见识。

沉寂片刻,我按捺不住好奇心,问她:"你叫什么名字?"

"徐海云。"她停顿少顷,"徐霞客的'徐','曾经沧海难为水,除却巫山不是云'的'海'和'云'。"

18 盲剑客

徐海云是湖南人,和我一样出生在一个落后闭塞的小县城,师范毕业分在县里一所小学当语文老师,她不甘心在小县城耗一辈子,一直梦想能有机会去大城市闯一闯,所以,当某天她在大街上被一个慈眉善目且打扮时髦的中年妇女拦住,夸赞她身材好、气质佳,要招募她加入时装模特表演队去上海工作时,她一冲动便跟人走了,然后被人哄骗着稀里糊涂地签下一份等同于卖身契的合同,根据合同条款,她欠下对方一笔巨额的所谓"形象包装费"和"培训费",若想中止合同,则要承担近乎天文数字的"违约金"。就这样,她落入人贩子精心设计的陷阱,被迫沦为了三陪小姐。为防止她们逃跑,人贩子团伙扣押了她们的身份证,严格限制她们的日常活动范围——吃住都在夜总会,想出门不但要先征得老鸨同意,还会有打手全程盯梢。所以,来上海这么久,她连去看看张爱玲故居的夙愿都一直没机会实现……

我絮絮叨叨地向严浩转述完徐海云的悲惨遭遇。此人的视线都没离开过电视屏幕,只无动于衷地问了句:

"所以呢?"

"所以……"我深呼吸,一咬牙,"我想请你帮忙,想办法救她出来。"

"发情了?"

"别扯淡!"

"电话在外屋。110 免费。"

"报警没用——警察都被买通了,她说公检法都是她们夜总会的常客。"

严浩不再吭声,把玩着酒杯,盯着屏幕上也在喝酒的张国荣——影碟机里正在播放王家卫的《东邪西毒》。

"严浩,咱俩认识这么多年,我这是第一次求你帮忙——我是认真的。"我耐住性子,低声下气。

"为什么要管这种闲事,给个理由先。如果理由成立,我可以考虑下。"他冷漠的表情与戏谑的腔调像极了电影里正奚落杨采妮的张国荣。

我苦苦纠结良久,心一横,从《双城记》里借来西德尼·卡尔登的经典台词:"人活着,总得做点有意思的事,不是吗?"

沉寂片刻,他慢慢地笑了,笑着从裤兜里摸出他那枚从不离身的硬币。

我目瞪口呆:"大哥,你严肃点好吗……"

"我怎么不严肃了?"他心平气和地反问道,脸转向我,"难道这世上还有比运气更严肃的事吗?"

　　我哑口无言。眼看他将硬币搁上茶几,两指一拧,让它高速旋转起来。"要'字'还是要'花'?"

　　"花。"我狠狠抽了口烟。

　　在我的屏息凝视下,硬币渐渐失去转速,终于安安静静地躺倒。看着它朝上的那一面,我如释重负,笑道:"咱俩玩这游戏,好像每次都是我赢……"

　　"急什么,有一天我会一把赢回来的。"他慢条斯理地说,接着抿了口酒,仍是副若无其事的样子,将视线投回电视屏幕。

　　"你为什么老看着那个女人?"欧阳锋阴沉地蛰伏在盲剑客身后的黄昏中,突然不动声色地发问。

　　"因为她让我想起了另一个人。"盲剑客望着村姑走向夕阳的背影说。

　　雨后初晴的冬日早晨,稀薄湿润的晨晖似蛋黄奶昔般饱含颗粒质感地涂抹在行人寥寥的僻静街道上。街道两旁的店铺基本都还未开张,路两侧横七竖八地停满各色过夜车辆,空气中沉郁着一股提神醒脑的酸馊味。严浩的黑色"桑塔纳"蛰伏在紧邻路口的第一个车位,我俩一前一后蛰伏在车内。他拿吸管啜着杯豆浆,我心神不宁地不停抽烟。

　　时间在我充血的颅腔中带着粗重刺耳的发条声一格格卷动。"来
了。"严浩一声通报,我当即扔掉刚抽半截的烟,浑身绷紧,注意力集中
到窗外的后视镜里。后视镜里,徐海云沿人行道慢慢走来,遵照我们
的嘱咐,没多带任何累赘物件,手里只提了个购物袋,穿一身家居棉
服,没化妆,长发也只随便挽了个髻。路上行人稀少,监视她的打手难
匿身迹:一个瘦削精壮的男青年尾随在她身后几步开外,披一件没系
扣子的军绿大衣,里面只穿着黑色紧身背心,瘆人地展露出自后背斜
探至颈侧的一只虎爪刺青,腋下夹一个用整沓报纸卷得严密紧实的长
条包裹,双手抄在裤兜内,嘴角斜叼着烟,看似吊儿郎当,还不时打着
哈欠,但一双微眯的眼睛却精光四射,眼珠子充满警觉地不时随风吹
草动滴溜乱转。

　　我目不转睛地盯牢后视镜中渐渐逼近的两人,按约定暗号将一只
手臂伸出窗外,摆出一个试探是否落雨的姿势,于是徐海云的视线与
我在后视镜中接上了头。对接上的视线似愈绷愈紧的皮筋,濒临绷断
的最后瞬间,我猛地打开车门,徐海云拔腿冲奔过来,被我一把抄住胳
膊抱拽进车厢。打手的反应快得超出我想象:面色乍变间已猛虎般飞
扑过来,虽比踩下油门的严浩终究慢了半拍,却与着急关上车门的我
近在咫尺地打了个照面,以至于他那张带着高速气流的呼啸声和压迫
感直逼我瞳孔的狰狞脸孔,就像被冲印进我视网膜的一张拓片,眉眼
分明得直到车已飞驰出几条街外都犹未消散。

　　"胜利大逃亡!"我喘着粗气,虽惊魂未定,却已按捺不住得意

忘形。

按预先商定的计划,我们把徐海云临时安置在火车站附近一家小旅馆,带她逛了圈商场和超市,买齐内外换洗衣物和其他一些必需生活用品,一起吃过晚饭,约好第二天上午在旅馆会合,送她坐火车回湖南。然而,第二天一早我赶到旅馆,跟徐海云一同苦等到中午都没等来严浩,甚至打他手机也没人接,发传呼也不回。干等下去不是办法,我带徐海云出门先吃中饭。坐下刚点好菜,传呼机响了,严浩发来消息,让我速去高邮路见他,不要带其他人。消息没头没脑,但鉴于此人一贯装神弄鬼的作风,心急如焚的我并未多想,当即丢下徐海云,打车直奔高邮路。

我从没去过高邮路。出租车司机告诉我那是一条特别短的小路,而且是单行道,问我要在哪头下车,我说就停中间吧。下车后,我发现这条路果真够短小,而且很荒僻,根本不见有车辆行人经过。路两旁绵亘着老旧住宅区的残破围墙,围墙外零星点缀着几家店铺,基本都被红漆刷上了硕大的"拆"字,一扇扇黑洞洞的紧闭门窗在正午烈日下都透着森森阴气。纵览整条街道,仅存的一间还在营业的店面,是离我十几米外一家灰头土脸的湘菜馆,而且明显属于违章建筑——小得可怜的门面突兀地镶嵌在围墙上。

不见严浩身影。传呼机也再无动静。想打他手机,附近根本别指望能找到公用电话。不得已,我只得姑且枯守原地,等他出现。

天气异常闷湿,似乎随时就会下雨。饥肠辘辘的我呆杵没一会就已汗濡浃背，头晕心悸。焦灼难耐，我叼着烟止不住东张西望，忽然看见有两个社会盲流模样的家伙远远向我走来，步伐懒散，吊儿郎当，貌似只是普通过路人，却让我下意识里感觉有什么地方不对劲。我佯装不经意地又多瞟了几眼，突然间，就像有一道凌厉的闪电劈开我混沌的脑海，我不由自主地猛打一个寒战——我终于反应过来不对劲的地方在哪里：两个家伙的腋下都夹着个用报纸卷得严密紧实的长条包裹。

我惊得肝胆欲裂，但没敢轻举妄动，强作淡定地转头望向身后，于是噩梦成真：我看见了第三个如出一辙的长条包裹，和一张虽只打过极短暂照面却令我印象极深刻的脸，以及蠢蠢欲动在其颈侧的那个虎爪文身。

身为一个被瓮中捉鳖的"二百五"，我绝望地看见那张脸冲我笑起来。

进退维谷。我狠狠吸食香烟的热量，以维持大脑近乎脱轨的高速运转。随着包围圈的收拢，每一秒时间流逝都活似一把尖刀以慢动作带着清脆的"扑哧"声捅入我的心脏——汩汩热血带着体温流失沉向如海绵般持续泡软沉陷的足底。

然后我真的看见了尖刀：冲我笑着的家伙边走边从腋下抽出包裹，慢条斯理地将报纸层层剥除，亮出一把我在港产黑帮片里见过无数次的西瓜刀。

凶器的选择佐证了徐海云的说法：这帮家伙都是外地人——西瓜

刀这种不开血槽的砍刀,行凶效率低下,不符合上海人的精明务实作风,故极少会被本地暴徒选用;但也正因行凶效率低下,受害者会死得更慢更痛苦,画面更具观赏效果,故深受演艺圈喜爱。

扁阔薄长的刀刃在饱含水汽的稀薄阳光下折射出撒满碎钻般的粼粼寒光。我不禁回想起港产黑帮片里随着这寒光的道道蹿跃飞溅起的蓬蓬血花。而我什么都没有,胃里是空的,手里也是空的……我感觉自己超负荷运转的大脑开始急速收缩,颅腔内渐趋形成真空,涔涔冷汗带着飕飕凉意向毛孔内逆流。

虽已亮明凶器,狩猎者们依旧从容不迫,甚至还默契地故意放缓了脚步。或许在他们看来,穷途末路的我无论束手就擒还是负隅顽抗,结局都终归一样,所以乐得多玩赏一会猎物的恐惧与绝望。

我一咬牙,劈手砸飞烟头,玩命冲向湘菜馆。

如我所料,我这孤注一掷的疯狂举动完全未引起对方重视——他们不仅没作势追赶,甚至还骂骂咧咧地爆发出一通哄笑,夹杂着我完全听不懂的方言。

他们想必认为我只是慌不择路地钻入死胡同,但他们错估了我的赌注——他们不是上海人,不熟悉这座城市特有的一种建筑风格:我闯进湘菜馆,踢翻椅子·碰歪桌子,飞跃过簸箕、扫帚、垃圾、水盆,冲撞开错愕相让或怒目相向的一张张陌生面孔,脑后丢下一片惊呼、呵斥、丁零当啷、稀里哗啦……一直杀入厨房,猛拽开一扇虚掩的破木门,看见了令我倍感亲切的一条老弄堂——也就在这时,空中飘起了细雨。

少年时曾那样令我彷徨无助的弄堂迷宫,在多年后这一生死关头,竟救了我的命⋯⋯

如纤柔面纱般蒙裹住脸庞的雨水,让我有生以来第一次感觉到,它竟是那么温存。

死里逃生。但我知道自己有生以来最可怕的一场噩梦,多半这才只是刚拉开序幕。

坐在出租车上,擦了把迷蒙在眼前的汗水和雨水,陡然刺入眼帘的是前排司机在后视镜里浑如审视逃犯般偷眼打量我的怪异目光。我狼狈地从座椅中支撑起虚脱如空壳的躯体,冲对方挤弄出心虚的笑容,与此同时,却被后视镜中的自己的死灰面孔吓了一跳——于是我明白自己已经真的成了一个逃犯,一个黥首刖足、不晓得还能逃往何处的亡命徒。

气象预报员在广播里宣布:由于"厄尔尼诺"的持续增强,今年冬天上海或许不会下雪了,陪伴我们的或许将是20世纪最漫长的一个雨季。

望着窗外的茫茫雨雾,我刚想点上根烟,传呼机突然响了。

我小心翼翼地举着传呼机,就像举着一个拔去引信的手雷——屏幕上亮着一条来自秘书台转发的留言,让我尽快回拨一个外地区号的固话号码;留言人的称谓是严先生。

站在小卖部的雨篷下,我盯着手边的电话机,许久之后,脑中某根绷紧到极限的神经终于"啪"的一声断了线,我抓起听筒,在一种要死就死痛快点的心态驱使下,拨出了那个天晓得区号属于哪里的外地号码。没想到的是,这回话筒里传来的声音,竟然来自活生生的严浩本人。

几个小时前,严浩在停车场里遭到伏击。同样是一场精心蓄谋、精准定位的狩猎:几名手持西瓜刀的凶徒配合默契地封堵住停车场各出口,以图将他瓮中捉鳖。幸运的是,正如围捕我的家伙不熟悉上海特有的违章建筑风格,伏击他的凶徒也不晓得此人有随身携带"犯罪纪念品"的习惯——命中注定地一般,他整天揣在裤兜里的那把弹簧刀再次救了他的命,也让他再次沦为逃犯——他捅翻一个家伙,趁隙杀出重围。他不晓得那人的死活,但知道自己麻烦大了:眼下他还是刑期未满的"保外就医"身份,倘若再次被抓,不仅自己要面临法庭的重判,还会牵连到那些把他弄出监狱的人,所以他别无选择,只能当即以最快的速度逃离上海。

拼杀突围时,他不慎遗落手机,因此有了我后来遭遇的短信骗局。而他之所以没尽早联络我,更重要的原因是,他起初并不能确定自己的遇袭与我们昨天的行动有关——短短一夜之间,原本完美藏身于暗处的我们,就暴露成了被人精准围捕的猎物,这等惊天逆转,委实匪夷所思。唯一可能的解释是:我们被内奸出卖了。

内奸是谁,眼下还不得而知。更可怕的是严浩接下来告诉我的事:我们犯下的最致命错误,是我们完全搞错了真正的对手。

强龙难惹地头蛇,这句俗话本是我们鼓捣这场惊险行动最大的信心保障,但最后结局却是:我们不仅招惹上了那伙拐卖人口逼良为娼的外地"强龙",还得罪了比前者更可怕,也比我们更堪称"地头蛇"的狠角色:那家夜总会的幕后大老板——一位在道上被称作"周先生"的大人物。

严浩告诉我,这个周先生是"弄堂模子"出身,早年在杨浦区老弄堂里开馄饨店兼放高利贷,后来靠走私和炒股发家。此人虽只有小学学历,但极擅钻营且心狠手辣,手里早已落下好几条人命,不仅至今逍遥法外,还混成了政协委员,成为媒体鼓吹的"上海杰出企业家""改革开放标兵",路道相当粗,后台相当硬。

我听得两腿发软、头皮发麻,问他那接下来我们该怎么办,他只答了一个字:等。

"等?!"我险些哭出声。

"嗯,等。等转机出现,等奇迹发生。"此人居然平静得很,"至少有一点是公平的——咱们也好,姓周的也好,大家都是戏里的角色,命运才是幕后的导演。剧本在导演手里,它没说杀青,谁也不晓得后面的剧情。既然导演让咱们先演演丧家犬,那就老老实实地演着、安安静静地等着呗。"他笑,"而且,照我收到的风声,姓周的在道上放话要弄死的人是我,没人晓得你这厮货才是主谋,你只要乖乖做好缩头乌龟,别再脑残犯贱自投罗网,不会有事。"

我哑口无言,心乱如麻,不晓得还能再说什么。最后讷讷地问他现在人在哪里,他毫不客气地拒绝回答,只说了句:"你不晓得我躲在什么地方,对你、对我,都更好些。"

沉默片刻他又说:"如果真遇到什么麻烦,去找赵志鹏,我已经跟他打过招呼了。"

我简直无法相信自己的耳朵:"你让我去找那个出卖过你的家伙?你开什么玩笑?"

"我从来不开玩笑。"他淡淡道,"建议你最好牢记住这一点。"他笑了笑,"好自为之吧。别忘记咱俩的约定——在我让你输得心服口服之前,好好保住你这条小命。"说完,此人挂断了电话。

19　亡命徒

"别傻坐着了,吃点东西吧,菜都凉了。"我将还剩小半截的烟杆在烟头堆积如山的烟灰缸里胡乱捻灭,又点上一根,对望着窗外的徐海云说。

能说的都竹筒倒豆子倒干净了,接下来的安排也讲清楚了:计划照旧,明天送她上火车。她却始终一言不发,一动不动地坐着,出神地望着窗外,似乎连眼睛都没眨过。

我不晓得暴雨下得瓢泼一般的窗外有什么可看的。

小脏饭馆里喧嚣且闷湿。尖锐的笑声和餐具碰撞的声响洒落一地,硕大颗粒的雨似水银般明晃晃地四处弹跳,食客们呵吐出的热气掺混了油烟汩汩奔流在空中,在玻璃窗表面凝结出一层磨砂质地的水雾,让窗外的街灯看起来就像在夜色与暴雨中融化开了一样,变成浓艳粘稠的一团团。看了没一会,我便已不禁产生悬浮起来的错觉。

豆大的雨珠隔着密实的窗户仍仿似直接坠砸在我的耳膜上,在颅腔内产生轰然巨响的回声,然后,软绵绵地湮没在对面那双同窗玻璃一样笼着一层迷蒙水雾的寂静眼眸里。

不知过了多久,她才终于扭过头来望定我,轻声说了三个字:"我不走。"

"为什么?!"我差点蹦起来。

"你们都是被我连累的。我没脸走。我要留在上海陪你一起等严浩回来,确认你们安全了,我再回湖南。"

"帮帮忙!"我掀桌子的心都有了,"姐姐!你还嫌我麻烦不够大是吧!"

"我不会给你添麻烦的。我会去找工作养活自己。"

此人刀枪不入、以静制动的顽劣姿态令我悲愤交加、急火攻心,我劈手砸飞烟头,冲她咆哮:"不行!必须走!没的商量!"

她不作声地与我对视着,僵持片刻,突然起身拔腿就走。我一头雾水,愣怔在原地,眼看她出了店门,这才猛然反应过来不对劲,慌忙蹦起来,撒开脚丫子追赶上去。

暴雨如注,浇灌得我眼都睁不开。好不容易追赶上她看似没跑却快得出奇的脚步,我一把揪扯住她胳膊,将她拉横在原地。

"你疯了吗!下这么大雨,你想干什么去!"我气急败坏地怒吼。

"我回去。去跟他们讲,只要他们放过你和严浩,我保证再也不逃跑了。"

我目瞪口呆地看着此人,本已燥热如烧红铁棍的身体急速淬火在冷雨中。

"如果你不同意我留下,那我也不能再连累你们。不如一切复原,就当什么都没发生过,这样才算公平。"

我无言以对——如鲠在喉且心乱如麻。

场面再次陷入僵局。对峙双方浑身湿透,活像两根倒杵在暴雨中的破墩布。我虚弱得像被雨水浇现出了多年前那个懦弱男孩的原形,她却照旧安安静静,那种隐忍而决绝的眼神,那双冷在透明里、让你慌张却不要你管的眼眸,再一次让我感觉就像是看见了夏雪。

"你别管我了,让我回去吧。我这种'拉三'女人,不值得你们为我做这么大牺牲。"她心平气和地说。

猝不及防地,我被她普通话里夹带出的一个上海方言词戳疼了神经,我茫然地盯牢她:"你说你是什么?"

她又重复了一遍那个肮脏的市井俚语,笑道:"是个上海客人教我的。你要是觉得我发音太不标准,不如干脆你再教我一次?"

"你给我闭嘴!"我恶狠狠地瞪着她,咬牙切齿,一字一顿。我不晓得自己此刻是何表情,但那表情终于震慑住了她——她微张着嘴,没再出声,茫然而略带惊惧之色地看着我。

我湿淋淋地杵在客厅里开始招供时,母亲正做着两件她雷打不动的固定功课:一,看电视台每年冬天都会重播一遍,她也会重追一遍的电视剧《渴望》;二,给我织一件新的过冬毛衣——哪怕今年这个被"厄尔尼诺"把气温搞反常的冬天已然未必会给机会让我把它穿上身。

屏幕里的刘惠芳将哭得像个不争气小囡的王沪生默默拥入怀中。端坐藤椅中的母亲默默数着毛衣针数,瞟着电视屏幕,自始至终没拿正眼看我,面色阴沉却显得极平静。一旁沙发上的父亲愁容满面,搓着手,几度张口欲言,瞄一眼岿然坐镇在场的母亲,又讷讷地怯缩回去。

把自己惹下的滔天大祸既有审慎保留又有艺术加工地交代完毕后,我未敢轻举妄动,老老实实僵挺在原地,手脚麻木,浑身滴答着雨水,小心翼翼地等候判决降临。

直到毛阿敏的悲怆歌声悠悠响起,母亲这才停下手中动作,慢慢扭过脸来,阴恻恻地望定我,冷冷开腔:"你想让这个女孩来咱们家里借住,我可以答应。但是,我有一个条件。"

我没料到母亲竟会突然变得如此好讲话,大喜过望:"什么条件您说吧!"

"现在你就给我和你爸跪下认错,求我们原谅你。"

母亲的话如当头一棒砸蒙了我。来不及反应过来是怎么回事,我下意识已急于申辩:"我不觉得我错了……"

"没错是吧?好,非常好。"母亲依然毫不动怒,连连颔首,"那你回答我一个问题——你自己说:你是不是个男人?"

"当然是!"我不明所以,热血上头。然而话刚脱口,强烈的不祥预感便如黑沉沉的苏州河水悄然涨漫过头顶——以我对母亲的了解,她这等反常的表现和古怪的发问,背后一定隐藏着可怕的阴谋:我终于省悟到自己多半中计了。

"你过去总瞧不起你爸,是不是就是因为嫌他没骨气,觉得他不像个真正的男人?"母亲步步紧逼,不给我丝毫喘息休整之机,甚至完全不考虑一旁父亲的感受。

我骑虎难下,感觉自己活像一只被人捏牢后颈的家畜,瞟了眼父亲陡然坍塌下去的脸色,别扭地点点头。

"是不是真正的男人,不是靠嘴皮子吹嘘,是要拿行动出来证明给大家看的。恭喜你,你的机会来了。"母亲仪态万方地冷笑起来,"喏,现在我把两个选项摆你面前,你自己选:一,按我刚才讲的,跪下认错,以后都给我记清楚了你没资格瞧不起你爸;二,不认错,那么也别厚着脸皮向我们求助,自己的麻烦自己解决,证明你是个真正的男人给我们看一看。"

我呆立原地,手脚冰凉,心如死灰,只有一颗颗坚硬的雨水兀自从身上滴落,坠砸在空洞的听觉里。我如遭凌迟般感受着记忆的复现——正如当初我对父亲干过的那样,母亲也用她蓄谋已久的狠毒,轻易地摧毁了我的自尊,碾压了我的人格。我一直清楚记得当初败于我手的父亲那副猥琐落魄的滑稽惨相,而此刻的我,在母亲眼中又是何等形象?我不知道。我只知道自己是何等愚蠢地自投罗网,自取其辱。

"这么简单一道单选题也要考虑这么久?"狰狞毕露的母亲意犹未尽,毫不手软地继续赶尽杀绝——满目鄙夷,"行,我可以多给你点时间慢慢考虑——"

"谢谢,不用了。"我客客气气地打断她,掉转头径直走进自己的房间。

挎着旅行包经过客厅门口,我暂停脚步告诉母亲:"妈,您别再费心给我织毛衣了。其实有句话我一直都想告诉你——我从来就不喜欢穿你织的毛衣。"

母亲就像完全没听见一样,兀自眼瞟着电视机屏幕,手中棒针翻飞。我快步走出家门,反手锁上房门。

暴雨依旧肆虐滂沱,没有一丝打算减弱的迹象。没走出几步,浑身衣服便再次一层层湿透,饱涨满冰凉彻骨的雨水,令我感觉自己的心脏就像一块泡在烂泥沼中的冰坷垃,仅有的用处就是拿来砸向雨雾深重的渺茫前路,听个嘎嘣脆响。

在空无一人的公交站台等出租车的时候,我听见有人呼唤我的小名,扭头看见是父亲气喘吁吁地追来。跑到我面前,他已经喘得说不出话,着急慌忙地从怀里摸出个信封硬塞给我。我打开信封瞄了一眼,不禁愣住,旋即眼眶陡然燥热,也不晓得该说什么,使足蛮力想把信封塞回给父亲。父亲拉扯不过我,最后急了,一开口声音都带了哭腔:"小雨啊,你不要像你妈一样也这么倔了好不好?你就给你爸一次面子好不好?我这个做父亲的求你了,行吗?"

目送父亲佝偻着身子蹒跚远去,看着他拄着腰的手,我知道他的腰疼又犯了——那是他当年做"知青"时替犯嘴馋的母亲去地里偷红薯被老乡一镢头砸出的老病根,医生说手术可以治,但他舍不得昂贵的手术费,一直死扛到现在。

坐在出租车上,我数了数信封里的钱:两千元。钱不多。但我明白这数目对父亲意味着什么:半年前,在棉纺厂干了近十年锅炉房烧水师傅的父亲被抽签下岗,至今还没再就业,只能四处打零工。最近这些天,他每天晚上都独守客厅,电灯都舍不得开,就着一盏昏黄的煤油灯,整宿糊火柴盒——每糊满一百个,能挣到五分钱。

我来到这个世界已经整整二十一个年头。直到此刻,我才第一次意识到,自己看不清的又何止是前路——或许,连来时的路,我都从未真正看清楚过。

回到旅馆房间,徐海云还没睡,和衣躺在床上,没开电视,安安静静守着一盏台灯,无疑是在等我带回的消息。"睡吧……明天我带你出去租房子。"我干巴巴地丢给她一句,然后走进洗手间,脱下泡着积水的旅游鞋和蔫败如"倒笃菜"的几层湿衣,用比雨水热不了多少的"热水"洗了把脸,拿毛巾胡乱擦干头发和身子,换上从家里带出来的棉毛衫裤。回到床前,我绕到床的另一侧,掀开被子钻进去,背对徐海云卧倒,默默关掉床头灯。

俄顷,耳后传来窸窸窣窣的动静,应该是徐海云在脱衣服。被头撩起,落下,背后沉寂下一股冷风。伸手不见五指的黑暗中,只剩下窗外汩汩如河水奔淌的雨声。

我被冻醒了。恍惚中,感觉自己正置身于融化着的冰窖里,满头满脸滚烫,触手所及处尽是一片湴湴濡湿。能察觉到灯光,但被汗水烧灼着、被灯光刺痛着的眼前只有一团团散漫迷蒙的水汽光影。头痛欲裂到就像是有一台打桩机在颅腔内轰隆隆运作。想挣扎坐起,浑身关节却散了架一般使不上半点力气;想呼喊,气管也像刚被砂纸打磨过,血肉模糊地粘连着,发不出一丝声音。

耳旁传来急促的脚步声,失真得像有人奔跑在黑暗甬道内的巨大回响。一个轮廓模糊的异性身影俯向我,用手心试探我额头,用毛巾为我擦汗,我感觉到她的长发披散撒落在我胸前。有那么一刹那,我以为她是夏雪,以为自己再次置身于多年前我与夏雪相拥而卧的那个旅馆房间——又或许我们从来就没有真正离开过当初那个房间,一切就像《加州旅馆》的歌词里所写的那样,只是一场永远分不清是睡是醒的迷梦而已……但再一倏忽,我又感觉她是阿米——那个像机器猫一样总能为这个冰冷世界创造温暖奇迹的纯真女孩,终于带着她的神奇口袋再次回到我的身边,正要用她的柔软小手抚平我全部的哀伤苦痛……然而最后,在窗外渐渐震耳欲聋起来的暴雨声中,我终于悲哀地意识到,她只可能是徐海云——这不是一个"柳树下的梦"(注:请参见安徒生的同名童话故事),这只是一个被人们唤作"拉三"的肮脏女人和一个已沦为丧家犬的"下只角瘪三"之间,那么凄凉可笑的患难与共……

"我怎么了……"我终于挤出一丝声音。

"你发高烧了,烧得好厉害……"焦灼的喑哑嗓音,"你有没有力气下床？我陪你去医院看急诊好不好？"

"冷……"残存的力气只够我吐出这最后一个字。然后我便再也控制不住自己身体的痉挛和牙齿的打战。

沉默片刻，她从我视野中消失了。我再次听到窸窸窣窣的动静。背后再次钻入一股冷风。然后，一个赤裸的身子突然从背后抱紧我。我没搞明白她想干什么，本能地想挣脱，但我力不从心的反抗迅速便被她镇压了——用她那双细细瘦瘦的胳膊，那么果断坚定，却依旧缄默。

于是我明白了她的企图：她的体温从她凶悍如水母一般紧紧缠裹住我的赤裸躯体里——从她坚挺的乳房和绷紧的小腹，透过几乎要被轧熔为一层胶液的皮肤，绵绵不绝地渗透进我的毛孔与血管。濒临停滞的血液循环被重新激活，乃至增速竟一发不可遏制，让我不仅感觉自己冻僵的心脏终于开始化冻，而后开始再次跳动，双腿之间也开始有了不受自己控制的肿胀和蠢动。"憋得难受吗……"经验想必丰富的她察觉到我的生理变化，在我耳旁小声问。我想摇头，但她柔软温热的嘴唇撩拨到我的耳垂，濡湿黏稠的呼吸灌入我的耳道，令我越发难以抑制自己的动物本能反应。

我无助地沉默。她没再给我打破沉默的机会——我感觉到她的一只手探寻进我的裤裆，摩挲过我的下腹，缓慢轻柔而不由分说地掌控住了那处不争气的兵荒马乱。

不知为何，在那不由自主浑身猛一哆嗦的须臾，在我脑海中陡然一闪而过的,竟是多年前的那个升旗仪式:那个阳光灿烂的早晨,那张朝气蓬勃的少女脸庞……

握紧我下体的十指纤长、柔软。她的动作比我自己更熟练也更灵活。在她训练有素的沉稳调度下,我无法控制自己的生理系统绝无挽回余地的演化进程,只能竭尽全力屏忍住近乎哽咽的喘息,用有生以来最虚弱哀凉的口吻乞求她:"把灯关掉好吗……"

无边无际的黑暗吞噬掉一切过眼云烟的画面,令我再看不清任何一张记忆中的脸——尽管我在黑暗中姿态扭曲地梗挺着脖子,垂死挣扎一般那样努力地睁大双眼。

虚妄的欲念与无助的绝望终于蓬勃似夏日阵雨一泻酣畅,我脑中一片空荡,默默闭上双眼,泪水涌出眼眶。

20 丧家犬

成为我们临时存身地的是一幢临街老楼的二层一室户。老楼内部是全木结构，随便站哪里打个喷嚏都会有地球抖一抖的奇妙错觉。屋内设施如下：一台捶一拳就能随机换个台的十四英寸黑白电视机，一部吹风似抽风并自带哮喘声效的壁挂空调，一张四条腿都长了蘑菇的棕绷双人床，一个摇摇欲坠的老朽衣橱，一张识别不出原本颜色的旧沙发——尼龙布套的破口中绽露着极富视觉冲击力的黑棕色海绵和锈垢累累的弹簧，我第一次坐下去，不但被溅得灰头土脸，甚至险些没能活着爬出来……唯一可算欣慰的是有个视野尚佳的阳台，然而门窗全都已错位变形到形同虚设。

为避免转脸就被举报到联防队或派出所，我不得不虚心接受房东的敲诈勒索——拿到钥匙时已濒临破产。

期末考试在即，我不得不开始回校上课。遑论每天往返路途的风声鹤唳、草木皆兵，就算在校园内，我也无时无刻不囿于神经极度绷紧的惊弓之鸟状态：满怀受害妄想，惶惶不可终日。我不敢回宿舍，不敢去食堂,不敢跟任何人多做接触,不敢在开阔处多做停留……但没想到,尽管我已如此殚精竭虑于掩藏行踪、减弱存在感,竟还是在最后一科考完后,在教学楼前被阿米堵个正着。

从阿米的表情反应能看出我的难以相认:太久没换洗的褴褛衣衫皱如咸菜、脏似抹布,浑身每个毛孔向外蓬勃散发着成分复杂的腌臜怪味,发乱如野人,牙黄似土豆,更别提一张不仅瘦得皮包骨还活像被豪猪拱过至少十三遍的丧气脸。

阿米也瘦了。不仅瘦了,那股子堪称招牌的气场——"机器猫"的机灵神气,"大小姐"的威武霸气,抑或"名校校花"的端庄大气——也不见了。缩在名牌大衣里的小身子骨显得软塌塌、轻飘飘,就像一朵随时会被风吹走的纸花。

身体已被考场掏空,骤然面对此人劫道,我一时完全蒙掉。所以,当她以堪比法院送传票的庄严腔调说要跟我谈一谈时,我麻木不仁地点头从命了。尾随此人开拔上路,盯着她那双漂亮的麂皮短靴,一路没抬头,直到落座我才赫然发现自己竟已置身于一个何等熟悉的场景:还是那家门庭冷落的咖啡馆,那个靠窗角落座位,只是对面的姑娘从夏雪变成了阿米。

"饿吗?"她冷着脸问。我忍着饿摇头。然后目瞪口呆地看着她不带换气地要了一堆点心,在我俩中间摆得满满当当。

"你干吗点这么多吃的……"

"乐意——我看着高兴。"

　　她岿然不动,死盯着我。我干咽着唾液,忍着也没伸手,告诉她:"要谈什么你赶紧谈吧……我还有事,待会就得走。"

　　"放心,不会耽搁你太长时间的,我就想问你一个问题。"她一脸严肃地顿了顿,"你为什么不要我了?"

　　此人直白得令我措手不及。我磨磨蹭蹭地点上根烟,硬着头皮斟字酌句:"因为……我觉得咱俩不合适。"

　　"什么叫'不合适'?'合适'的定义是什么?怎么就不合适了?"此人虽神采已失,语言风格倒是一点没变,令我觉得既亲切又伤感。

　　我再次斟字酌句:"简单讲……就是我配不上你。"

　　她双眼一眨不眨地盯了我好一会,突然抬高音量:"你歧视我!"

　　我愕然:"我怎么歧视你了……"

　　"你就是歧视我!你——你瞧不起有钱人!"话音未落,亮闪闪的泪珠子已开始在她眼眶里打转,"我老爸有钱,又不是我的错!"吸溜着鼻子嘟嘟囔囔,"你要是不想去我家,那就不去呗。你不想见我家长,那就不见呗。这些破事都有什么大不了的呀,也太小家子气了吧……只要你干脆利落给句话,我跟你私奔好了。我长这么大,最烦的就是被我爸管着,什么事都撒撒钞票就给安排了……为了自由,为了生命的尊严,我愿意跟你去过穷日子……不就白手起家吗,有什么难的?咱们双剑合璧,天下无敌!"

　　我听得瞠目结舌,胸中火烧火燎,五脏六腑翻腾。末了,百感交集哀凉为一声苦笑。我深吸口烟,问她:"你说我瞧不起有钱人……那我问你——你瞧得起坐台小姐吗?"

"你说做什么的小姐?"她愣愣地反问我,一脸如假包换的呆萌与茫然。

看着她这副反应,我这才回想起此人有多单纯。而早已不单纯的我,连苦笑都笑不出了。我强忍住内心的绞痛,故作轻描淡写地告诉她:"'坐台小姐'是种职业。从事这种职业的女性,用上海话讲,就叫'拉三'。"

我平生第一次说出这个市井脏词。而她在听见这个词那一瞬间的表情反应,已给出了我需要的全部答案。

我笑了。我无法克制自己面部肌肉的痉挛,也无法挽回自己在冷笑中字字清晰的话语:"你要答案,我告诉你实话——我喜欢上一个'拉三',已经跟她同居了。"

她呆呆地望着我,慢慢地张大嘴,却没发出声音。我站起身,从书包里翻找出一个知更鸟蓝色的小纸盒搁到她面前。"给你的生日礼物。"我告诉她,"早就买了,上次忘记给你。你要是嫌弃,转送别人,或者干脆扔掉吧——反正你也不缺这类玩意。"

我没等她回话,也没再多看一眼她泪如泉涌的小脸,决然转身径自离去。

那天晚上,我跟徐海云做了。不能称为"做爱",只能叫作"性交"——毫无前戏的粗鲁交媾,机械反复的抽插,一泄而出的空茫。这就是我的第一次。在我记忆中完全没有留下丝毫愉悦的感受。只有潮湿、沉重，甚至若隐若现的阵痛。还有关灯前的那一瞬间，徐海云定格在我视觉记忆里的一张平静得毫无生机的脸。

也正是从这个最初的夜晚开始，我养成了只在黑暗中做爱的习惯，并且在高潮来临的最后一刻，我会默默地闭上眼睛。特别是，当外面的世界正落着细雨的时候。

如今我早已回想不起徐海云的确切长相。或许在我最初的记忆里——在那个被"厄尔尼诺"搞错乱的漫长冬季，无休无止的雨水就已经模糊了她的面目。除了那双像夏雪一样让我始终无法窥透迷雾的宁静眼眸和一头柔顺长发，我只记得她很高、很白、很瘦——但或许"得益"于她所从事的职业，她的胸部发育得相当漂亮，是格外翘挺的鳄梨形，手感非常紧实，相当富有弹性和韧性。除此之外，她的其他相貌特征应该都只算平淡，一如她温和隐忍的性格。

至于初见面时她给我留下的惊艳错觉，我想那得归功于她的职业——如果不明白我的意思，你不妨随便找家夜总会拉一个从业时间超过一年的小姐出来，如果你能说服她卸尽妆容，素面朝天地站到晴天正午的强烈阳光下，你一定会发现那张脸早已适应了某种暧昧的照明环境，并在那种环境光源的催化作用下，被大多数化妆品中饱含的挥发性化学成分和人体免疫系统无法代谢的重金属——譬如铅和汞——腐蚀出了怎样特别的韵味：就像种植在暗室中的韭菜会变成韭黄。

　　我想不出更精准的形容。我只能说——每当我有幸瞻仰那样一副面容时,总会不由得联想起自己少年记忆里弄堂老屋中那种泛着水渍潮黄且长满霉斑的石灰墙。

　　无论我如何装作满不在乎,以及怎样出于好意地一再劝说,已从色情行业"下岗"的她却始终不愿放弃勤于化妆的"职业习惯",特别是在与我上床之前——尽管我从未给过她在黑暗中被我看清脸孔的机会。

　　每次跟她做完,无论多犯困以及室内多寒冷,我总会立即下床去洗澡。她看在眼里,从无言语。

　　杵在莲蓬头下,拿肥皂近乎无意识地一遍又一遍狠狠揉搓自己身体的时候,在我空茫的脑海中,经常会突然闪现出被我阻止徐海云说出口,自己却终于对阿米说出口的那个词:"拉三"。我一遍又一遍默念这个词。就像一个智障人士在做发音训练,又或者一个强迫症患者在以反复的机械运动矫正自己的颞下颌关节。

　　放寒假后,我几乎没再出过门——出于恐惧,出于绝望,出于贫穷。所有需要出门的事务都由徐海云独自包揽:采购生活用品,买菜或替我捎回外卖,以及找工作。我终日无所事事地画地为牢在那间破出租屋里,床都很少下。事实上,仅有的两件不算太费钱的休闲娱乐活动都并不需要我下床:看电视,跟徐海云性交。

　　房东偶尔过来突击检查,会装模作样地把我们称呼为"小夫妻"。但从这个老八婆脸上那种恶劣的怪笑,可以看出实际情况是多么堪于嘲弄:事实上,徐海云完全不像我的妻子,倒更像是我的保姆或者女佣。

她沉默寡言,吃苦耐劳,勤俭节约,包揽一切家务。不晓得她底细的人——即便如我们那位眼神歹毒不输首都"朝阳群众"的房东,都绝对看不出更想不到她曾是夜总会里的坐台小姐。凭借这样一副天然易博信任的朴实形象,虽然既非本地人又无身份证,她竟令我大跌眼镜地找到了一份工作:在弄堂口新开张的一家二十四小时便利店做收银员。

但她那点可怜收入完全不足以挽救我们的财政危机:我们连避孕套都快用不起了,伙食也开始依赖于她每天下班后从便利店淘捡回来的各种处理食品——感谢闪耀人性光辉的"临期折扣价"和"员工内部价"。

极度拮据、捉襟见肘的经济状况,画地为牢、不见天日的囚徒处境,交构出我日复一日、度日如年的憋苦日子,甚至不知不觉开始扭曲我的性格:我时而病恹恹地许久都不想说话,完全不搭理她;时而对整个世界——尤其是她——满怀无名怒火。我不再有兴趣跟她探讨什么张爱玲,性交时常常都是粗暴地直接动手,根本懒得征询她意见。而她从不拒绝我。无论我如何变本加厉地发泄兽性,她都只是逆来顺受。甚至当我找不准位置时,她居然还会主动引导我、迎合我,仿佛她只是我的一件既免费又恪守本分的泄欲工具。有一次,进入她身体后我才赫然发觉此人经期还未结束,为此我像一头发狂的野兽般冲她嘶吼咆哮,在屋内四处冲撞,胡乱摔砸东西。当我随手抓起在沙发旁的角落里已经落灰很久的一个购物袋——此人出逃时唯一带出的"家当"——狠狠摔砸在地板上时,我听见了玻璃的碎裂声,同时听到她发出一声凄厉的惊呼——只见她不要命地扑过去,双膝跪地,手忙脚乱地撕扯开购物袋,然后,呆呆地举着被碎玻璃碴划破出血的手,泪珠开始既无声息又止不住地从面颊滚落。

虽然歇斯底里的劲头还未过去,我也不禁不知所措地愣住了:相处至今,这是我第一次见她落泪。

我早就忘记了她也是一个会哭泣的女人。

我走过去,喝令她闪开,她默然不动,我用蛮力推搡开她,蹲下,于是我看清楚了此人简直要用生命去抢救的玩意是什么:一盒被摔烂的"太太口服液"。

我迷茫半晌,终于回忆起这盒破烂玩意的可笑来历:这是我跟严浩去夜总会找她商议行动方案时,我一时心血来潮,买给当时尚还身为伤员的此人的慰问礼物——灵感却来自多年前令我心碎的那趟浦东之行。

我捡起包装盒,发现保质期早过了,却连塑封都还没拆。呆怔俄顷,我转身冲她怒吼:"为什么……你为什么!"

她不吭声,也无动作,死死盯住地上那摊肮脏黏稠的液体,哽咽声都牢牢屏住,只有泪水仍在汩汩涌出,扑簌簌坠落。

我狠狠瞪着她,浑身颤抖,终于再也无法忍受空气的压抑,抓起烟盒和打火机,用力甩门离去。

我疲惫至极地瘫坐在楼梯台阶上,用颤抖的双手掩住抽筋的脸颊,感受着温热的眼泪在手掌与面孔之间渐渐耗尽温度,变得肮脏、黏稠。我告诉自己不可以再这样残忍地对待她。有那么一刹那,我甚至想,或许我跟她结婚也没什么不好——但,仅仅只是那一刹那。

隔着被我摔砸上的一扇薄薄门板,我终于隐约听到了屋内传出的她至少没再刻意压抑的啜泣声。

恐惧,希望,一切可被称为情绪的东西,都渐渐消亡在硬币下面的黑暗里。静静朝上的这一面,只有被等待研磨得深深浅浅、粗糙不堪的疲倦。

我很疲倦。我已经习惯于从陡峭且没有安装照明的木楼梯上一脚踏空摔下,甚至一路跌滚到楼外的泥泞雨地中;习惯于坐在阳台的门槛上抽烟,望着潺潺雨帘发呆,看着无法合拢的门窗在风中呻吟颤抖,看着老鼠沿排水管爬下,堂而皇之地逡巡过我脚边。

天黑得越来越早。纵肆的风雨越来越模糊了天与地、日与夜、动与静、明与暗之间的界限。我每天都幻想下雪,幻想一觉醒来发现这世界落了片白茫茫大地真干净,但那只是幻想——如天气预报所说,上海的雨似乎再也下不完了。但也不像起初那么猛烈了,而是好似前列腺炎患者小解一般,有一阵没一阵地哆嗦。我的腿也经常跟着哆嗦,让我怀疑自己患上了风湿性关节炎。

街上的节庆气氛越来越浓,我们手里的钱越来越少。年三十一早,徐海云不声不响去了菜场,回来后包了饺子。那是我们当天仅有的一顿饭,馅料是剁得神似肥肉泥的白菜。晚上,为了省电,我们没看春节晚会,没开空调,默默无语地摸黑上床,在窗外此起彼伏、震天撼地的爆竹声中,在湿漉漉的、散发着刺鼻霉味的两床厚被子下,蜷曲成前胸贴后背的两只老迈虾米,用缓慢反复的抽插赖以取暖。但无论我们如何用力贴紧、交融,我都依然感到彻骨的寒冷。

上床前,我给传呼机换上新电池,将铃声调到最大音量,搁在枕边。但是直到凌晨三点我被尿憋醒,它都没有响过一次,也没有收到一条留言。

窗外,终于从节庆欢腾中沉寂下来的夜色里,飘着无边无际的细雨。水汽挟带着飕飕寒意,从门窗、墙壁、地板……从周围仿似无处不在的罅隙中逼迫进来,渗蚀进我每一个毛孔,令我感到那么哀凉、萧瑟、孤独。

无所事事的日子里,我时常揣测严浩的逃亡去向,用以打发时间。在我最天真烂漫的想象中,严浩此刻早已身在广州,已跟夏雪达成谅解,决定将一切不愉快的往事都遗弃在上海,重新开始"拍拖",初恋般美好。

他们也遗弃了我。但我不怨恨他们。因为我本就是多余的。

我替熟睡的徐海云盖严被子,蹑手蹑脚摸上阳台,蹲在黑暗中,抖抖索索地抽掉了自己的最后一支烟。

躺回床上,闭眼之前,我关掉了传呼机。

21 杀无赦

我终于山穷水尽了。山穷水尽的我终于做出了我曾坚信自己绝不会做的事：我来到虹镇老街，跋涉进暌违已久的、被上海人形象地俗称为"滚地龙"的那一片危棚简屋，踩着满地腐烂如血浆的鞭炮纸皮，在泥泞破败的阡陌里弄中彷徨了整个黄昏，最后，小心翼翼地敲响了赵志鹏家张贴着簇新春联的房门。给我开门的是赵志鹏的母亲。令本已狼狈的我更加困窘的是：尽管多年未见，尽管多年前也没见过几面，她竟一眼就认出了我是她儿子少年时的"册裤兄弟"，无比热情地将我迎进门去，东奔西跑地为我沏茶、拿糖果，甚至还要给我包个红包……而门神一般堵在我面前的赵志鹏，冷冷地皱着眉头，上上下下打量我良久，最后只说了两个字："饿吗？"

我厚颜无耻在他家蹭了顿晚饭。相当普通的一桌家常菜，而且是苏北做法——所谓穷人家的"下饭菜"：油重，偏咸。但在我感觉里，却是我有生之年吃到过的最美味可口的一顿珍馐佳馔：我一不小心就吃撑了。饭后赵志鹏将我领进他的房间，关严房门，开门见山地告诉我严浩跟他打过招呼了,让我有事直说。见他这么直接,我也不假客气,老老实实告诉他我想借钱。他问我要借多少,我说两三千吧,又恬不知耻地补了句多多益善。他没吭声,扭身出门,过一会回来,将一个信封递给我——看其厚度,明显超过我说的数目。我大喜过望,忙不迭道谢,他却毫不领情,依旧是一副冷若冰霜的嘴脸,告诉我他帮我是给严浩面子,让我要谢就去谢严浩。

我脸上有些挂不住:"严浩我肯定会谢,但钱是你借给我的,我当然也得谢你,特别是咱俩以前——"

他不客气地打断我:"不用提什么以前,也别扯以后。你我都很清楚,咱俩不是一路人。看浩哥的面子,井水不犯河水就可以了,犯不上为这么点小钱,你就费劲假装跟我这种你根本看不上的苏北阿乡做朋友。"

"你别这么讲,"我羞惭得无地自容,"其实我也出生在苏北……"

"那又能说明什么?"他再次打断我,"重要的不是出生在什么地方,而是出生在什么人家。龙生龙,凤生凤,老鼠的儿子会打洞。"他冷笑,沙哑的嗓音甚是瘆人:"你别自我感觉瞎良好,以为我在羡慕你——你家以前的事,我也听说了一些。你外公出生时赶上了好时候,你出生时没赶上好时候,但骨子里,你跟你外公其实还是同一类货色。讲好听点叫'有思想、有理想',讲不好听点,就是'犯贱、作'。你们根本不会理解,也不可能了解,这世界上还有许多人,生来连'想'的资格都没有。为了活下去,哪怕只能活得像条狗,他们吃过的苦头、遭过的不幸,不比你们少。在你们眼里,大概觉得这些下等人又可怜又可悲,但在我们眼里,你们这些'奶油小开'才真正是个笑话,身在福中不知福,没事找事瞎折腾,真折腾出大事了,又一个更比一个不顶事。"他不屑地哼了声,面部肌肉狰狞地扭曲了一下:"所以,实话跟你讲,你为什么会屁颠颠地黏着浩哥,我完全不奇怪。我奇怪的是,浩哥为什么会把你这种废物当兄弟,那么护着你。"

认识此人那么多年,这是他第一次对我慷慨相助,也是第一次对我慷慨相辱——过去我还从未见识过向来阴沉寡言的此人一口气说出这么多话,也从未领教过这么狠毒的批判。我悲愤交加,但鉴于欠债心虚,终究也只能忍气吞声。

"还有事吗?没事的话就赶紧走人。"他冲我下逐客令。从此人阴鸷的脸色中,我探寻不到任何还值得自己继续卖力尝试与其套近乎的可能性。我识时务地偃旗息鼓,默默摇头。

"我送你到公交车站——省得你迷路了又摸回来打扰我娘休息。"他冷冰冰地说着,推搡我出门。

穿行在雨雾蒙蒙、鬼影幢幢的破败屋舍间,他突然问了句:"你跟浩哥这回究竟惹上了什么麻烦?"

我一怔:"他没告诉你?"

"问你你就老实回答,哪那么多废话!"他猛地扭脸瞪住我,一双凶光毕露的眯缝眼在幽冥暗夜中显得尤为阴森可怖。

我心惊胆战地开始一股脑交代。提到"周先生"的名号时,我注意到此人眼神有异,忍不住问他:"你也知道这个周先生?"

他没回答,目光凝重地沉默片刻,反问我:"严浩有没有跟你讲,这个周先生是唐老板的死对头?"

我愕然摇头,而后心中悚然一惊。他睥睨着我,冷冷地哼笑一声,没再继续此话题,摸出根烟点上,又丢给我一根,然后告诉我一件更令我心惊肉跳的事:就在我和严浩出事的第二天,一群工商、税务突然杀到公司搞联合执法,鸡蛋里挑骨头地罗织出一堆罪名,把公司给查封了,冻结了账户,扣缴了营业执照,说是让等候进一步发落,结果一直等到过年都没再有下文……我听蒙了,旋即猛然意识到一个关键问题所在——"那你借给我的这些钱……"我结结巴巴刚一开腔就被此人打断:"是我自己的——存着打算给我妈买套新房,从这鬼地方赶紧搬出去。"他不耐烦地摆摆手:"你就别操闲心了,拿去用吧——反正离买得起房也还差得远。"

走出棚户区,在马路边等绿灯时,我注意到身旁的此人罕见地显露出一副或可称之为"迷茫"的神色:眯着眼睛,出神地眺望着逶迤至远方的昏茫路灯,不晓得在琢磨什么。红灯翻绿,我向他道别,正打算过马路,他却突然又将我叫住,用一种比他脸上此刻的神色更加罕见——甚至堪称古怪——的犹疑口气对我说:"你先等一下——我……我想跟你说件事。"

我油然紧张:"什么事?"

他再次迟疑了一会,突然狠抽一口烟,抬起头来,迎着裹挟着闪闪烁烁的雨丝,隐约还掺杂着细碎冰碴的苍劲夜风,喷吐出一团瞬即被扭曲撕扯至形骸尽灭的白雾:"当年向警察出卖严浩的人……其实不是我。"

"那是谁?!"我大惊。

"是我妈。"

我目瞪口呆,如鲠在喉。

"她怕我受牵连,瞒着我,冒着我的名义偷偷跑去找的警察。"他咽了口唾沫,呼吸困难似的梗直脖子,深喘口气,面部肌肉隐隐抽搐,"这个傻婆娘,真给我丢死了人——居然给警察跪下磕头,求他们看在我检举有功的分上,别给我留案底。"

我百感交集,嗫嚅俄顷,小心问他:"这个事……严浩知道吗?"

他摇头。我再次大惊,且大惑不解:"为什么?!你为什么不让严浩知道真相?难道你怕严浩会——"

"我什么都不怕!"他气势汹汹地打断我,目光变得凶狠,"我为什么不告诉严浩,你管不着。而且你给我记牢了——你也不准跟他讲,不准告诉任何人!否则我绝不放过你!"

"为……为什么?"我感觉自己的脑子彻底被玩坏了,"如果你不想让他知道,为什么要告诉我?"

"因为你欠我的。"他答得相当干脆。阴恻恻一笑,"借了我的钱,就得付利息。你要付的利息就是——替我保管好这个秘密,这辈子到死都别忘记!"

　　我终于明白他是拿我当"树洞"在用。但我依然无法理解他这么做的用意何在。他的表情吓到了我,我没敢追问下去。

　　"还有件事我想问下你。"他顿了顿,"这回出事,你们有没有怀疑是我把你们卖给了周先生?"扭脸盯牢我,"跟我讲实话,我保证不把你怎么样。"

　　我没料到此人竟会这么直接地问出这么要人命的问题——他锋芒毕露的眼神刺得我前胸凉透到后背。我心慌意乱,支支吾吾,还没等我吭哧出一个整词,他突然神色烦躁起来,冲我一摆手:"算了,就当我没问……你赶紧滚蛋吧!"

　　没等我回过神来并合上大张的嘴,他劈手砸飞烟头,扭身走了。

　　目送他闷声垂首的背影孑然萧瑟地消失在苍茫雨雾中,我忽然有种没来由的奇怪感觉,觉得这幕场景竟似曾相识——几分钟后,坐在颠簸晃荡的公交车上,我蓦地回想起《东邪西毒》中独自走向夜色的盲剑客。

　　　　"虽然他每晚都点上一盏灯,但我知道,日落后他就看不见了。"欧阳锋清冷的画外音淡淡说道。

　　赵志鹏借给我的钱,实际数目超出我的想象。突如其来的暴富令我喜出望外。喜上加喜的是:一觉醒来,窗外竟雨过天晴。感觉像是已有半辈子没见过阳光的我,当即逼徐海云请假,拖她出门找了家门脸气派的馆子,豪气凌云地大快朵颐了一顿,算是给我俩补上了年夜饭。之后马不停蹄杀奔大卖场,不顾此人劝阻,买了台全自动洗衣机,以解救此人因为先前一直只能用冷水手洗我俩的衣物而皲裂起皮得已然触目惊心的双手。晚上,余兴未消,我又拽她去附近的夜市晃了一圈,把流动摊档上那些五花八门的"黑暗料理"东一嘴西一嘴吃了个尽兴。吃舒坦了,一时心血来潮,我从一路扯住我衣角不放的抱娃妇女小贩手上买了支宰人不打商量的蔫得发黑的红玫瑰,大刺刺丢给徐海云,以至于此人整晚都臊眉耷眼、满面酡红——厮混这么久,就算是在陪我搞流氓活动搞到最激烈的时候,我都还从来没见识到过她这么一副羞怯欢喜的模样。

接下来几天,在我的指挥号令下,我俩开始一同挥汗如雨地拾掇那个破暂住地。就阶段性成果而言,虽不至于——显然也不可能——把"难民收容所"直接给升级出"婚房"的效果,但好歹看起来总算像是个正经过日子的地方了。

窗明几净,衣足饭饱。我不再那么关注传呼机的动静了。甚至有时,二大爷似的被供在炕头上,抽着烟,瞅着徐海云活似勤劳小蜜蜂般地在眼前忙活不停的身影,竟会觉得,或许日子就这么过下去,也并非绝对不可接受的事。

就在我都真的快要淡忘自己的"逃犯"身份的时候,沉寂已久的传呼机却突然有了动静:又是一条来自"严先生"的留言,又是让我尽快回拨一个陌生的固话号码。但与前一次不同的是:这回竟是一个上海市区号打头的本地号码。

我惴惴不安地拨通电话。真是严浩接的。他的嗓音听起来很疲惫，连句寒暄都没有，直截了当地吩咐我两件事：一，准备见面，时间地点等他另行通知；二，马上去买一张当天的晨报，看第二版本地新闻头条。

交代完毕，还没等我琢磨好下一句台词，此人已猝然挂断电话。

举着只剩断线音的话筒发了会呆，我手忙脚乱结账，飞奔报摊。

端坐床沿，就着阳台洒入的明媚阳光，在膝上摊开已被自己攥捏出汗湿的报纸，遵照严浩的吩咐，翻到第二版，刚一眼瞥见头条新闻的大字标题与一旁配图，我便如遭雷劈一般形若焦炭地失去了一切生理知觉。

新闻报道的是昨夜发生在上海的一起重大恶性刑事案件：本市一位知名民营企业家在某高级夜总会的洗手间内惨遭暗杀，凶犯是一个刚满二十周岁的本地男性青年，将受害人连捅数十刀致死后，逃离现场未遂，与夜总会的安保人员发生混战，再次致死致伤数人，最终被闻讯赶至的特警开枪击中手臂才将其擒获，目前该案件已得到政府部门的高度重视，连夜紧急成立专案组，案情正在紧张侦破中……

新闻隐去了各当事人姓名，刊附了一张作案凶器的特写照片：一把染了血、卷了刃、豁了口的剔骨尖刀。刀柄上清晰可见三个古色古香的汉字：张小泉。

我恍恍惚惚地呆坐在床沿，感觉自己正踩在地雷之上，稍有动作，就会在爆炸声中支离破碎、血肉无存。就这样不知过了多久。最后，在窗外渐渐昏冥下来的天色中，我终于飘浮起来，终于开始假想这一切不过只是一场白日噩梦。

就在这时，脑后传来房门开锁声。我慢慢扭转头去，看见穿着便利店工作服的徐海云有血有肉那么真实地走进我的视野。

22　死刑犯

我默默地将一张车票和一个厚信封搁到徐海云面前。她纹丝不动地坐着,缓缓垂落视线,盯住床上的车票和信封,没开口,也没有流露出任何情绪反应:惊讶,愤怒,委屈,抑或难过。

我也保持沉默。因为我真的不知道还能说些什么——我编造不出任何可以让自己不那么耻于启齿的开场白或谢幕感言。

过了好一会,她伸手捡起车票,看了眼上面的日期和时间,然后慢慢起身,走进卫生间。

我耷拉下脑袋默默抽烟。

她回到我视野里时,我注意到她的双眼似乎有些红肿,但神色仍旧平静。她一言不发地开始收拾行李。尽管要收拾的东西并不多,但她却用细致的工序和平稳的步调花费了让我感觉相当漫长的时间。将收拾好的行李都搁到玄关,她又开始打扫卫生。最后,她回到我身边,在床沿端端正正地坐下,将了将几丝垂挂下来的头发,抬起脸庞望定我,用轻柔的声音对我说:"小雨,离开上海前,我可不可以向你再提最后一个请求?"

我迟疑片刻:"你说吧。"

"明天下午去火车站前,你可不可以先带我去趟常德路,去看看张爱玲住过的常德公寓?"

我愕然抬眼望向她,旋即仓皇躲闪开视线,动作极不利索地在烟灰缸里草草碾灭烟头,然后举起双手,掩住脸颊,一边拿指腹按摩着突然胀痛起来的眼眶,一边重重地对她点了一下头。

出租车在支棱着"常德公寓"四个立体金属字的门洞前刹住。我付车费的工夫,徐海云已推门下车,走上人行道,走进细雨中,仰望向那幢被陈丹燕形容为"被刷成女人定妆粉的那种肉色"的老建筑。

我贴近她身侧为她撑上雨伞,她却不假思索地决然推挡开我的手臂。我有些尴尬,犹豫片刻,终究还是放弃了再次尝试或开口劝说的念头,干脆把伞收了,点上根烟,陪她一块儿呆杵在蒙蒙的细雨中。

不时有过往行人拿猎奇眼光打量有伞不撑的我们。我浑身不自在地躲闪着那些射来的视线,她却显得无动于衷,维持着翘首仰望的姿势,面容沉静,一动不动地伫立着,与我之间虽只隔着一层轻薄如纱的透明雨帘,却仿佛已独自置身于与我不同的另一个时空——不晓得是不是属于张爱玲的那个大上海与大时代。

雨丝时密时疏。光影变幻时疾时徐。直到四周围夜色如轻烟泛起,她才徐徐转过身来,蒙裹着雨水的脸庞上浮起轻柔的一笑,用同样轻柔的声音对我说:"好了,我看够了,我们走吧。"

"你不想进去看看?"明知多一事不如少一事,我还是没忍住小声问她。

"嗯,想。但是不用了。"

"为什么……"我错愕。

"留点遗憾,日后才有念想。"她再次淡淡一笑,喃喃道,"我还没活够呢。我要带着念想活下去,活给这世界看看。"

胸腔中被狠狠搅动了一下。我没再说什么,到路边招手拦下一辆出租车。

在火车站的进站口前,我纠结良久,最后问她:"你跟我讲句实话吧——你真会回家吗?"

"你觉得呢?"她心平气和地反问我。我怔住,盯着她那张依旧从容平静的脸,那双依旧仿似笼着一层夜雾的眼眸……还没等我抓住这最后的机会把它们看透,她突然伸过一只手来,轻轻地抚摸了一下我的脸颊,然后毫不犹豫地转身走入进站口,直到背影湮没在熙攘的人潮中,都再没有回过头。

夜幕已降临。昏暗的人潮在周围涌动,像野蛮生长在地壳下的黑色矿脉,像爱德华·蒙克画笔下的哭泣与呐喊的灵魂。不晓得从哪一天开始,上海忽然有了这么多人,雨夜里的火车站都拥挤得赛过节日里的淮海路。我叼着烟呆杵在原地,无知无觉地与一张张陌生面孔交错而过,有那么一瞬间,我突然有股强烈的冲动,想冲去售票窗口随便买张最近班次的票,不管那趟车将把我带向何处。但我终究没能鼓足勇气付诸行动,扭转身步履蹒跚地孑然离去。

回到空荡荡的房间,栽倒在床,瞬间便不省人事地昏睡过去。衣服没有脱,门也没有关——倘若真有窃贼光顾,我对他唯一的希冀是别吵醒我。

中途被冻醒一次。黑暗中,我下意识地伸手去身边摸索,摸索好半天,我才倏然反应过来,那里已不会再有一具可供我依偎的温热身体。

醒来时房门依旧大敞,窗外依旧是飘着细雨的夜色。看了眼传呼机,我才明白自己已睡了整整一天一夜。我起床洗漱。盥洗池上方的镜子徐海云离开前刚擦过,不知为何竟又已然脏得厉害。我用手掌机械地擦拭半天,最后才发现那其实是自己脸孔的颜色。

天亮后我打电话给房东说要退租。她问我哪天搬,我说就现在。老娘们絮絮叨叨地开始跟我掰扯押金和房租的结算,我不耐烦地打断她,说一分钱都不用退,我只需要她尽快过来收房。

离开时,除了穿在身上的衣服,其他什么东西我都没带走。出门,下楼,坐巴士,走路……直到一脚迈进阔别已久的家,我一路都没有回过头。

给我开门的是父亲。看见是我,他一脸错愕地张大嘴,我冲他笑了笑,绕过他,穿过饭厅,拐进堂屋,走到坐藤椅里织毛衣的母亲面前,扑通跪倒,耷拉下头。"妈,我错了。"我闭起眼睛,听到从自己口中发出的、干枯得只是一个陈述句的声音。"吃了吗?"母亲问。我摇头。

母亲搁下毛线篮,起身走进厨房。然后我闻到饭菜的香气——是我最爱吃的笋干烧肉。

洗完澡,我正要穿外套,母亲叫住我,递来刚收针的毛衣:"套上试试。"

毛衣兜头套下的一刹那,不争气的热泪涌出我紧闭的双眼。

几天后,我身上开始出现一些让自己痛苦不堪而又难以向父母启齿的古怪症状。经历激烈的思想斗争、饱受失眠的折磨之后,我独自偷偷跑去医院看了性病门诊。在一位年轻貌美的女护士相当敬业地近身督导之下,我脱掉裤子,光屁股爬上诊疗床,摆妥造型,怆然等待想象中将会生不如死的检查。但没想到,医生只向我胯下略瞄了一眼,便吩咐我把裤子穿回去,上挂号处改挂皮肤科的号。

我得的不是性病,是急性湿疹。据说其发病肇因很复杂,跟气候、环境、饮食、情绪都可能有关,唯独跟性经历无关。

湿疹很快被治愈,我却落下一个强迫症:每天都无法自制地要洗好几次澡,一遍又一遍往身上涂抹肥皂,近乎歇斯底里地狠狠揉搓自己的皮肤,时常弄得身上这里一片红肿、那里一块破皮。但我却不晓得自己到底想要洗掉什么,也不知道究竟能洗掉什么。

开学后,我开始老老实实上课,一节不落。幸运的是,上学期期末考试我居然科目全过。不幸的是,在这小小的校园里,曾因偶遇而重逢的我与我的前同桌,再没偶遇过。

在家里,父母都再没提起过刚过去的那个冬天所发生的事。此后的每个冬天，我也照例又会穿上一件出自母亲之手的新毛衣，就像某句恶毒的话我从未对她说出口过一样。这段不可告人的青春经历，就像父亲不可告人的少年往事一样，自此成为我们一家三口之间又一个公开的秘密。然而我心里十分清楚，即使人生真的可以像电影一样被后期剪接处理，剪下来的那段废弃胶片也绝没有任何人可以帮我销毁掉。或许许多年之后，它又会被另一个孩子不经意间发掘出来，然后在好奇心和想象力的驱使下，懵懂无知而又狂妄自大地再一番细细赏玩——就像曾经我对父亲所做的那样。

遗弃不等于遗忘，埋藏不等于销毁。因为遗弃与埋藏，或许正等于永存。

我再次见到赵志鹏是在严浩家的客厅里：电视屏幕里，杀人犯赵志鹏正在接受法庭对他的最终审判；电视屏幕外，我和严浩并排坐在沙发，默默无语地喝着一瓶俄罗斯走私过来的"斯米尔诺夫"牌烈性伏特加。

屏幕上的画面在眼前逐帧切换，时间在指间流淌得异常缓慢。慢到随着每一口辛辣烈酒烧灼进喉管，我都能清晰感受到自己血管中的泥沙俱下、沉渣泛起。

据播音员铿锵有力的解说，赵志鹏的认罪态度极其恶劣：无论办案人员如何晓之以理、动之以情，他都拒不交代杀人动机，拒不供述出任何同伙或其他涉案人员的名字，只嚣张地重复一句话："老子一人做事一人当,十八年后又是一条好汉。"

这句被旧时代暴徒奉为经典台词的豪壮言语,现如今听来只显得荒诞不经、滑稽可笑。我不晓得这个高中就辍学的文盲是从哪里学来的这句话,是评书广播还是香港录像,但我更愿意相信——正如他曾向我悍然宣讲的那番"遗传学理论"——这是来自他的血统记忆。

在我记忆里,和我一样,素来阴沉寡言的此人过去唯一热衷于侃侃而谈——且反反复复不厌其烦——的话题也是他外公传奇的人生故事:因为民国十八年那场绵延八省的大饥荒,一个苏北小阿乡搭乘运生猪的舢板沿苏州河漂流而下逃难到十六铺码头,赤膊闯荡上海滩,入青帮,开香堂,国难当头时抛妻弃子,率门徒加入杜月笙与戴笠联手组建的"忠义救国军",上海沦陷后又继续潜伏在公共租界配合军统搞谍报暗杀,身份暴露后不但不撤离,反而单枪匹马去刺杀大汉奸李士群,事败被俘,被"76 号"的人渣剖腹剜心、陈尸示众于闹市街头……

历史不会记住一个青帮流氓出身的短命烈士,人们也不会怜悯一个残忍杀害杰出企业家的冷血凶手。

我又看见了他那把剔骨尖刀。作为头号证物,它被摆在公诉人桌上,被检察官呈递给法庭。当节目编导突然切换画面,给它一个长达数秒的定格特写镜头时,一阵剧烈的食道痉挛猝然袭来,我跌撞进洗手间,吐得涕泗横流——我回想起了在赵志鹏家吃到的那顿晚餐。

回到客厅,在一直面无表情且不发一言的严浩身旁再次落座,我正与电视屏幕里的赵志鹏四目相对:他静静地望向我,我默默地回望他。我与他的目光之间有四个小时的时差——四个小时前,他已被押赴刑场枪决。

那天晚上,严浩开车带着我,像两个无家可归的弃儿,漫无方向地游荡在上海街头,迷失在流光溢彩的灯红酒绿里。我们从衡山路喝到茂名路,从茂名路喝到新天地,在每间酒吧重复相同的流程:悄无声息到来,悄无声息买醉,然后,没等屁股下的椅子坐热便匆匆埋单,再换场子——因为不堪忍受吵闹或者不堪忍受冷清。把所有能找到的酒吧都喝到打烊后,我们流浪到夜深人静的外滩,并排翻坐上水泥护栏,在饱含海水和雨水的腥咸气息的猎猎晚风中,俯瞰着脚下躁动不已、澎湃不息的黑色潮水,眺望着远处天尽头那一道宁静安稳如创世之初的水平线,继续开喝我们从最后一家酒吧外带出来的两瓶"龙舌兰"。

胃酸与胆汁早已吐尽。被酒精烧灼到无知无觉的躯壳,空洞得仿似已不属于自己。可是——那分明在被海风刮疼着的又是什么?是我的灵魂吗?我不晓得。

"对不起"三个字如千钧铁锚坠沉在喉头。我始终没能把它对严浩说出口。因为认错已没有任何意义。一切已无可挽回。就像脚下奔流而来的苏州河再也回不到苏州,就像眼前这座名叫"上海"的城市再也变不回最初那片干净而又宁静的海。

比愧疚更让我备受折磨的是严浩的沉默。直到此刻,他都没对这场最终由赵志鹏用生命换来落幕的事件发表出任何可被称为"表态"

的言辞——没有对我的责难,也没有对赵志鹏的哀悼,就好像这场灾祸根本就还未曾结束,噩梦犹将带着无可消弭的血腥气兀自绵延。

他的沉默已快将我逼疯。我多希望时光可以倒流,我们可以再次变回少年,而穿着海蓝色连衣裙的夏雪,此刻就正坐在我俩中间……

"还记得很久前我在一家火锅店后面的弄堂里说过的话吗?"

耳旁突然传来严浩的平静声音,将我从恍惚中唤醒。我茫然地转头望向他:"什么话……"

"我说早晚有一天,上海的夜空上会一颗星星都看不到了。"他一扬下巴,"喏,你看。"

我抬起头,愕然发现此人当年的邪恶预言果真变成了现实:上海的夜空如今已被不眠的灯火照亮,却真的没有一颗星星了,只有孤零零的一轮月亮,像一颗硕大的泪珠,浑浊地昏黄着,寂寂悬挂天边。

我不由得张大嘴,却没能说出话来。身旁少年得道的"预言者"也复归沉寂,再无声息。

我悄悄地再次扭头看向他。他对我的窥伺显得毫无察觉,兀自翘首仰望,定定地凝眸于一个或许我的目力永远不足以抵达的高远深处,专注得像是忘记了闪烁在自己指间的烟,忘记了周遭的整个世界。

更令我骇然的是:他嘴角竟撇着一丝微笑。

海风灌满他的衣襟,鼓胀出裂帛般的声响。我眼睁睁看着飞扬在他嘴角的那丝笑容渐渐输给风势,快被撕揉散乱,却在最后关头被他力挽狂澜地收起,抿紧。于是,从侧面看去,他的轮廓宛若已在江边伫立多年的一座石像,有着清秀冷硬的线条,守望着无尽的岁月。

我默默收回视线,望向面前的黄浦江。在这段防洪堤还被称为"情人墙"的遥远辰光,我记得夏雪曾说晚上的黄浦江比白天好看,我突然发现那竟也像是一个如今终于成真的预言:相比夜阑人静的浦西外滩,对岸的浦东才更像真正的上海——在绷紧如黑绸幕布的浩瀚夜空的背景映衬下,对岸的陆家嘴工地像一座热力四射的节庆舞台,灯火辉煌如炽,打桩的巨响随风不绝而来。

凝望久了,不知是酒精烧灼出的幻听,还是回声共振出的耳鸣,猎猎海风中似乎又挟裹了些许呜咽,隐隐约约,断断续续,听不分明。就在这亦真亦幻的呜咽声中,我突然强烈地感觉到,在这座城市如镜花水月般不可捉摸的容颜变换里,一切卑微个体的记忆都是那么虚妄:不管是外公背转过身的十里洋场,还是父母满目疮痍的青春感伤,甚至还有我们的少年欢笑,都终将如眼前飞溅起的浪花水沫般破灭消逝,只有脚下这片奔流不息的潮水才是永远的、唯一的真实存在,真实得就像一个恢宏的谎言,永远浑黄污浊,永远无始无终……

黑暗无垠的夜空绷紧如一幅巨大的电影幕布,然而却亘古沉寂得连一句呢喃的画外音都不曾响起过。

23　知更鸟

"我想把公司卖了,咱们自己开个酒吧,通宵营业不打烊,你觉得怎么样?"严浩这么问我的时候,我俩正并排瘫坐在桑塔纳的顶棚上,醉眼蒙眬地左右张望着身边这座正从睡梦中徐徐苏醒过来的魔幻都市。

麦芒般蠢蠢勃发着的晨晖,给触目所及的一切都镀上了一层迷离虚幻且饱含颗粒质感的金黄色,包括我们的身体。淡如云烟的白雾在街道上丝丝缕缕缱绻,水汽的浮力让万物皆显缥缈。上海,这位雍容典雅的名门淑媛,此刻应当正坐在梳妆台前,精心修理睫毛,细细涂擦指甲油,准备穿上最时髦的衣裳,奔赴阳光下最热烈的虚无……可我已经很困了,困得不再有一丝兴趣品鉴她的最新卖相。我只想对她道声"晚安",然后转身走入属于我的黑暗角落,像个饱经沧桑的老人般孤独睡去。

为了散一散车厢内浓度已近令人失明的隔夜烟酒味,所有车门都大敞着。车载音响里一遍遍循环着窦唯喃喃呓语的迷幻歌声:"Take care, I want to sleep …(保重,我想睡了……)"

"好的呀……"我在半梦半醒间随口回答他。

我以为我俩都在说醉话,没想到严浩竟真把公司卖了,盘下了华山路上一家小酒吧。酒吧比我当年的小阁楼大不了多少,好在后面还附带一个绝对不算小的露台,有漂亮的、仿巴洛克式样的雕花铸铁围栏围绕,本色原木地板上洇濡着黛青色的苔痕,令我在阳光下闭起眼睛的时候,时常会幻想身旁有一座乳白色的秋千架。

装修队施工的时候,我与严浩并肩坐在门外人行道的护栏上抽烟,用从隔壁发廊借来的劣质大喇叭单放机听着"金斯顿三重唱"的 *Where Have All the Flowers Gone*(《花儿都去哪儿了》),一边监工一边商议酒吧的名字。或许是受音乐的影响,我的所有可怜创意也都来自美国 20 世纪 60 年代老歌:《加州旅馆》《黄色潜水艇》《孤独之心俱乐部》……对嬉皮士这一物种完全不感冒的严浩,这回没再客气地掏硬币出来考验我的运气,而是简单粗暴地统统一票否决。

鉴于我俩唯一共同爱喝的洋酒是"龙舌兰",僵持之下,我们这家北欧装修风格——选择这种风格主要是图省钱——的小酒吧,险些被以一种美洲印第安人最中意的肥厚热带植物命名。

店名的最终敲定得感谢我们雇来的调酒师:我和严浩在一家"鬼佬"开的酒吧里面试这个穿戴打扮得活像吉卜赛星相师的"基佬"时,他随手翻开一旁的酒单,拿兰花指戳住一个我不太面熟的英文单词,说这是他最拿手的鸡尾酒。

于是,知更鸟酒吧开张当天,我们向每位到店客人都免费赠送了一杯名叫"知更鸟"的鸡尾酒。

这款鸡尾酒之所以得名"知更鸟",是因为它有着和知更鸟羽毛一样奇幻的湛蓝色。我和严浩之所以能对这个店名达成共识,是因为它的基酒正是"龙舌兰"。

在酒吧暧昧的灯光下,凝望着晶莹剔透的柯林斯杯中被自己晃荡许久却澄澈依旧的湛蓝色液体,我不晓得严浩是否同我一样,回想起了我们曾经共同拥有过的那些同样湛蓝的日子——直到如今我才终于懂得,在人生的漫长雨季中,那般湛蓝纯净的日子是多么的稀罕,又是怎样的一去不复返。

酒吧开张前一天,我俩去了趟赵志鹏家。车停在街边。枯坐车内抽着烟干耗到黄昏降临,我终究还是不争气地做了"软脚蟹"——我鼓不起勇气再去冒充一次赵志鹏的"册裤兄弟",去面对他老母亲那张过于饱经风霜而又过于亲切慈祥的脸。对我的临阵逃脱,严浩一句话没说。他掐灭烟头,独自下车,拎着两大袋营养品,怀揣一本以赵志鹏的名义开户的银行存折,跋涉进那片昏暗破败的"滚地龙"迷宫。

回来时,他手中沉甸甸的礼品袋换成一个轻飘飘的小信封。信封里只有一张底片,据说是赵志鹏仅存的正面留影。严浩用这张底片冲扩出一张电影海报尺寸的巨幅黑白照片,照片上的少年赵志鹏跟我记忆中的形象相比简直判若两人:穿着干净的白衬衣,留着清爽的小平头。最不可思议的是,他居然咧着嘴,开心地笑着。

　　我想象不出究竟是什么事能让此人这么开心，也不晓得又是什么让他变成了后来那副阴森可怖的模样。

　　严浩把他住处本就没有一本书的书房腾空，改造成音响室：地板上铺一层厚实的吸音地毯，日本原装进口的整套组合音响陈列在地毯正中央，周围摆了几个榻榻米坐垫——僧人打坐修禅的那种朴素款式，其他一切杂物也都直接搁在地上，此外再无任何家具，唯一的装饰品是那张赵志鹏的巨幅黑白照片，挂在正对门的墙上。

　　后来我们在他那最常做的事，就是一同待在这间音响室里，抽烟、发呆、听音乐、把自己灌到烂醉。

　　一饮而尽前，我俩会相当有默契地一同高举一下酒杯——冲着赵志鹏那张巨大的、魔幻的无声笑脸。

　　"介绍下——这位是我的兄弟：赵志鹏。"对每一位走进这个房间的来客，严浩都会指着墙上的照片，以平静的语调如复读机一般一字不差地来上这么一句。不管对方是否发问，不管对方是谁——即便是被他捡回来滚床单的一夜情对象，又或者再一次走进这个房间的我。

　　那年夏天，赵志鹏的名字传遍了这座城市里每一条幽暗弄堂，成为又一个不断被好事者添色加彩、添油加醋的上海滩传奇。他继《上海滩》中的许文强和《精武门》中的陈真之后，成为崇尚江湖道义的小混混们的又一个青春偶像。谁不晓得这名字，在道上就会遭人耻笑，正如少年时的我们曾坚定认为，谁没看过《英雄本色》，就不会成长为一个真正的男人。

　　我欠赵志鹏的钱,严浩不由分说地替我还上了,让我继续给他打工,拿薪水慢慢抵债。"这样你能省点脑子记账,而且债多不愁。"成为我此生最大债主的此人轻描淡写地这么对我说。

　　酒吧开业后,生意一直惨淡。以至于对我们而言,每天照常营业的唯一实际意义,只是又多了个混日子的窝点。事实上连我都看得出来,严浩压根就没真花心思打理这摊生意。他给调酒师和我都开了份够慷慨的薪水,便将一切日常经营事务都丢给我俩,自己则成了彻头彻尾的甩手掌柜,坐在柜台里也懒得搭理客人,自顾抽烟、发呆、喝酒、摆弄音响——没完没了地听他的罗大佑和窦唯。

　　酒吧能幸免倒闭,最终还得感谢陆琪。作为严浩仅存于世的最后一枚资深小弟,此人对"江湖救急"表现得相当上心:每晚开工前,先带姑娘们来酒吧玩耍一阵,替我们暖个早场;半夜收工,又号召姑娘们借"出台"往酒吧带客,陪客人"劈情操"顺带手"宰一刀",然后按比例拿提成,可谓皆大欢喜。到后来,不晓得是日久生情还是习惯成自然,即便不开工,姑娘们也都喜欢来这扎堆、聊天、嗑瓜子、打扑克、下跳棋……甚至干脆陪我和严浩一起半死不活地发呆,听循环播放的音乐,无所事事地耗上整个通宵。

　　这种诡异的场景与气氛,有时让我感觉这里像是一个远离尘世烦恼的"乌托邦",有时又让我怀疑这里其实只是一个聚敛负罪灵魂的渊薮——如同《圣经》里的索多玛城。

经营状况改善了,副作用也开始显现:打扫卫生时,我经常会在洗手间里发现用过的避孕套,甚至是羊毛脂的空瓶,有时还会捡到一些长得像硬质压片糖果的小药丸,五颜六色,造型各异,煞是活泼可爱——姑娘们告诉我,那是夜店里新近流行起来的一种迷幻药,学名叫"摇头丸",俗称"糖"。

"糖"的卖相好歹还算有些伪装性。更令我受惊咋舌的是,店里没外人时,陆琪和姑娘们竟会公然摆弄一些看似卖相朴素、实际江湖地位却更高级的货色:可卡因,甚至海洛因——或许为跟摇头丸的昵称相映成趣,他们把这些比前者更昂贵也更要人命的白色粉末都统称为"盐"。

严浩对这帮毒虫明目张胆的犯罪行为从来不闻不问、视若无睹。我虽心存惶惑,但也犯不上得罪人——毕竟我的工资都得指望着他们。

陆琪之所以没有早点现身来展现他感人肺腑的江湖情义和技惊四座的救场能力,是因为此人先前突然人间蒸发了好些时日,手机也一度停机。此人对此给出的解释是:鉴于他那个行当在上海竞争着实惨烈,为提升业务水平、增强竞争实力,他南下东莞微服私访,向领先的同行前辈们调研取经去了,其间手机被偷,没法中途折返上海补卡,所以干脆报停了。

这番解释听起来本身并无破绽,问题在于他解释得太过"用力":就跟患了强迫症一样,逮着风吹草动的话头就要翻出来再叨叨一遍,远超他平素正常的话痨水平,不禁令我联想起"此地无银三百两"的老故事。

赵志鹏已用最极端的方式自证清白,而那个真正的内奸,我们还没找到。

我发现严浩变了。过去从不看书——哪怕是《故事会》和《读者》那类臭大街的厕所读物的此人突然开始看书了。而且其步子所迈之大,令我都替他担心会扯着蛋:此人直接跳过散文、小说、史籍,一步到位地抵达了最不食人间烟火的琼楼玉宇处:诗歌。

他开始近乎不可理喻地沉迷于各种诗集,还向我分享了他惊世骇俗的重大发现——他告诉我,过去他一直认为诗歌是最不切实际的装逼玩意,但现在他意识到诗歌其实才是最现实主义的文学,因为只有诗歌能做到像真正的生活一样胡言乱语、狂悲恶喜、荒诞不经,而且,越出名的诗歌越是如此。

很快他就能整首整段地熟练背诵一些著名或不著名的诗歌作品,而且往往正逢酒精将他的嗓音烧灼到最富磁性的时候:

　　　　你因梦想而在这个世界上受苦。
　　　　就像一条河流,因云和树的倒影不是云和树而受苦。
　　　　你是刮在黑暗中又消失了的风,你是去了不再回来的风……

或者：

> 哈里路亚！我仍活着。双肩抬着头，
>
> 抬着存在与不存在，
>
> 抬着一副穿裤子的脸……

"听听——多么荒谬,多么真实!"说这话时,他似乎完全没察觉到他已把杯中酒泼洒到了裤裆上。

他的音乐口味也发生了变化:以前只听中文歌的他开始听外文歌了。但就像他听中文歌会死循环于罗大佑和窦唯一样,他听外文歌最终也死循环于两支乐队:"甲壳虫"和"涅槃"。无论从哪个角度来看,这两个乐队在音乐上都谈不上有任何共性,唯一的共同点似乎只是两位乐队主唱不幸都死得很难看:约翰·列侬被一个脑抽风的宗教狂热分子以左轮手枪刺杀,科特·柯本则用一把雷明顿大口径猎枪轰飞了自己的后脑壳。并且,两个倒霉蛋都死在本人音乐成就和社会影响力最如日中天的时刻——用严浩的说法则是:死在了最美好的时光里。

不晓得是否为了更对得起些他那套昂贵的音响设备,除两位著名死鬼的摇滚乐外,他也放过高大上的西洋古典音乐:死于遗传性梅毒的贝多芬,死于被嫉妒者投毒的莫扎特,统统列队惨遭临幸。但最后被他踅摸出的"真爱",却是我做梦都想不到的结果。

那天,当我用他配给我的钥匙拧开他家门锁时,竟赫然听到了自己少年记忆里最熟悉的旋律——那种噩梦般曾令我不由自主跟着磨牙的诡异器乐声。刹那间,我不禁有种时空错乱的昏厥感:自己分明站在洒满午后阳光的明亮客厅,却仿似置身于血色弥漫的黄昏。

我屏息循声,蹑手蹑脚探寻进音响室,看见严浩背对我盘腿打坐在音响前,入定般纹丝不动,静得连呼吸声都没有。我以为他已经就这样睡着了,走到近前,才发现他竟睁着眼一眨不眨地凝眸于前方,但我却完全判断不出,他在望着的,究竟是墙上正冲他笑着的赵志鹏,还是只有他本人才能看得见和走得进的另一个时空。

就这样偶然得令我毫无思想准备,却又仿佛冥冥之中注定的,困扰我整个少年时代的谜团水落石出——这种恐怖的音乐,是巴赫的无伴奏大提琴组曲。

严浩向我宣讲了巴赫在音乐史上的地位:举世公认的西方现代音乐之父,连贝多芬和莫扎特都是他的铁杆粉丝。但这都不算什么,他真正的厉害之处其实在于:他不仅是个伟大的音乐家,还是个杰出的数学家——他的音乐,每个音符都出自缜密的数学计算,每段旋律都是复杂的逻辑公式,每组乐章都是一段自递归的程序。

"反反复复的大提琴,反反复复的人生。"当严浩将目光再次投向前方那片我无法感知方位亦无从揣测维度的空茫,对着空气自言自语般地缓缓说出这句话时,我竟不由得感觉到,他的脸庞,竟仿佛笼罩上了一种穿透过我瞳孔、直刺抵我心脏的奇异光芒……

许多年后,我再次目睹到这种奇异光芒,并回想起当初那一场景,是在我去意大利的佛罗伦萨旅游参观乌菲齐博物馆,欣赏到一幅由韦罗基奥与其最为器重的学生——青年达·芬奇——携手创作的著名油画的时候。这幅油画既是达·芬奇的最初成名作,也是韦罗基奥生命中最后一幅油画作品:他将衣钵与未竟的前路都托付给爱徒达芬奇,便从此再未拿起过画笔。油画上,赤身裸体立于约旦河中的耶稣正在接受约翰为其所做的悔改洗礼。对油画所描绘的这一场景,《圣经》中是这样记载的:

　　耶稣受了浸,从水里上来,看哪,诸天向他开了,他就看见神的灵,仿佛鸽子降下,落在自己身上。

我呆呆地伫立在油画前,丧失了对大脑、心脏、四肢和其他一切身体器官的控制,像少年记忆里的某个黄昏时刻一般动弹不得,赤身裸体一般浸没在那种奇异光芒的笼罩中……就这样不知过了多久,我才隐隐约约地感觉到,有两行湿润的痕迹,烧灼在自己脸庞。

在酒吧里,有时前一秒钟我还看见严浩正坐在某处喝酒、发呆、读诗集,再一转眼,此人就已凭空消失,任何地方都找寻不到他的踪迹,在场的其他任何人也都一概不晓得他去了哪里。

还有一次,我凌晨三点在吧台后迷蒙醒来,抬眼看见此人站在空荡荡的酒吧正中央,裤子褪到膝下,手里提着酒瓶,正一边狠狠抽着烟,一边狠狠地在酒渍斑驳的木桌上干着一个叫床叫得眼看要四肢抽筋的姑娘。

我目瞪口呆地望着他。而他,虽然某一刻视线也缓缓扫过我的脸庞,却好像完全没有看见我一样。

24　狐狸脸

我没把严浩的种种诡异表现视为太严重的事,不仅因为此人本就是个不可以常理论之的怪胎,更重要的原因是,这些年来我已习惯被他照顾,虽然自己口中未必会服气,但在我下意识里,他早就是个神一般的存在:有阿喀琉斯的钢铁之躯,有普罗米修斯的磐石信念,超然万物,睥睨众生,就像一座灯塔、一颗恒星、一把利刃,而非一个有血有肉会疼会怕的凡人。

然而我错了,错得不可饶恕。

被我发现他的秘密,源于一场起因荒谬得堪称匪夷所思的暴力流血事件:此人在一家洗浴中心开房嫖娼,被其临幸的小姐,或许出于敬业而太过代入角色,或许由于高潮时的忘乎所以,情深意切地冲他大喊了一声"我爱你",就因为这三个字,他硬生生中断交配仪式,二话不说将姑娘掀翻下床,活生生暴打到面目全非——若非正在相邻包间里忙活的陆琪听闻到动静,及时赶过来救场,后果简直不堪设想。

陆琪受困于案发现场种种收买抚慰的善后工作,焦头烂额,分身乏术，又怕一不留神严浩再鼓捣出什么新状况，打电话来酒吧求救，让我赶紧过去帮忙把人弄走。我心急火燎赶赴现场，发现被保安们隔离看管在包间里的严浩竟然已经没事人儿似的把自己灌了个烂醉。我硬着头皮连拖带扛将烂醉如泥的此人弄上出租车，一路历程之艰辛坎坷自不必多说，好不容易到他住处把他给伺候上床，替他脱外衣的时候，拉拉扯扯中，他裤兜里的零碎玩意撒出来一地，其中有一样东西，令我一眼瞥见当即如遭雷劈：一个小小的透明塑料密封袋，里面装着细盐似的白色粉末。

　　我明白那是什么玩意，我也猜得出它的来历。在没开灯的客厅里呆坐良久，听着卧室内传出的鼾声，我抓起电话打给陆琪，不动声色地问他人在哪里。几十分钟后，在南京西路的"避风塘"，下饺子般人头攒动的一片露天餐席中，我迎面走向正打着呼哨蹦起来冲我热切招手的陆琪。我一言不发地走到他面前，他刚问了句浩哥状况怎么样，我狠狠一拳砸在他脸上。他被我打蒙了，周围的群众也受惊了——耳旁炸响起一串姑娘的尖叫，但我不管不顾，继续连下重手。周围伸来无数双手臂，扯我胳膊，箍我胸腹，勒我脖颈，揪我头发……我仍旧不依不饶地挥拳踹腿，奋力冲杀。我失心疯般的"无差别攻击"终于激怒了拉架的人们，我被五马分尸般地撂倒在地，眼看要遭群殴，陆琪突然声嘶力竭地呼号起来："你们别打他！求求各位侠士你们不要为难他——他是我亲哥，是替我娘来管教我的！都是我的错！"

　　黑压压簇拥在我视野里的愤怒面孔都愣住了。我也愣住了。

．

半小时后,比南京西路僻静许多的铜仁路上,一家只有一个服务员趴在柜台后打瞌睡的小脏饭馆里,仅有的两位顾客——衣衫凌乱的我与鼻青脸肿的陆琪隔桌对坐,中间横一排开了盖的啤酒,但是谁都没有伸手。

在我睚眦欲裂的凶狠逼视下,陆琪面容愁苦地吸溜着鼻子,一把一把揪扯纸巾,擦着鼻涕和鼻血,楚楚可怜地拾掇了好一会,这才冲我挤弄出一副比哭还难看的怯怯赔笑:"小雨哥,你揍我,我做小弟的挨就挨了,没话讲。但——好歹让我死明白些吧……"

我没说话,从兜里摸出那袋白色粉末,摔砸到他眼皮底下。他一眼瞄去,大惊失色,赶忙一把捂住。

"原来是因为这个……"他躲闪着我的视线,觍着脸嘟囔,"小雨哥,这可真不能怪我,是浩哥逼我的,我发誓我真劝他了,可他不听……他是我大哥,我也很难做的呀……"

"他逼你你就给?!"此人黏糊如鼻涕的猥琐腔调令我怒火陡然再次爆燃,我腾地拍案而起,顺手打桌上抄起个酒瓶子——整瓶啤酒咕咚咕咚倾泻在我脚面上。

令我感到意外的是,对面向来胆小如鼠的家伙竟没有试图躲闪,反而昂起脸来直愣愣地盯了我片刻,蔫垂下头,惨然一声哼笑:"小雨哥,你想拿我撒气,没关系,我认。但是在你动手之前,我有个问题想问你。"

"有屁赶紧放,早死早投胎!"

"你晓得浩哥是什么时候沾上这个的吗?"他翻起眼皮,收缩的瞳孔中闪烁出一种难以言喻的古怪。

我摇头,问他:"什么时候?"

"他第一次让我帮他弄这个,就是我们陪赵志鹏妈妈去领赵志鹏骨灰的那天。"他顿了一下,故作恍然大悟状,"哦对——那天你好像没去……"

我听到自己脑壳里嗡的一声响,似乎有什么东西轻轻地爆破了,一抹空茫后开始感到手足冰凉。

"小雨哥,说实话,我真觉得你也该去的,毕竟赵志鹏是因为……"他收住口,叹口气,一脸诚恳,"如果我没猜错的话,是浩哥没叫你吧?"

我气息奄奄地点头。

"你也别怪浩哥,他肯定是故意不告诉你的——他这是为你好啊。"他语重心长地"开解"我。摸出包"中华",自己慢条斯理地点上一根,又敬给我一根。我麻木不仁地接下,点上,瘫坐回被啤酒泡湿的板凳。

"小雨哥,这么多年,浩哥一直把你当他最亲的兄弟,他对你,那可真没话说,比起对我们这些做牛做马的小弟,好上一万倍都不止啊!"他将最后一句说得字字千钧、掷地有声,然后尤为响亮地吸了下鼻子——不晓得是为宣示愤愤不平,还是为再次声明我对他造成的伤情。"这回我没拦住他沾这东西,是我不对。可是,我至少算是帮他暂时忘掉了痛苦……可是你呢? 小雨哥,请你摸着自己胸口想一想,你又为浩哥做过什么?"

我化石般愣怔地盯着他。他不再言语,又开始揪扯纸巾,一声更比一声响亮地吸溜鼻子……我站起身,默默地离开了。

追随着蜿蜒似蛇、逶迤无尽的路灯,蹒跚在灯火阑珊的南京路上,我感觉自己就像一只失去灯塔引航的破舢板,孤零零地飘摇在苍茫海面上……恍惚中,唯一载沉载浮于脑海的,是记忆中一幅遥远到已不记得属于何年月的昏黄画面:苏州河边寂静的柏油马路上,慢吞吞并排走着三个少年,左边的男孩失神发着呆,右边的男孩闷头抽着烟,只有中间那女孩脸上带着柔美的微笑,在轻声数着雪花萦绕的路灯……

我知道我不是那个有能力劝说严浩戒毒的人。如陆琪所说,这么多年来,我虽然从未喊过一声"浩哥",从未尽过半分"小弟"的本分,事实上却是最受严浩照顾的幸运儿。尽管如此,严浩藏在他冷淡嘴脸与古怪笑容后的那扇紧闭的房门,也从未向我打开过一丝缝隙。

如果那扇门曾对某个活人打开过,我想,那只可能是夏雪;如果这世上真的还存在一个人有可能说服严浩戒毒,我想,也一定是夏雪。但我不晓得夏雪在哪里。不晓得她是否已完成广州的学业,如愿以偿地当上了空姐;或者甚至已实现她的人生理想,见识到了真正的大海和广阔的世界……

我既无法理解夏雪对大海与广阔未知世界的决绝向往,也无法理解严浩那种负石自沉于苏州河底般与世隔绝的自我封闭和黑暗深渊般的内心世界。与他俩相比,我只是个随波逐流于滚滚红尘中的庸碌之辈,对自己的何去何从都无能为力,遑论影响他人。

唯有企盼奇迹发生。但我很快等到的却是另一个沉重打击:外公去世了。

没人知晓外公确切的死亡时间。外公在他那间紧闭房门、与世隔绝的小小书房内,面容异常痛苦地窝坐在他的老藤椅中,紧闭双眼,紧蹙眉心,孤独地、不为人知地离开了人世。凉透了的遗体,直到中午才被买完菜回家的外婆发现。外公走向生命终点的这最后一段旅程,景色竟是何等荒凉啊:陪伴他的,只有他身旁那台老式电唱机上兀自缓缓旋转的黑胶唱片——还是那张巴赫的无伴奏大提琴组曲,却不知何故竟然跳了针,无尽死循环地反复着⋯⋯

外公的死因确诊为"突发性脑溢血"。但究竟是什么原因导致的脑溢血,验尸的医生也给不出答案。

外公人不在了,生前背负的孽债却照旧,并且终于有机会连本带利地摆上台面:接到讣告的所有亲戚,不管人在国内还是国外,无锡还是上海,抑或其他一些动乱年代的逃亡地与流放地,没有一个愿意来参加外公的葬礼,即便是与外公同父同母的两位姐姐,即便是外婆那边的亲戚——他们在"文革"中也与外婆断绝了往来。

唯一有响应的是政府——第一时间派人登门表示慰问,传达了据说来自北京的高层指示:鉴于外公的历史身份,以及曾为党和国家做出的贡献,当然也出于宣传工作的需要,希望我们同意授权由政府来为外公主持操办后事。并特别强调，如果我们愿意接受提议，能得到的现实好处是：政府会承担一切相关费用，而且还会给外婆发放一笔数额绝对不难看的抚恤金。

对此提议，家庭会议上出现严重分歧：以舅舅为代表的主流，认为有便宜不占白不占，而且过了这个村就再没这个店，所以不仅应该接受，甚至应该趁此机会跟政府再好好谈谈条件，争取再多捞些实惠；母亲则不出意料地成为独扛大旗的"异见分子"，不但坚决反对接受政府的提议，甚至对举办追悼会都表态抵制，叫嚣"树活一张皮、人活一张脸，不能为了领一口狗粮就不要人脸"，宣称早烧早埋才对得起外公生前造下的孽和老祖宗们的颜面……

对立双方吵得不可开交，窝里斗迅速白热化到开始相互揭脏骂短，随时会从恶语相加的"文斗"阶段升级至操练起各种冷兵器的"武斗"阶段。但在家庭会议上拥有最终裁定权的外婆，却始终静坐一旁不发一言。

外婆在重大事务上所能表现出的从容淡定与举重若轻，"文革"中发生的一件往事是最有说服力的证明：外婆本是家中唯一的共产党员，外公被扣"帽子"打倒后，组织上找外婆谈话，要求她拿出党员该有的政治觉悟，主动跟"反动"的丈夫离婚，许诺说只要她肯乖乖照做，就把她树立成先进典型，前途一片光明。外婆答说要回家想想，回家后跟谁都没提，一切如常，第二天提着扫帚去单位，递了退党申请书，然后自觉主动地陪外公扫大街去了……要知道，在当时那个血雨腥风的环境下,外婆所做的抉择是极有可能招致杀身之祸的,别说像外婆这般淡定,单说有勇气这么做的女性,就已经是打着灯笼都别想找出几个。

家庭会议在撕破脸打破头、亲者痛仇者快的闹剧气氛中无果而终。而我的预感却变成现实——第二天,政府工作人员如约再次上门时,外婆无视子女们先前所提的一切意见,平心静气地给出她的最终答复:愿意接受政府的一切安排,抚恤金也分文不要,唯一的条件是——请政府通过"海基会"帮她在台湾寻一个人,并代表她邀请这个人来上海参加外公的追悼会。

"如果我们找到了这个人,可对方不愿来怎么办?"新时代的政府工作人员考虑问题就是细致周全。

外婆沉默片刻,淡淡一笑:"她一定会来的。"

对于这个要找寻的人,外婆提供出的全部背景信息是:名叫叶若兰,女性,与外婆年纪差不多,祖籍广东的大陆移民,1949年去的台湾。

外婆的一番话,爆炸力堪比美军轰炸机在日本长崎岛投下的"小胖子",霎时颠覆了家庭大战的格局:政府工作人员前脚刚走,屋内立马炸开锅,原本势不两立的舅舅和母亲默契惊人地搁置争议,开始同仇敌忾地围攻外婆,逼外婆招供出"叶若兰"的更多底细——显然他们都是头一次听到这名字。但无论他们如何软硬兼施、穷追猛打,都没能再次撬开外婆的嘴。

值得庆幸的是,他们不晓得,除了外婆,家里还有另一个可能知

道——至少算是接近——真相的人:那就是我。当"叶若兰"这名字从
外婆口中被轻轻吐出,我脑海中立刻浮现出了被自己私藏多年的那张
老相片上那个穿民国学生装的年轻女子,那张妖娆妩媚的狐狸脸。

25　双城记

　　外公的后事在政府的操办下有条不紊地推进。每当工作人员来
通报进展情况时,外婆最关心的始终只有一件事:寻人。

　　20 世纪 90 年代,海峡两岸刚开始恢复通邮和通航,所以寻人工作
起初进展得并不顺利,一度处于毫无头绪的僵滞局面。考虑到遗体保
存等方面的问题,政府工作人员好心建议外婆不如先把追悼会办掉再
说,但外婆的答复始终是再等等。

　　捷报终于传来。正如外婆所料,对方接受了邀请,但也提出条件:
她不愿在上海久待,也不希望跟包括我们这些遗属在内的任何人有过
多接触。所以协商下来,最终敲定的行程安排是:她将在追悼会当天
一大早从台北出发,经香港转机飞抵上海,落地后直接赶赴殡仪馆来
参加追悼会,遗体告别仪式结束后就独自先行离开。

　　这一看似不近人情的要求在家中再度引发热议,连早已放言不去
参加追悼会的母亲都没忍住又杀回马枪米掺和,跳着脚怒斥海峡对岸
"反动势力"的无礼傲慢,骂到兴起,一口一个"台巴子"。然后,出乎

大家意料的事情发生了:一直没有开腔的外婆突然搁下手里正收拾的碗筷,默默走到母亲面前,在众目睽睽之下,一耳光抽在母亲脸上。

这是我有生以来第一次看见外婆动手打母亲。向来抽惯别人——尤其是我和父亲——耳光的母亲被一记头抽蒙了,呆立当场竟然都忘了发作。

回家后,母亲将自己反锁进卧室,连父亲都不准许探足,撕心裂肺地号啕大哭。

我相当清楚地记得,得知外公死讯时,母亲是何等冷漠的面容,一滴眼泪没流。

追悼会当天,在场遗属虽只有我们一家三代硕果仅存的可怜几位——而且还缺席了我母亲,到场宾客人数却大大超出我的想象:有外公以前工作过的机关单位派来的代表,有外公所在的民主党派派来的代表,有外公和我共同的母校派来的代表……济济一堂,人满为患,令我叹为观止。回想起外公在世时的萧瑟孤独、门庭冷清,我不禁感觉自己正置身于一场幻境。

宾客中有几位外公的老同学,看穿着打扮和气质谈吐,都是相当正宗的"老克勒"式人物。同他们相比,不管是生前在我记忆中的外公,还是此刻身穿灰色中山装阒目于棺柩内的那具遗体,都显得很另类,倒更像是个从延安窑洞里走出来的工农兵干部——这又是一件我一直都难以理解的事:看外公遗弃在樟木箱里的那些衣服,分明不少都还是新的,甚至放到今天都还相当时髦,以外公的身材相貌和气质条件,倘若愿意把它们穿上身,绝对也是个正宗的"老克勒",但外公为何却将它们埋葬在樟木箱里,宁可终日一副死气沉沉的老土打扮——除了头上那顶仿似永远戴不厌的旧灰呢鸭舌帽,周身上下再无任何老十里洋场的光影痕迹。

正所谓"五陵少年争缠头,一曲红绡不知数",毕竟那才是真正属于他的时代,是他真正的来处啊……

记得少年时,我经常听见外公在他的小亭子间里用五音不全的低沉嗓音轻轻哼唱起一首老歌,那是一首非常奇怪的革命歌曲,曲调风格迥异于我平常耳熟能详的那些样板套路,不仅完全体现不出革命热情,甚至竟有种更接近日俄军歌的悲壮苍凉。我至今都不晓得那首歌叫什么名字,又是何等来历,只依稀记得其中两句歌词:人民的旗帜,包裹战士的躯体,天未破晓,战斗已经开始……而我许多年来埋藏在心里,一直想对外公说的是:亲爱的外公,您为何不愿明白,不管天色是否真的已破晓,战斗却是真的早已结束了啊……

站在鲜花簇拥的灵柩前,注视着棺匣里那具干瘪颓败的躯壳,那张被画得如同戏子的脸,透过斑驳泪光,我分明看见了另一张脸:在那张泛黄的老照片上,那个英俊潇洒、气宇轩昂的年轻人,他曾那么满不在乎地把十里洋场的流光溢彩遗弃在身后,曾用那么深邃坚定的目光迎接我懵懂无知的痴痴凝视……

于是,就在这最后诀别的一个凝望中,我突然第一次强烈地意识到,或许对外公而言,最好的结局其实是应该像约翰·列侬和科特·

柯本一样,像《双城记》里的西德尼·卡尔登一样,死在自己的热血、理想、青春最闪耀的时刻——那些在革命年代牺牲于战场和在动乱年代惨死于迫害的人,至少还能拥有殉道的热情和被后人怀念的可能;而像外公这样看似幸运的幸存者,其实才是真正凄惨的:他们为理想奋不顾身地遗弃了属于自己的时代,最终却被新的时代更无情与彻底地遗弃,就像是一个在进化过程中因走入基因歧途而惨遭废弃的过渡性分支物种,既不再有前途,亦失却退路,只能孤独无助地徘徊在时间与空间的维度都不再有任何意义的、连荆棘丛都绝迹的一片黑色荒原中,慢慢地看着理想褪色,承受着不得解脱的寂寞和既无人能诉亦无人能懂的哀伤,不知天之将黑,不知老之将至,直到变成这么一副干瘪破败的躯壳……比死亡更悲哀的事,或许就是一个连死亡都不畏惧的人,却要被根本不存在的希望驱使着,就像被上帝惩罚的该隐一般,不得不屈辱地活着,活在被现实嘲弄、被世人遗忘的记忆里……

耳中的哀乐,在一层鼓膜后,终于变成巴赫的大提琴。我擦干眼泪,扭转身,无视工作人员的手势指引,没有加入卖相寒碜、氛围诡异的遗属答礼阵形,径自走到远离人群的角落,点上根烟,回头望向仍在灵柩前缓缓推进的遗体告别队列,找寻一个人。

我轻而易举就找到了她——不只因为她鹤立鸡群的高挑身材,更因为那是唯一一张没有戴面具的脸。

岁月可以篡改掉许多东西:身份与血统、荣耀与耻辱、理想与信仰,甚至国家与民族……却无法篡改掉真正深爱过的记忆,以及那样一张虽已老迈却依然轮廓完美的狐狸脸。

她步履沉重,不与任何旁人交谈,定定的视线从未离开过她渐渐走近的灵柩,仿佛对周围一切都视而不见、充耳不闻。驻足在灵柩前,她停留的时间也明显长过其他人。从背后我望不见她脸上的表情,但从她绷紧的身形和微微颤抖的肩头,能看出她的悲恸与克制。行过注目礼,她匆匆敷衍完后续的仪式流程,唯独在与外婆相互行礼后,她暂停住脚步,抬起头来,两人默默地、深深地对望了一眼。

我无法用言语描述那一刻自己的内心感受——那是怎样一个充满戏剧张力的定格画面呵:两位年过花甲的老妇人,一位衣着简朴、白发苍苍、满面沧桑,另一位高贵典雅、黑发如故、气质不俗,穿越数十载光阴和一道深袤如命运鸿沟的海峡,才终于迎来这短短不过数秒的一个对视,所有不为外人——乃至亲人——所知的往事与秘密,都晦暗地凝止在那般默契的沉默中……然后,她决然转身,匆匆穿越过乌泱泱、闹哄哄的人群,径直向我身边的大厅出口走来——于是我渐渐看清了她眼眸中迸射出的泪光。

她是整个追悼会现场唯一一位流下眼泪的来宾。她走出大厅时,我默默尾随上去,追上她脚步,在背后轻轻招呼了一声“您好”。她有些慌乱地扭转身:“呃,你好——你是……”泪痕未干的她眯起眼睛打量着我,“你是文清的……”

“我是他的外孙。”

“哦……我就说呢,”她礼貌地笑了,“你长得真像你外公。”

我被她盯得面颊发烫，低下头去。

多年来，伴随自己的长大成人，为这一刻的相逢与面对，我已不晓得在遐想中预演了多少遍。筹措已久的各种台词版本争先恐后地簇拥到喉头，临界关头，我却否决了它们的出路——我从衣兜内掏出那张被我私藏多年的老相片，默默递向她。

她茫然地接过去，举到眼前看着。然后，我简直无法用言语形容，接下来我在她脸上所看到的那种悄无声息间所遽然发生的猛烈表情变化——就像是那些本已艰苦卓绝地做到，并且本可以继续做到被妥善收纳的往事、秘密、情愫、话语……全都陡如花火爆燃在苍茫夜色里，拉洋片般湍急在一晃而过到令人窒息的高速镜头下：风雨飘摇，花开叶落，涛生云灭，沧海桑田，还有那些讳莫如深至再无人可与言说的生离死别……这白驹过隙的刹那恍惚间，我的大脑与胸腔竟也似被那股奔涌的力量裹挟着给掏空了，不知所措地看着滚滚热泪自她眼眶决堤而出，无法发出任何抚慰的言语。

她痴痴凝望着照片，慢慢地举起另一只手，却并不是去擦眼泪，而是探向照片，指尖轻轻抚触上去，温柔得像是在摩挲自己如绸缎般丝滑细软的青春记忆。就在这时，我看见她那双眼角褶皱虽已堆叠如纸却依然堪称深邃迷离的眼眸中，微微荡起了一丝涟漪——那是少女才有的娇羞吧……一层层荡漾开来的涟漪之下，就这样还原出了照片中那个年轻的民国女学生微侧着脸，笑容甜美的迷人倩影——"那么多年了，他怎么还留着呢……"她喃喃自语般地小声说。她似乎已忘了我近在咫尺的存在,似乎已穿越时空回到了 1949 年细雨中的上海。

我默默低下头,摸出根烟插入自己嘴角,点上火,然后扭转身,望向路边那一排繁花累累的紫薇树。

我终究忍住了没向叶女士打探她与外公间的故事,以及那张照片为何会被夹在《双城记》的书页里。我也没有告诉她,那本书其实一直被外公遗弃在一个他至死都再未打开过的樟木箱里——我甚至无法确定他是否知晓照片的存在。我想,一个用半个世纪的光阴终于等到兑现的约定,哪怕只是一个美丽的谎言,也还是就让它继续美丽下去吧。毕竟,在这个荒谬得令人绝望的世界上,除了至少还能美丽的谎言,还能有多少东西是真值得我们去相信的呢? 就像庸庸碌碌生活在这座以"上海"为名的城市里的人们,又有多少家伙真正亲眼见过一片干净而又宁静的海。

更何况,唯一知晓真相的外公,已经默默无语地永远离去了。

离去时,叶女士将照片交还我,托付给我两件事:一、让我私下里代她向外婆转达一声"谢谢";二、请我来年清明节为外公扫墓时,偷偷替她把这张照片烧在外公的坟前。

我再次见到"叶若兰"这个名字,是许多年后一个下雨天,在香港机场候机楼的书店内,无意间翻开的书页里。那是一套人物群像风格的随笔集——类似于陈丹燕的《上海三部曲》,通过讲述真实人物在大时代背景下的坎坷命运,记录台湾的近代历史变迁。

我从书中得知,她的父亲是黄埔军校一期出身的国民党元老,一生戎马倥偬，历经北伐战争、抗日战争、国共内战，官至少将，于1949年春随汤恩伯败走厦门，而后举家撤退到台湾。但就是这么一位功勋赫赫的国民党高级将领，没有死于军阀、日本人和共产党之手，却在蒋经国宣布台湾解禁后，在早已解甲归田、本当安度晚年之际，惨死于被民进党煽动闹事的暴徒之手——被一群台湾原籍青年，借一场游行示威的失控混乱之机，闯入宅中，揪出家门，殴打致死在台北街头。

至于遇害原因，案犯交代是收到街邻举报，说这位老人是退役国民党高级军官，而且——也是最重要的——他是外省人。

书中记述了叶女士的显赫家世与坎坷一生，却并未提及她的任何感情经历，只说她一生没加入任何党派，并且，至死都未曾嫁人。

严浩也来参加了外公的追悼会。但并非出于我的邀请，而是他的主动申请——号称这辈子还没参加过这类活动，想长长见识。我不晓得此人又犯什么病，以为他就是随口一说，没想到他真来了，而且把自己拾掇得相当得体，表现得非常低调——除我之外，或许都没人注意到他的存在。

我不晓得他是何时离开的。我追随叶女士走出大厅时，还分明看见他规规矩矩排在遗体告别的队列中，但是当我送别叶女士再返回大厅内的时候，此人却已蒸发得无影无踪。

晚上在酒吧里，此人显得异常安静，难得整晚都清醒着——滴酒未沾，也没嗑药。店堂里冷清下来后，他招呼我到露台上落座，抽着烟,石雕泥塑般地望着一颗星星都看不见的夜空发了一会呆,从裤兜里摸出车钥匙丢给我,对我说他要离开一段时间,让我替他料理一下酒吧并照看下房子和车,还告诉我,他替我报了所驾校,学费交过了,让我抽空去学个驾照,等他回来的时候好开车去接他。我问他要去哪里,他再度沉默良久,没有回答我的问题,却莫名其妙地笑了起来,嘴角撇着诡异的笑容,用一点也不磁性的嗓音背诵了一段痖弦的诗歌:

盐务大臣的骆队在七百里以外的海湄走着。
二嬷嬷的盲瞳里一束藻草也没有过。
她只叫着一句话:盐呀,盐呀,给我一把盐呀!
天使们嬉笑着把雪摇给她。

第二天晚上当我来到酒吧,调酒师告诉我,严浩把自己送进了戒毒所。

26　审判日

　　四年大学生涯结束。离校前最后一天,我独自来到校门外那家至今生意惨淡却也至今没倒闭的咖啡馆,坐在最熟悉的那个靠窗角落,守着一杯蓝山咖啡和对面的空座位,抽着烟发了一整个下午的呆。

　　落地窗外,烈日将梧桐枝叶揉碎出一地斑驳光影,明暗交替间悄无声息的变幻与恍惚,一如在我指间流沙般簌簌散落、一阵阵迷乱眼眸却终究荡然无存的青春。

　　当初阿米怂恿我跟她一同补习英文时,我气壮山河地告诉她:身为一个热爱汉字的中国人,我打心眼里瞧不上那些毫无音形之美的破字母——我才没兴趣学呢!如今我要为自己当初的狂妄所付出的代价,就是切身体会到母亲告诫过我的残酷现实:在上海这样一座国际化大都市,母语学得再好,也无助于找到一份像样的工作。

　　世纪末的上海一如百年前的十里洋场,再次成为一个冒险家的乐园。当年外公在乐园门口撕掉了属于他的门票,如今的我,却连买门票的资格都被自己错失了。坐在一张张面试桌前,面对一张张不时从口中仿若不经意迸出一串串洋词的黄色面孔，我一再经历着尴尬气氛的煎熬，一再落得羞愧难当、落荒而逃。

"厄尔尼诺"的影响仍在持续：这一年夏天闷热无比，几近夺命。奔波在南京路和淮海路的商业区中，走在大街上，不消片刻衣服就被汗水粘连住身体，像皮肤增厚了几倍，铠甲般笨重；走进写字楼，又被强劲的中央空调迅速冻干，升华出的浓烈汗酸味把自己熏得都想呕吐——好处则是：只要我一走进拥挤的电梯，里面那些衣着光鲜的白领当即纷纷主动为我让出空位，越上档次的写字楼越是如此。最令我印象深刻的小插曲，是某次我在上海商城面试完，为赶时间去下一场面试，顺带多蹭一会冷气，下楼后就在波特曼酒店的候车站排队等出租车，轮到我时，制服笔挺的门童远远地凭惯性替我打开车门，可是待我走近，甚至已向他道过谢后，看清楚了我的阶级面貌，此人居然就在我鼻子底下又把车门给关上了……

门童召唤来保安，凶神恶煞地将我逐出酒店大门。顶着正午的日头杵在街边伸手打车，不消片刻工夫，我就变成了刚出屉的南翔肉馒头；汗水滴答，泪眼蒙眬，以至于当湍如潮涌的车流中突然有辆车一个急变道刹停到我脚前时，我想都没想就拉开了车门——旋即才发现：这不是一辆红色的"夏利"出租车，而是一辆与"夏利"同色的"奔驰"。

更加令我尴尬的是，从前排驾驶座冲我扭过脸来的美艳女司机，竟是失散已久的阿米。

我瞠目结舌地看着她，她十万火急地催促我："你个烤芋头傻愣着干吗？快上车呀——交警要过来了！"

我被训斥得五迷三道，手忙脚乱钻进后车厢，体位还没摆端正，女司机一脚油门踩下，将一副狗刨式的我颠了个屁股蹲。"建议你把安全带系上。"她从后视镜里瞟了我一眼，"实话跟你讲，我可是刚拿到车本哟！"云淡风轻地一笑，"请做好跟本座同归于尽的觉悟吧！"

被虐得六神无主的我差点脱口而出回答她："那最好！"

"说吧，去哪？"她一副不计前嫌的样子，看起来似乎心情格外不错——开车的架势也格外让我犯怵。

我支支吾吾，她洞若明烛："瞧你，上了前女友的车，怎么就跟进了孙二娘的人肉大包店一样！至于嘛……买卖不成仁义在，这点道理本弃妇还是懂的，你就别扭捏了——好消息：老娘头，不打表！"

我臊眉耷眼地胡诌了一个转两个弯就到的地址。

车载音响里放着陈升的《风筝》。空调的飕飕凉意让我感到有些透不过气。我征得车主同意，降下车窗，摸出根烟点上。

"你去面试？"她想必是瞥见了我手里的简历。

"嗯。"我含糊承认，问她，"你找好工作了？"

"没机会找——我那法西斯老爸直接给安排了。"

"那肯定是大公司吧？"

"一个外企，说名字估计你也没听过。不过上班的地方倒是离你要去面试的地方很近。如果待会你能顺利拿到 offer，以后没事可以串门约饭了，我带你去吃几个超赞的馆子。"财大气粗地一扬手，"别怕吃不起,作为你的职场前辈,我请客!"

"谢了,可惜我已经改掉吃软饭的坏毛病了。"我讪笑,转移话题问她,"上班忙吗?"

"忙成狗了! 被老板支使着满地球乱飞,就差给自己装个发动机安两小翅膀直接改造成喷气小飞机了!"

"知足吧你,可以到处看世界,多好……知不知道有多少生活在上海却连大海都没有见过的人,做梦都希望有你这样的机会。"我揶揄此人道。回想起夏雪的人生梦想,打量着她那一身名牌职业套装,没忍住又由衷地补了句,"别说——你穿上这身行头,倒真像个空姐。"

"空姐?"她忍俊不禁,"谢谢你哦! 唔,跟空姐一比嘛,我感觉安慰多了——好歹我是坐飞机的,她们都只能站飞机!"

我愣住。

"我是一个贪玩又自由的风筝,每天都会让你担忧……如果有一天迷失风中,要如何回到你身边……"陈升幽怨地唱着。我默默转头望向窗外。专注于跟方向盘较劲的阿米对我的情绪变化毫无所觉,兴冲冲地又说:"对了,跟你讲件好玩的事——我被我爸逼着去相亲了!"

"恭喜。"

"是个信佛的'海归',哈佛的 MBA,在外滩一家国际投行做CFA——就是那个什么'特许金融分析师'。"

　　"真棒。"

　　片刻沉寂，然后她回头瞄了我一眼，一副小心翼翼的模样："喂……我讲相亲的八卦，你不会吃醋吧？"

　　"我吃什么醋啊！"我火冒三丈，勉力强忍住发作的冲动，问她，"接着说……怎么样，相对眼了吗？"

　　"唉，别提了。"此人怆然喟叹，"这家伙吧，其实各方面条件都还蛮不错的，但有个特要命的问题：一说话就结巴，一结巴就喝水，一顿法餐吃下来，少说喝了得有十几公升水，可是你知道吗——他居然一次厕所都没去上！天哪！看着他那张脸，我感觉自己的小腰子都快憋炸啦！这么大的肾活量，简直属驴的呀，要是落进他的魔掌，我还能有活路嘛！"此人耸起肩胛骨浑身一哆嗦做惊恐状，意犹未尽地一迭声问我，"你说吓不吓人？你说可不可怕？"

　　我没心没肺地狂笑，一直笑到咳嗽、笑出泪花。

　　下车时她给我留了她的手机号。我刚走出几步，她又将我叫住，从车窗里探出小脑袋瓜，就跟做了什么亏心事似的，磨磨蹭蹭，摇头晃脑，最后吭吭哧哧地嘀咕："芊头，如果你找工作不顺利的话……"

　　"谢谢关心，不用操心！"我不假思索地打断她，笑着转身走进明晃晃烈日下如沙漠幻景的都市丛林。

　　冬天来临前，在舅舅托关系找人的帮助下，我混进一家半死不活的国企，成为一个底层科室文员。日常工作内容大致如下：三分之一时间看报纸闲聊天；三分之一时间参加各种大小会；最后三分之一时间替领导泡茶、拎包、代笔胡诌各种文稿——保障稿件过关的唯一写作准则是：肉麻到我自己看了都犯恶心。

我丧心病狂、胡言乱语出来的第一篇代笔大作，是替党委书记交差的党内征文参赛稿，没想到竟被刊登上了党报，党委书记开心得不得了，宣称要好好栽培我——于是我迟到早退旷工都再没人管了。

闲混工资、没正经事干的日子里，回想起少年时的理想，我一度踌躇满志地打算开始搞搞文学。然而，当我沐浴、更衣、焚香、沏茶……枯坐到夜深人静，面对灯下摊开的雪白稿纸，却发现自己什么都写不出来了。

严浩出戒毒所那天，已拿到驾照的我按约定开着他的"桑塔纳"去接他。出发前，我特意先去他家为他选了套体面的正装，把他最新的一双牛筋鞋擦得光可鉴人，塞进手提袋，拎着刚出门，我又折返回屋，往手提袋里加塞了一瓶烈酒和一条烟。

听陆琪讲，由于药物导致的机能紊乱，戒毒的人大多会发胖，所以我一路忐忑，担心衣服尺码选小了。但最终事实却再次证明严浩的"反正常人基因"是何等强大：衣服上身后，不但不显小，反而至少大了一个号。

他瘦了。本就立体的五官愈显线条凌厉、光影分明：高鼻梁，深眼窝，刀削般的面颊，加上宛若长期缺乏光合作用般的惨白肤色，使他看起来活像一个刚从西伯利亚集中营获释的沙俄贵族政治犯。

他穿衣、换鞋、梳头,每个动作都显滞钝,有种诡异的定格感,仿佛在进行每个步骤前,都要先校验清楚与上一步之间的某根纽带。

我想帮他收拾行李,他摆摆手说都不要了。他唯一带离戒毒所的私人物品,是先前探视时他让我给他捎的几本小说。

是的,你没有看错:这个以前从不看书的家伙开始看小说了。或许鉴于对他而言这还是未知的新事物,所以他也没提具体需求,让我看着推荐几本。所以,最后我给他带来了《静静的顿河》《安娜·卡列尼娜》……还有我的最爱:《双城记》。

刚迈出戒毒所大门,他猛然一个趔趄顿挫住脚步,随后眯起眼睛茫然环顾四周,似乎很不适应一下子开阔起来的视野。从他的神情里,我看见粗粝惨淡的冬日阳光就像一条条透明的鞭子在无声地抽打他。我赶忙将他搀扶到花坛边坐下,取出手提袋里我带来的那瓶酒,拧掉盖子递给他。他接过去,刚略微灌下一口,就被呛得剧烈咳嗽起来。"你喝慢点……"他没搭理我,擦了擦嘴,稍事喘息,一仰脖子又灌下更凶猛的一口——从他毫不含糊的暴烈动作和陡然狰狞起来的面容中,我分明看见了遥远记忆中那个从不向现实世界妥协半分的高傲少年。

我忍住眼眶燥热,把那条烟也拿出来拆了,取出一根,帮他斜插进嘴角,替他点上火。

烟头在脚前堆积,酒瓶在手中传递。他默默地盯着远处发呆,我也不敢出声惊扰此人。顺他视线望去,越过午后困乏冷清的街道,我看见街对面的国营商场前，几个工人正在固定一块巨大的广告牌，广告牌上是一幅姹紫嫣红的主旋律宣传画，配着金光闪闪的大字口号：以崭新面貌，共建新上海，喜迎新世纪！

酒瓶见底，严浩的脸上终于有了些血色。他站起来拍拍屁股招呼我："走，吃饭去。"又笑着问我，"你猜我现在最想吃的是什么？"

"烤乳猪？大闸蟹？"我知道戒毒所的饮食有多寡淡。他摇头："说出来你估计不信——我现在最想吃的，是咱们小时候弄堂口那家破早点摊刚出锅的油墩子。"

"你开什么玩笑……"

"我告诉过你的，我从不开玩笑。"他淡淡道。

在车上，我按捺不住亢奋起来的心情，滔滔不绝地向他汇报酒吧的近况、新发生的趣事和新听来的笑话，他懒洋洋地抽着烟，眼望窗外，嘴角带笑，一言不发。待我一路絮絮叨叨到口吐白沫，停下点上根烟歇气，他才转过脸来乜睨着我，慢悠悠地来了句："你有时候可真他妈絮叨，都快赶上我妈了。"我面红耳赤，他摇首叹息，"可惜，你怎么不真是我妈？"

"好久没听我背诗了，怀念吧？"他更加戏谑地又来了一句。没等我应声，他真的开始背了："钥匙在窗台上，钥匙在窗前的阳光下……我有钥匙……结婚吧，艾伦，不要吸毒……钥匙在窗栅里，在窗前的阳光下……"

我心情复杂地默默听着。我知道他背诵的其实并不是什么诗歌，而是著名美国诗人艾伦·金斯堡——"垮掉的一代"的灵魂人物暨"嚎叫派"诗歌的鼻祖——的母亲,临终之前在精神病院里写给儿子的最后一封信。

听着此人用格外低缓深沉的磁性嗓音,将这段出自精神病人之手的魔幻文字吟诵得更加充盈魔幻气息,我突然意识到一件略显诡异的事:今天是此人回归人间的大日子,我却没有见到他的母亲露面。

再一转念,我竟联想到了另一件看似不相干的事:多年前走出监狱的严浩,第一个去见的人是赵志鹏。

戒毒归来的严浩变"乖"了。他不再玩神秘失踪,不再跟陆琪去下三烂的场所鬼混,也不再像巴萨诺瓦一样放纵自己的裤裆。这些应该都是好事。唯一一件不太好的事是:他看起来总是显得很疲倦。

陆琪说易显倦态是戒毒后的正常表现——所谓"戒断反应",劝我别瞎紧张。毕竟此人是"专业人士",我只能听信了。

生活就像一瓶啤酒,无论怎样剧烈摇晃,泡沫汹涌散尽后,终究复归静寂。只是这种静寂,在这世纪末的上海,多少显得有些诡异。

如果真像那些邪教分子所说,世纪末的"厄尔尼诺"预示着"审判日"的来临,我想那也不是坏事——那就干脆让它快些来临吧。熬过这个世纪,熬过这场漫长的雨季,一切就会好起来,会宛若新生。我一遍又一遍在心中告诉自己。

深邃的倦容令严浩整个人显得温和了。他很少再用过去那种放肆张扬的方式吟诵诗歌,而是改换成了一种仿似轻咬着情人耳垂般的呢喃絮语。他听音乐的音量也越开越小,时常低到让我不禁怀疑此人是否已进化到了不再需要用耳朵来听音乐,而是用毛孔,用心脏,或者别的什么埋藏在坚硬骨骼内的柔软器官。

有时我远远地望着他石雕般沉寂的消瘦背影,会感觉此人就像是被外公的鬼魂附了体。

或许也是疲倦的缘故,此人看小说的速度之慢令我叹为观止:我借给他的那些小说,等他还来最后一本,已是临近除夕。

递到我眼皮下的那本《双城记》依旧平整如新。

"好看吗?"我问他。他轻描淡写地回答我四个字:"一群傻×。"

我不晓得他口中的"傻×"囊括了书中哪些角色:那些如无头苍蝇般随波逐流,甚或愚昧盲从于一切狂热煽动的可悲民众? 那些死到临头仍不自知的贵族? 那些以追求公平正义为名亲手缔造人间地狱的革命者? 甚至——难道也包括了最让我着迷和哀伤的西德尼·卡尔登?

我没再追问。他也没再多说。我俩都已喝多了。

中央气象台发布了台风橙色预警。刚午后时分天色就已彻底昏冥。眼看外面街道上几乎已无活物出没,我俩便把刚打开门的酒吧又直接打了烊,一同坐上露台,饮酒发呆,无所事事地守望着又一个台风之夜的来临。

雨早就开始下了。然而那个被澳门同胞命名为"烟花"的台风似乎却在遥远的海上迷了路,迟迟未有到来的音讯。周围的整个世界都隐没在焦灼不安的屏息等待中,天地间只有淅淅沥沥的空灵雨声和闪闪烁烁在昏茫雾汽中的细密雨丝,让我感觉仿佛正置身于一个遗失了坐标系的异度空间。

结束了关于《双城记》的简短交流后,我俩很久都没人再开口。在酒精的麻醉作用与雨声的催眠效果下,似乎已不约而同地都进入了一种并未睡着,也并不真正清醒的出离状态。

"你觉得今年春节上海会下雪吗?"耳旁终于再次传来他的声音。

"不晓得……"我茫然摇头,"不过……我觉得该下场雪了……听新闻说好像'厄尔尼诺'快结束了。"

或许由于大脑和感官已过于迟钝,我感觉我们俩的嗓音都显得异常空洞,像来自雨雾深处的某种回声。

"是啊,是该下场雪了……"我听见他用很疲倦的声音回了一句。

我不晓得自己是何时睡着的。我甚至不能确定自己当真已经醒来——我能察觉到周围的整个世界仿佛都充斥着飞沙走石、狂风暴雨,能感觉到自己裸露在外的肌肤在被切割、刮削,乃至洞穿,但眼前,依旧只是温存安宁的漆黑一片……

"台风来了吗……"我恍恍惚惚地问了一句。虽然我昏沉的意识还根本没搞清楚自己身在何处,也不晓得身边是否有人。

　　然后我听到了严浩的声音。那声音就在耳边响起，却并非在回答我的提问，疲惫，徐缓，清冷得没有一丝情绪，就像电影院里银幕沉入黑暗之后响起的画外音："趁着青春还没结束，干掉自己吧。或许，还来得及……"

27 雪在烧

年初四早晨,我在床上被传呼机吵醒。严浩发消息说他已到我小区门口,让我出去碰头。我迷迷糊糊钻出被窝,穿好衣服,听见雨声,扭头一望,这才发现窗外还是一片漆黑……我抓起传呼机再一看:刚凌晨五点。

我不晓得这家伙又犯什么病,但终究不敢怠慢,硬着头皮摸黑出门,一路披星戴月,顶着凄风苦雨,好不容易找寻到他的车,钻进车厢时,已被冻得奄奄一息。

车内虽开着空调,前车厢两边的窗却也都开着。他叼着烟瘫靠在驾驶座里,在迷蒙似烛火的顶棚灯下,我看见掺杂在雨丝中的碎冰碴如细盐粒般活泼地在他胸膛上弹跳,发出沙沙的声响。

我想赶紧关上自己这边的车窗,却没找到熟悉的摇把——我这才发现自己此刻所置身的并不是他那辆"桑塔纳",而是一辆外漆同色的"奥迪"。

"你怎么换车了……"我愕然。接过他递来的酒瓶,没细看便一口灌下去,差点喷出一团火焰——不光车换了,酒居然也换了:不是往常的"龙舌兰",而是"斯米尔诺夫"牌伏特加。

我记得上一回喝到这种俄罗斯走私过来的稀罕品种,还是赵志鹏被枪毙的那天下午,不禁茫然,摸出根烟点上,小心翼翼地问他:"你这么早跑来找我什么事?"

"找你打雪仗。"

我目瞪口呆地看着他,又扭头看了看窗外:"你讲什么胡话……哪有下雪?"

"这里没下雪,总有其他地方在下雪。"他嘴角撇出一丝笑,"上海这么小,世界那么大,咱们开车去找一个正在下雪的地方。"

"你疯了,开什么玩笑……"

"我最后一次提醒你,我从不开玩笑。"他慢条斯理道,心平气和地望着我,眼眸中并无任何情绪,却有一种莫可名状的光芒隐隐约约翕动其中,令我不由自主地开始犯怵,乃至犯迷糊。

"真……真要这么疯狂……"

"再不疯狂一把就老了。"他扔掉烟头,关上车窗,"不耽搁时间了,上路——要是饿了、渴了,后座有零食跟饮料。困的话你就先睡一觉,到地方我叫醒你。"

没等我回话,他已一脚踩下油门。

天色依旧昏暝。上海仍未苏醒。车子穿行在空旷死寂的城市迷宫,像一尾鱼儿游弋在幽深的海底丛林。

车窗外笼着茫茫雨雾,车厢内弥漫着我们口中喷吐出的白烟,震颤着车载音响里传出的罗大佑的歌声:

"仿佛像水面泡沫的短暂光亮……是我的一生……"

——又是那阴魂不散的《海上花》。

我醒来时,真的看见了雪花,漫天飞舞的雪花,车窗外,天空是无垠的湛蓝,大地是无垠的洁白,整个世界那么干净,那么宁静,静得连一丝风的叹息都没有。

"这是哪……"我揉着惺忪睡眼,惊愕地问道。

"我也不太清楚。"他耸耸肩,嘴角撇出笑,"你就当是在梦里吧——你到死都不会忘记的一场梦里。"

我扭头茫然地看着他。"开战吧。"他淡淡道。

这是我这辈子打得最疯狂尽兴的一场雪仗。当我俩就像西部片中同归于尽的决斗者般一同仰面栽倒时,我感觉自己仿佛已经融化进了苍茫雪野中。

满面碎雪,满目雾气,满腔热血,满头热汗。浑身皮肤都在充血,整个身体都在肿胀,燥热麻痒得一如遥远的少年记忆里在细雨中的那一次勃起。

"过瘾吗?"严浩喘着粗气问我。

"过瘾——真过瘾!"我号得如同哽咽。看着自己口中呼出的热气形状异常完整地悬浮在半空中,久久都不消散。在那之后,是我此生见过的最湛蓝的天空,蓝得没有半点污垢和一丝杂质,一朵朵静止的白云似剪纸粘贴其上,像是可以拿笔写上字迹。

耳旁传来打火机的响声。"给我一根……"我挣扎着爬起来,凑到他身边坐下,接住他递过来的烟盒和打火机,摸出根点上。

"小雨,你还记得咱俩当初的约定吗?"

"什么约定?"

"约好总有一天咱俩要认真较量一把,一决高下。"

"这不刚较量过吗。"我嬉笑道。

"这不算——这只是热个身而已。"

"怎么,跟我打成平手你觉得没面子,还要三局两胜?"我揶揄他。

他面无表情地望着我,沉默片刻,说:"你瞒我的事,我都知道了。"

"知道什么?"我心中陡然一紧。

他没回话,缓缓吸了口烟,从怀里摸出样东西丢到我脚边。那是一个鼓囊囊、皱巴巴的旧信封。用不着捡起来,我就已看清楚信封上娟秀的字迹和那个猩红刺目的来自广州的邮戳。

我盯着雪地里的信封,呆若化石。

"不打开看看?"他问。顿了顿,笑,"其实,本来应该是你先看到这封信的。可惜你帮我照看房子的那段时间,一直忘了去楼下检查一下信箱。"

我依旧发不出声音,也无法动弹,感觉自己就像多年前苏州河边那根发黑、萎缩、溃烂的胡萝卜——那个被遗弃的"匹诺曹的长鼻子"，凄惨滑稽地浸泡在一摊肮脏污浊的雪水中。

"看不看你自己决定，我不勉强你。不过，既然我已经知道了你帮她向我隐瞒的事，公平起见，有一件她替我向你隐瞒的事，我也应该向你坦白——"他抬起依旧平静的脸庞，从容地将视线刺入我的瞳孔，"——你陪她去打掉的那孩子，是我的。"

"怎——怎么可能?!"我错愕失声。

"她信里告诉我的。她说孩子是她去广州前的最后一天怀上的。因为那天晚上，其实她跟我在一起。"

我不知所措地与他对视着，盯着那张我从来没有真正看透过的脸，脑海中回响起夏雪当初的话语："孩子的父亲是个年纪比咱俩都大很多的人。你或许也见过他，但你并不认识他……"

我终于明白，夏雪并没有撒谎。真正欺瞒了我的人，其实是我自己。

愣怔良久，我气若游丝地问他："她现在还好吗?"

"死了。"从他口中轻描淡写吐出的两个字，像一把利斧劈入我眉心。我疼得一哆嗦："你说什么……"

"她死了。他杀。尸体被丢弃在广深高速公路旁边的一个烂泥坑里，被发现的时候，已经肿得像气球，烂得没鼻子没眼了。肚子里还有一个六个月大的胎儿。案子一直没破。只晓得她早就辍学了，无任何正当职业，死前被一个台湾人包养在一座有大花园的高档别墅里。台湾人也失踪了,估计是已经离境了。照警察分析,多半是她用肚子里的小孩要挟对方,人家被逼急了,干脆下狠手把她做了。"他停住抽了口烟,笃定地望牢我,嘴角撇出笑,"对了——法医检测出来的死亡时间,恰巧是我出戒毒所的前一天。"

泪水涨满眼眶,溢出来,奔涌过脸庞。我用愈渐模糊的泪眼定定迎望着他,任由他黑洞般的眼眸汩汩抽吸走我的体温,任由他撇扯在嘴角的冷笑深深割划入我的眼眸……最后,在整个世界宛若月球暗面般的一片荒凉死寂里,在终于耗尽氧气的真空中,我感觉自己的全部内脏收缩成小小一团,轻轻爆破为一蓬烟尘,消散了……

雪落无声。不知何时,盛大的黄昏已降临下来。

体温散尽了,疼痛麻木了,所有情绪都消亡了,只剩下深如宇宙黑洞的疲倦。我就像一个被岁月吮干骨髓的耄耋老人,呆望着燃烧在天边的绚烂晚霞,奄奄一息地抽着烟。

"记不记得咱们认识多久了?"耳旁传来严浩依旧心平气和的声音。

我迷茫地回想着:"快十年了吧……"

"是啊,十年了。"他意味深长地附和了一遍,"我们花了那么漫长的时间,终于一起走到了这里。"

"是啊……"我哀凉至极地苦笑。

"可是你一定想不到,十年前我会对你这家伙感兴趣,决定交你这个朋友,其实只是因为你的名字。"

"我的名字?"我茫然,问他,"你什么意思?"

"大名叫'日出',小名叫'下雨',多么奇葩,多么好玩。"他戏谑地哼笑一声,"为什么哈姆雷特需要的其实只是一枚硬币而已? 因为人生只有选择题,没有填空题。就像苏州河,千百年来无论怎样冲撞、改道,注定只能选择流进长江或是黄浦江,永无可能直达大海。所以你还不明白吗——当你外公为你取下这两个自相矛盾的名字时,其实就已经注定了你这一生的矛盾性格和悲剧宿命。这两个搞笑的名字,注定了你是个笑话。"

我呆呆地看着他,突然明白了他先前说过的话——原来到目前为止的一切真的都只不过是"热身"而已,真正的杀戮游戏才刚刚开始。

"你脑子不笨,却总干傻事;你有能力怀疑,却总愿意轻信别人;你厌恶你的家庭让你背负的沉重历史,却根本舍不得摆脱你外公遗留给你的那种既可怜又可笑的贵族气;你总想表现出一副听天由命的样子,可实际上你却顽固得无可救药,总想死命维护一些在现实世界根本不值分文的玩意——"

"别说了……"我虚弱地哀求他。

"对自己真正爱的女人,你懦弱得连一句'我爱你'都说不出口;对一个素昧平生的坐台小姐,你反倒打了鸡血,不知死活、不计代价地要去扮演人家的天使——"

"你他妈的给我闭嘴!"我冲他咆哮——又或许是哀号。满嘴血腥气弥散进全身每根血管,嗞嗞作响地烧灼到每个毛孔。

但他根本无动于衷。他的邪恶笑容狰狞在半边嘴角,左右割裂的脸庞在这一刻像极了恶魔——"如果你有勇气对夏雪说出那三个字,她或许就不会死了;而我,或许也会真诚地感谢你的。"他以一句莎士比亚式的、堪比哈姆雷特的咏叹,终结了对我整个破败青春的审判。

随他话音落下,我像一只发狂的野兽纵身扑去,挥拳砸向他的面门。

我深知此人反应有多敏捷。但意外的是,他竟根本没有试图躲闪。于是,我眼睁睁地看着他那副完美如剧终定格的张扬笑容在我的拳头下四分五裂——伴随着高速气流的呼啸声,就像在点燃镁带的轰响、炫光和白烟中按下的快门,一幅骇人的画面恒久成像在我最黑暗的记忆深处:多少年来牢固据守在他左半边脸颊上的这副诡异笑容崩碎成了千万片,撒满了他整张脸……

与此同时,他的拳头也击中了我。

我与他扭打在一起。我俩在皑皑白雪中翻滚成既血肉相连又血肉模糊的一团,撕咬、抓挠、嘶吼、咆哮……就像两头杀红眼的野兽,用最原始、野蛮、凶残的方式殊死缠斗,因疼痛而疯狂而尽情宣泄绝望,因受伤而嗜血而渴望流尽热血……

晚霞如炽,黄昏如血。没有一丝风的夕阳中,兀自静静飘落的片片雪花,就像从熊熊燃烧的天空中层层叠叠剥脱、细细碎碎扬撒下来的蓬蓬灰烬,带着袅袅余烟,灼炙进我的瞳孔。

厚实干燥的积雪在周围咯吱作响,不断陷落,就像整个世界都在跟随我们一同沉陷下去,沉陷入无尽黑暗的无底深渊里。海绵般柔软无形的苍茫大地,就像鲁迅笔下的"无物之阵",贪婪地吸吮着我们溅洒出的鲜血与热泪,囚禁着我们伤痕累累负累不堪的灵魂,埋葬着我们没有出路的青春。

疼痛无边无际蔓延。无边无际涣散开的泪光里,漫天漫地黯沉下去的一蓬蓬赤红色灰烬中,透过严浩支离破碎的笑容,我最后看见的,是终于剥落殆尽一切虚幻的粉饰,亘古寥廓邈远、亘古不发一言的黑色苍穹……

在这世界上,严浩是我一生中唯一一个曾以"兄弟"相称的朋友——是第一个,或许也是最后一个。

他比我更了解我的真面目。所以,在我体内埋藏最深也溃烂最深的伤口,在这场世纪末的大雪中,终于被他毫不留情地扒开了,脓血淋漓地摊放到我眼前,令我再也无法自欺逃避。

相识十年,这是我第一次、也是最后一次与他动手较量。

母亲告诉过我,一个真正的男人,必须学会用自己的双手去证明自己的尊严。

然而,我输了。

28 草帽歌

　　黑暗中闪闪烁烁地明亮起来。渐渐地，我看见了在眼前飘舞翻飞的白色雪花。

　　雪下得很大。辽阔的蓝天下是一望无际的苍茫雪地。不远处停着一辆熄火的黑色奥迪，循散落在车旁的脚印望去，依稀可见遥远的旷野中，两个小黑点般看不分明的身影在纷扬的大雪中奔跑，互相投掷雪团，孩子似的追打嬉戏。

　　我不晓得那两人是谁，也不知道自己身在哪里。我只看到雪花在空中轻盈地变换着身姿，却听不到一丝风的喘息。天地间一片安宁的死寂，耳中只有自己迟缓空洞的心跳和沉闷滞重的呼吸。

　　时间缓缓流逝在海绵般的静默里，像是在看一部被抽去音轨的电影。没有镜头变焦，没有视角变换，也没有手提效果的闪烁摇晃。就是这样一段寂寂的影像，强对比度的可轻易分色的画面。甚至总也等不到场景切出，就像是在循环倒带重播的录像，就像他们从未离开过那里一样。

就在我以为这场电影永远不会结束的时候,镜头突然开始向前高速推进——白光闪过,奥迪后备厢的沉沉黑暗中,一个面目模糊的中年男人静静躺在那里。那是这辆车的真正主人——那位我只在多年前某个夏天见过一面的"唐老板",他蜷曲着自己早已僵硬的冰冷肢体,在弥漫着血腥味的黑暗中,睁着一双突起的眼睛,看我们青春散场。

我至今都不晓得严浩带我去的那片雪地究竟在哪里。或许就像他说的,那只是一场梦——一场我至死都无法忘记、也无法真正从中醒来的梦。

但我清楚地知道,有一些曾经对我而言非常重要的东西,已经被我永远地遗失在那里。在我反反复复的梦魇中,在那片白茫茫的雪地之上,纷纷扬扬的雪花一直在悄无声息地飘落着,默默地掩埋着它们。

总有一天,它们会永远消失。

就像以"上海"为名的这座城市,总有一天,会安静下来,干净起来,会再次变回最初的那片海。

"你怎么又哭了? 这么多年了,还是像个小姑娘一样。"严浩像少年时一样奚落我道,嘴角撇着一丝戏谑的笑,"记住,以后别让别人看见你哭,别让别人察觉到你的难过。'难过'这种东西,就像插在自己胸口的一把刀,拔给别人看,无非只是让别人也被溅上一身你的血,救不活自己,还把别人也给弄脏了,这不厚道。"

他慢条斯理地说着。我眼睁睁地看着一截烟灰自他嘴角斜插的烟卷断裂,泪水止不住再次蓄满眼眶。

我狠狠地擦干眼泪,探身过去帮他掸掉领口的烟灰。门外的警员充满警觉地走过来瞄了一眼,然后提醒我们时间快到了。

看守所阴暗局促的会见室里,我与他隔着一张四脚固定在水泥地面的铁皮桌相对而坐。他身穿黄色囚服,戴着手铐脚镣,看起来分明又瘦了,满眼血丝,但精神面貌还不错——还是那副气定神闲的"戳气"德行。

通常情况下,除辩护律师外,待决犯是禁止探视的。但鉴于此人是主动投案自首的——他直接将后备厢装着尸体的奥迪开进了警察局的停车场,并且对调查取证工作也相当配合,检察官特批了他的申请。但他提出要见的人,却不是他母亲,而是我。

"我不想让我妈来,就是因为受不了她跟我哭哭啼啼絮絮叨叨。所以,你也别学她了,安安静静坐着吧,陪我抽完最后这根烟,然后再跟我好好说声'再见'就结了。"他淡淡地吩咐我道。

我吸溜着鼻子,咬紧牙点头。

午后的煦暖阳光自室内仅有的一扇装有铁栅栏的狭小气窗透射进来一道晃眼的白色光束,投射在我俩中间的桌面上。在那一团如心脏般翕动着、宛若拥有呼吸的灼灼光芒中,无数纤小灰尘无所适从地翻飞跌撞在时间的湍急奔涌里,犹如一路走来的我们。

烟杆终于燃尽。他松开嘴角,让烟头坠落脚下,拿鞋底碾灭。然后,他将双手搁上桌沿,摊开,缓缓探入那团光芒,宛若捧起了一抔什么,定定出神地看着,良久,自言自语似的小声说了句:"他们把我弄脏了……"

离开时,耳后传来了熟悉的口哨声——是我已有好些年没再听他吹起过的那首古老歌谣:《草帽歌》——

> 忽然间吹来的狂风
> 夺走我心爱的草帽
> 它飘飞得越来越遥远
> 妈妈,你可知道
> 那顶草帽,就是我的无价珍宝
> 但我们已经失去了它
> 就像你给我的生命
> 无人能再找回
> ……

跟随熟悉的旋律,我在心中默念出了这段熟悉的歌词。然而我忘了一件重要的事:此人从不开玩笑——那天晚上,他用一把磨尖的牙刷割开了自己手腕的静脉,早晨被发现时,发黑凉透的血液已经腥稠地流满了整间单人牢房的地面。

他死得很安静。没人知道他究竟花了多长时间等待自己的血液流尽。他以胎儿在子宫内的姿势面朝墙壁蜷曲侧卧在床铺上，临死前，用手指蘸着自己的血，在石灰墙上写下了艾略特的两行诗句：

> 这就是世界结束的方式
> 并非一声巨响，而是一阵呜咽。

在我的想象中，写下这行血字时，他的嘴角一定撇着他的招牌笑容——就像走上断头台的西德尼·卡尔登那样。但是，他的笑容一定比后者更玩世不恭，他的谢幕比后者更腔调十足——因为，他甚至不需要观众。

得知他的死讯时，我正在家吃晚饭。电视上，天气预报员刚美滋滋地向上海市民宣布了一条喜讯："厄尔尼诺"结束了。

我盯着传呼机屏幕，化石般凝固许久，然后我搁下筷子，默默起身，罔顾父母的问询，走回自己的房间，反锁房门，打开外公的老电唱机，放上那张巴赫的无伴奏大提琴组曲，坐进藤椅，举起双手，捧住自己的面颊，在暗哑粗粝的大提琴声中揉抚着自己的双眼，直到它们干涸得再没有一滴液体流出。

向外婆讨要来这套外公的遗物，在书桌上供奉至今，这是我第一次触碰它们。

我点上根烟，举起唱片封套，迷茫地端详着。不经意间，在封套背

面的一角,我瞥见一行钢笔小字:

"反反复复的大提琴,反反复复的人生。"

看字体,我确信是外公的笔迹。从墨水干枯和磨损的程度,能看出这行字被写下应该已经很有些年月了。但问题是,我分明记得,就在外公去世前不久,这句话曾一字不差地出自严浩之口——在一个阳光明媚的午后,在他那间魔幻如加州旅馆的音响室里,在赵志鹏的遗像前,在反反复复的大提琴声中……

严浩干掉自己是有预谋的。找我去打雪仗前,他就已写好遗书,搁在他那间音响室一进门的地毯上。根据遗嘱,他把他那辆旧桑塔纳送给了我,把他的房子赠予赵志鹏的母亲。酒吧虽然留给了他自己的母亲,但他提出一个附加条件:酒吧要继续交由我代为经营管理,直到我自己主动提出辞职,或者亏完本钱彻底倒闭。

作为我彼时最大的债主,他免除了我尚未还清的全部债务。作为交换条件,他提出一个遗愿:要我帮他把他的骨灰撒进苏州河。这个要求,其实多年前我就已经应允他了,只不过那时我还并不晓得他从不开玩笑——"就让肮脏的生命,归于肮脏的河。"我记得当时他曾这样对我说。

在殡仪馆附近的一家咖啡厅里,与骨灰袋一同被递到我面前的,还有一个鼓鼓囊囊的信封。信封内据说是他留赠给我的另几样小玩意。正如此人一贯故弄玄虚的作风,信封不仅煞有介事地封了口,还郑重注明务必要由我本人私下亲启。

　　"我真是想不明白，小浩为什么要杀他……他也就是脾气暴躁点，有时会对我动几下手……可是，过去了就好了呀，一起过日子，本来就是这个样子的呀，你讲是不是？而且，最关键的是——他对小浩真是很不错的，你不晓得，多少外面人眼里，都还以为小浩真是他亲生的骨肉呢……"

　　严浩的母亲坐在桌对面，照旧是一身贵妇穿戴，照旧浓妆艳抹、发型一丝不苟，照旧戴着那副诡异的硕大墨镜，止不住地絮絮叨叨，抽抽搭搭。

　　她的造作装扮与凄惨卖相形成的巨大反差，令我如坐针毡。我不晓得该如何劝慰她。只能默默抽烟，默默看着泪水溶化她的妆容，暴露出潜藏其下的衰老乃至丑陋的细节。

　　或许是终于意识到自己正在"原形毕露"，她暂停住哭诉，从带有硕大香奈儿徽标的挎包里翻寻出一条绣有硕大爱马仕徽标的手帕，以小鸡啄米式的动作小心去按擦眼角的泪滴，然而过于抖索的手指和僵硬的动作却一不小心碰掉了墨镜，在彼此都毫无思想准备的情况下，我们四目相对了，猝不及防的一幅恐怖景象霎时将我撞击得向后栽陷入椅背——我赫然看见了她瘀紫未消的右眼眶，还有眼角那道狰狞如蜈蚣的丑陋疤痕……

　　这一刹那，严浩多年来完美封闭于他那副古怪笑容之后、至死都未曾向我开启一丝缝隙的那扇紧锁房门，就这样豁然洞敞——我什么都明白了:我明白了他为何会对夏雪那样冷漠,对自己那样残忍,对爱情那样抗拒,对性欲那样放纵;明白了他为何会只因为一句逢场作戏的"我爱你",就将一个无辜的小姐揍到半死;明白了他为何会那么凶残地杀死他母亲的姘头,然后又那么决绝地干掉自己……我也终于知道,在我所见证到的这个关于此人短暂一生的血腥残酷的故事里,胜利从一开始就注定不属于任何一位殉难者或幸存者,唯一的赢家是命运,是冥冥之中那只牵扯线绳的手、那张亘古冷笑的脸,是它用一张张没有填空题只有选择题的考卷,将所有角色的命运串联成一条"多米诺骨牌",将每个苦痛灵魂的出路都封死于他们各自不可告人的秘密——是的,正如严浩生前对我说过的那番话:每个人终究都是孤独无助的哈姆雷特,每个人终究都只能讳莫如深地攥紧属于自己的一枚硬币,学会有一天将它向空中抛起……

在这真相大白的一刻,最让我感到疼痛的,已不是严浩的死,而是在一切代价都已付出、一切悲剧都已发生之后,整根连环绞索的最初囚徒,此时竟然就这样懵然无知地坐在我面前,依旧表现得那样无辜和乞怜——这个刚刚同时失去了情夫和儿子的悲惨女人,我想,她或许永远都不会明白"我爱你"这三个字的含义了吧……

我明白自己没有审判她的资格。但我也没有足够坚强的肠胃可以继续面对那张被毁容成噩梦的脸。眼看她狼狈不堪地用手帕捂住脸,忙不迭地钻到桌下去找寻墨镜,我默默起身走向洗手间。

在盥洗池前用冷水狠狠洗刷掉双眼的燥热,一抬脸,在镜中瞥见整排小便器上方贴着的一张张语录纸,我这才回想起来,这家店我曾经光顾过。

我走过去,找到被我和陆琪恶搞涂改过的那张,却发现它已恢复了原始版本:

"感谢上帝恩赐我们耳聋与目盲,遂让我们学会了轻易的施舍、爱,与原谅。"

回到桌前,严浩母亲已戴回墨镜,而且还补了妆,俨然造作如初、凄惨如初。我没有落座。我点上烟,伫立桌前,默默抽了两口,抬起头来对她说:"阿姨,我最后一次见严浩的时候,他有一句话托我转述给你。"

"啊……什么话呀?"她一愣,而后急切追问,满怀期待。

我深呼吸,望定那两块空洞的镜片:"给你你所爱的生命。"——我郑重地、一字一顿地借用了西德尼·卡尔登的台词。

她张着嘴,满面错愕。我不指望她能听懂我在说什么。我客气地冲她笑了笑,拿起桌上的骨灰袋和信封,自顾转身离开。

坐上出租车,盯着窗外黄昏中的上海街景发了会呆,我扔掉早已熄灭的烟头,拆开严浩留给我的信封。倒落在手心里的,是一把车钥匙和一枚普通的硬币——这枚磨损已相当严重的硬币,全世界应该只有我才明白它作为礼物的深意。

将车钥匙和硬币揣入裤兜,刚想扔掉信封,我突然注意到还有一根细长的东西卡在里面,形似骨刺,不知何物。

我撕开信封。于是,我赫然看到了我做梦都想不到会再次亲眼看见的东西:一枚式样古旧的银发簪。

我呆住,呼吸困难,手脚冰凉。

发簪上缠卷着一张小纸条。我用颤抖的手指将纸条抽取下来,小心翼翼剥开。

映入我眼帘的是六个潦草小字:

"她到死都戴着。"

光阴的潮水轻柔地拍打在汽笛声响起的月台。夏雪温柔地笑着,郑重地对我说:"我保证会一直戴着它——不离不弃,一直到死!"

"拉钩,上吊,一百年,不许变……"我在透不过气来的疼痛中,恸哭失声。

29　苏州河

　　每个离我而去的人,都兑现了他们被我这个"树洞"或有意或无心见证到的诺言。现在,轮到我了。

　　或许由于"厄尔尼诺"的结束,20 世纪的最后一个清明节难得是个晴天。给外公扫墓时,我兑现了向叶女士许下的承诺,将她那张照片偷偷烧在外公坟前。回到市区,天已黄昏。我独自来到苏州河边,提着一捆啤酒走下当初我们一起堆雪人的那段河岸,就着绚烂晚霞,把严浩的骨灰撒进苏州河。

　　然后,我取出夏雪最后写给严浩的那封信,捏住一角,在河面上将它点燃。

　　我终究没有打开这封信,也不想再去揣测信里究竟写了些什么。那是属于他们俩的剧情,我只是一个最忠实的观众而已。

　　我想我能明白夏雪为何会写这封信,在她最疯狂也最孤独、最逼近毁灭也最迎向大海的时刻。我也庆幸自己没有亲眼看见夏雪的尸体被发现时的场景。这样在我的想象中,她就不是浸泡在烂泥坑中的一具腐烂、肿胀、丑陋、肮脏的残骸,而是安详地躺在一泓清澈的池水中美丽如初,就像米莱斯最著名的那幅油画一样——哈姆雷特的奥菲莉娅。

严浩死前告诉我,夏雪的父亲会在今天早晨从吴淞口码头搭船出航,将夏雪的骨灰撒入东海。我不晓得此人的骨灰是会随波逐流到大海去与她会合,永生永世不再分离,还是会就此沉沦在苏州河底的黑暗里,化作腐朽淤泥,孤独而偏执地守望这座城市变回他幻想中那一片干净而又宁静的海。但这都不重要了。重要的是:他们把我遗弃在这个世界慢慢衰老死去,却在我的记忆里拥有了一张永远年轻不变的脸。

纷扬的纸灰带着闪烁的余烬,盈盈翩飞在被两岸迷离灯火投映出粼粼波光的河面上,渐渐都湮灭了踪迹。我孤零零地蹲坐在河岸边,一根接一根抽烟,一次又一次冲河水举起酒瓶,而后一仰脖子灌下,直到四顾无人,街灯尽灭,耳旁只剩下河水与夜风的声音,在哭,在笑,在永不回头地弃我而去。

几天后,我不顾母亲的暴跳如雷和父亲的痛心疾首,辞掉了那份被他们称为"铁饭碗"的国企工作,开始专职打理严浩的酒吧。白天的空闲时间,我报了一个培训班,开始补习英语。

培训班每天放学时,正是夏日最浓烈的黄昏。不知道从哪一天开始,也不晓得为什么,黄昏时,我的视力总会变得特别糟糕。尽管为了开车已经不得不戴上了眼镜,我却还是经常会迷路。

黄昏中,时间与空间都有了洋葱般的质感与层次,视野里的一切都变得像是电影里的画面:奔涌的车流变成了高速摄影机下的慢镜头,窗外翩然走过的每个年轻女孩音容笑貌都似曾相识……仿佛正如日本平安时代的僧侣所言,这是一个阴间与阳世模糊了边界的"疯魔时刻":它能让冷酷的心灵突然有了片刻的温存与柔软,又会让懦弱之人灵魂深处的阴沉里悄然跃出齿爪锋利的野兽。

我已不再像少年时那样畏惧迷路。甚至不知不觉间,我爱上了迷路的感觉。

我喜欢在黄昏中迷路,特别是窗外飘着细雨的时候。

望着车窗外笼罩在茫茫雨雾中的上海,我时常会不由得回想起许多年前阿米问过我的那个傻问题:

"芋头,你相不相信,如果我们俩以后就这样一直在雨中瞎遛弯下去,总有一天,我们一定可以把上海的每一条大街小巷都一起走遍?"

如果能有机会重新回答一次,我会毫不犹豫地告诉她"我相信"——虽然我很清楚,我是在撒谎。

天气晴好的午后,若培训班没课,有时我会早早来到酒吧,给自己调一杯"知更鸟",独自坐到露台,塞上耳机,在巴赫的无伴奏大提琴组曲里,抽着烟,发着呆,慢慢地啜饮着杯中的蓝,静静眺望天空的蓝。

眼眸被恬静的蓝色浸染久了,在大提琴的琴弦如锯条般机械反复的割划下,一些往事便会像沉积河底的泥沙般轻轻缓缓、悄无声息地在血液里崩散开来。起初,我会感到胸腔内有种撕心裂肺的剧痛,但渐渐又会自然而然地松弛下去,让我不由自主地举起双手,开始缓缓揉抚自己的面颊。最后,空洞的躯壳内只剩下疲倦。疲倦而又安宁。就像已然隔绝了周围的世界,进入了另一个时空。

某次调酒时,我在酒柜底下捡到一本米沃什的诗集——想必是严浩的。我走到洒满阳光的窗台前,随手翻开它,瞟见了下面这段诗句:

> 一切是多么古老,不可补救,而又空虚。
> 荒废的时光,未被征服的顶峰,以及突然出现的卑劣。
> 眼泪,眼泪。
> 但是,我们后来才哭,在光天化日之下,决不恰在那个时候。

20 世纪的最后一夜,上海在狂欢中沦陷,无处不弥漫着荷尔蒙的腥甜气息,似乎每个活人都在找寻同类,就像是在找寻救命的稻草抑或果腹的猎物。我这间小小的酒吧也未能幸免于难,下饺子般人满为患。我埋首在吧台后忙于清洗堆积如山的杯盘,完全无暇顾及帮伙计分担客人的招呼,以至于直到阿米中气十足地一迭声吼出她当初御赐我的响亮外号——"芋头"——时,我才悚然惊觉她的到来。

我张口结舌地呆望着她。她伸手到我眼前晃了晃:"你怎么了?秀逗了吗?"

我被她晃得浑身一哆嗦,手里正捏着的一只酒杯径直跌落到水槽里摔碎了,碎玻璃碴飞溅中,手心一痛,让我意识到自己不是在做梦。

"你——你怎么来了……"

"来酒吧当然是来喝酒呀。"她嫣然一笑,"怎么,不欢迎我?"

"当然不是——"我面热心慌,困窘难当,"我是说,你怎么会找到这里……"

"去年春节的时候,一个自称是你好朋友的名叫'严浩'的家伙突然打我手机,跟我说你开了家酒吧,给了我地址,让我有空来捧捧场。"

我呆呆地看着她,震惊于严浩背着我鼓捣的鬼把戏——我完全不记得自己曾把阿米的手机号码告诉过他,更别提他俩根本就没见过面……

"我是早就想过来坐坐的,可是一直太忙,今天也是凑巧,加完班出来,发现南京西路交通管制了,绕到这附近,想起这里,就过来看看了。"她左右张望,"那个叫'严浩'的家伙在吗?喊他过来我请他喝酒。"

"他——他不在……"我暗暗做了个深呼吸,支撑出笑容撒谎道,"他旅游去了……去南方看海了。"

"真遗憾。"阿米摇头叹气,"他电话里的声音蛮性感的,我还真挺想见识下活物呢。"冲我一眨眼,"那么……你还打算接待我吗?"

"欢迎陈总光临指导!"我鼓掌,问她,"说吧——想喝什么?"

"你会调酒吗?我想喝你调的酒。"

"没问题。随你点,我都会。"我把酒单拿给她。她没接,再次左右张望,手一指:"我要那个!"

　　她手指的是另一位顾客捧着的一杯"龙舌兰日出"。我犹豫,劝她:"那个劲太大……你回头要开车,还是换一个吧。"

　　"不嘛,就要那个——它看起来比较有技术含量,颜色也蛮符合我的审美。"久违的大小姐腔调。

　　我不再螳臂当车,默默在吧台下调好了递给她。她接过去,二话不说一仰脖,"咕咚咚"灌下去小半杯。我看傻了,"这位女英雄,这个酒不是这种喝法的……""人家口渴嘛。"她毫不含糊地再次闷下一大口,心满意足地舔了舔嘴唇,"唔,蛮好喝的。这款酒叫什么名字?"

　　"龙舌兰日出。"

　　"龙舌兰是什么东东……是白玉兰的近亲吗?"

　　"当然不是……"我哭笑不得,"是墨西哥特产的一种热带植物。呃——貌似是仙人掌的近亲吧。"

　　"哦!"她脸红了,撇嘴嘟哝,"人家很纯洁的,很少混酒吧的……"

　　我笑笑,没像当年那样逮住这个绝佳机会狠狠羞辱她,取了个子弹杯,倒满龙舌兰酒,拿出盐罐,自己默默地调了个 Tequila Shot,然后把酒瓶递给她看:"喏,这就是你喝的这款鸡尾酒的基酒——龙舌兰酒。"

　　"你喝这个酒为什么要舔一口盐呢?"她改用吸管吮着杯中残酒,又有了新的好奇。

　　"因为在印第安人的古老传说里,龙舌兰是祈求赎罪的灵魂变成的。喝它的时候舔一口盐,是用盐来代表忏悔的眼泪。"

"可是我喝的这杯不是也有龙舌兰吗,为什么却是甜的?"她不依不饶,继续缠问。

我沉默片刻,真心实意地告诉她:"因为你是个善良的好孩子,没有罪孽需要忏悔。"

她若有所思地盯了我一会,笑着举起酒杯:"恭喜你识货了,终于知道我是好人了——为你这句话,我们必须干一个!"

碰过杯,各自一饮而尽后,她将空杯推给我:"老板,再来一个——还要这么红的!"

我苦笑。她刚喝下的那杯酒颜色其实格外鲜红——不是我没把握好配方,而是调酒时,我先前被玻璃碴刺破的手心不小心蹭了两滴血进去,此人没有注意到。

调好第二杯递给她时,我看见她从挎包里取出一个精致的 Zippo 打火机和一盒我过去从未见过的进口烟——造型像细长的火柴盒,深绿色巴洛克底纹上印着一个花体字单词:Fine(法国香烟的一种)。"你怎么也学会抽烟了?"我愕然地看着她抽出一支烟,姿态优雅地夹在指间,点上。

"还不是被你带坏了。"她眯起眼睛,表情沉醉、腔调老道地深吸一口烟,眉眼间舒展开的妩媚像极了旧上海招贴画上的交际花女郎。然后冲我徐徐喷吐出一团白色烟雾,在缭绕烟雾后莞尔一笑,"知道吗——我这辈子抽的第一根烟就是来自你。"

"怎么可能——"我一头雾水,"你把话讲清楚些……"

"真想知道?"

"嗯。"

她用手指揉捏着烟头,稍事沉吟,垂落眼帘。"当初在我家门口,你突然就那么跑了,然后传呼也不回,我不甘心又不放心,后来生日也不过了,跑去你们宿舍找你,结果找不到你,从其他家伙那里也没打听出什么,我急得把你的床铺搜了一通,最后拿着在你枕头下面搜到的半包'红牡丹',灰溜溜地跑到学校门口的咖啡馆,狠狠地哭了通鼻子。哭蒙了,也不晓得脑子哪里短路,找服务员要了火柴,把那半包烟都抽了。"她抽了口烟,抿了口酒,弹了弹烟灰,抬起眉眼再次冲我莞尔一笑,"说实话,你那破'红牡丹'可真差点把我给呛死……要是早知道你这可怜的家伙一直在抽那么劣质的烟,我就从我老爸那里偷'大中华'给你了。"

我直愣愣地望着她,张开嘴却没能发出声音。

"看你这副扫兴的样子……就知道我不该讲出来的。"她叹口气,"你也不用太自责啦……其实学会抽烟也挺好的,让我现在终于不再那么爱哭鼻子了。"摇摇头接着道,"好了啦——我们都长大了,新世纪也要来了,这些萌蠢往事,当笑话听就好了嘛。"她笑逐颜开地再次冲我举起酒杯,"来——为了老同桌和旧妞头的世纪末重逢,为了墨西哥沙漠里那些在月光下哭泣的仙人掌近亲,为了我们再也回不去的青春——干杯!"

我木然片刻,不无艰涩地回应出笑容,默默举杯与她相碰,默默一饮而尽，默默地在齿颊间回味着盐粒的咸涩，第一次真的在龙舌兰酒中喝出了眼泪的滋味。

阿米终于把自己给灌醉了。醉得仪态万方、风情万种，醉得性感撩人、娇艳欲滴，根本无须搔首弄姿，就已散发出足够惊人的杀伤力：只要我稍一走开，就会有一拨又一拨雄性物种粘贴过来试图找她搭话，甚至献殷勤要为她买酒。至于此人，也用事实证明她根本无须我扮演护花使者：无论捕猎者们如何卖力地抛钩放线、投食撒饵，她都只是令人心旷神怡地笑着，有礼有节地应付着，游刃有余地令对方知难而退。

想象着她这些年在职场上经受到的历练，我由衷地为她感到骄傲——她真的长大了。

我一杯又一杯地痛饮着 Tequila Shot，喝得满口满腔咸涩。不知为何，在如此嘈杂喧嚣的环境中，我竟愈渐清晰地听见了酒吧外的夜色里不知何时开始响起的淅淅沥沥的雨声。

伴随雨声一同在耳骨深处响起的，还有喑哑低沉的大提琴。

消灭掉不知第几杯"龙舌兰日出"后，早已趴在吧台上慵懒如猫的阿米突然扭转头，抬起精心打理过的纤翘睫毛，眼神妩媚如狐地冲我莞尔一笑："小雨……我好像醉了。"

不知是她醉得太妩媚，还是自己醉得太敏感，我感觉她把尾音刻意拖长出了略带一丝沙哑的撩人意味。

"嗯，看出来了。"我回答，然后劝她，"够了，不要再喝了。"

"不干,我还要喝……"她哧哧笑,"我要喝到发酒疯,到门口爬大树! 骑到树杈上唱山歌! 唱'村里有个姑娘叫小芳'!"

"乖,听话,别闹……"我被她的话吓得不轻,好声安抚之——我相信此人真干得出来这等疯狂行径。

"那你得求我。"

"好,我求你——求求你别再喝了,好不好?"

"求得太没诚意了。"她皱起一张粉嘟嘟的小脸冲我摇晃一根食指,动作活像吃撑了红豆饼的机器猫。

"那——那我赤身裸体冰天雪地后空翻三百六十度五体投地脑门碎大石跪求。"

"喊——马上都新世纪了,还拿这么老掉牙的招数对付我,当我还是那么好哄骗的小女生吗?"她无疑也记得以前常被我拿来应付她耍横的这句经典台词,撇着嘴满面不屑地一摆手,却又没屏牢,扑哧一下笑出声来——那久违的少女般清脆的笑声简直令我心碎。

"那你说到底怎么样才能让你不喝了……随你说,我照办。"

"真的?"

"君子一言,驷马难追。"

"那,那我想想……"她歪着小脑袋瓜煞有介事地琢磨了好一会,抬脸望定我,特别严肃地宣布,"我要你带我去开房!"

我大惊失色,险些心肌梗死。

她认真观摩了一会我的面容,赏玩够了我想必比哭还难看的表情,这才不慌不忙地说下去:"我要你拿出拼将此生休、尽君一日欢的文人气概来,带我去外滩找一家有档次有情调的酒店,开一间豪华双人大床房————"再次故意顿住,拿饱含狞笑的小眼神乜觑住我,掷地有声地说——"陪我一起看今晚黄浦江上的跨年焰火表演!"

我张口结舌半晌,哭笑不得地点点头。

我搀扶着她走出酒吧,一同走入 20 世纪最后一场雨中。雨水令地砖格外打滑,醉得东倒西歪还穿着高跟鞋的她一路踉踉跄跄,几度险些摔倒。无奈之下,我征求她的意见:"要不还是我背你走吧……"

"不要!"她把湿漉漉的小脑袋瓜扭得跟拨浪鼓似的,"未成年小朋友才用背的——我们都是成年人了,要用抱的才对!"

我将她揽抱在怀里。她拿两条小细胳膊箍紧我脖子,小脑袋瓜拱埋进我颈窝,活像一只害羞的树袋熊。

我隐约嗅到了白兰花的香气——不,应该是白玉兰,我想。

细雨中,一路穿行过的街头风景竟宛若一个世纪的记忆在连绵回放:一个穿军装的美国小伙拥着一个年轻的中国女子在雨中跳着"华尔兹";几个大学生模样的年轻人围坐在露天酒桌的遮阳伞下,拿一个空酒瓶玩着"真心话大冒险"的游戏;一群穿戴打扮成"霞飞路小开""法租界克勒""月份牌淑媛"的中年男女,或许刚从某个主题派对散场,软语酥侬、腔调十足地徜徉在街头;一群"弄堂小赤佬"模样的少年,拿水枪和避孕套充水做成的"手雷"疯狂追逐打闹,欢笑声在湿漉漉的雨地里亮闪闪地弹跳……最后,在斑马线前等绿灯时,我竟看见一个穿着小黑裙、提着红酒瓶的年轻姑娘,披散着湿成绺绺碎布条般的黑亮长发,旁若无人地独自走到空旷的十字路口正中央,迎着细密雨丝,挺起青春的胸脯,仰起青春的脸庞,纵声唱起了百老汇经典音乐剧《猫》里的那首著名的 *Memory*……

　　蜷缩在我怀里的阿米肉虫子似的蠕动了一下,将濡湿的呼吸蹭贴到我耳垂,小声说:"听她唱完这首歌我们再走好不好?"

　　我点头,驻足伫立,仰起脸庞,闭上双眼,感受着那歌声如潮水般涨满自己的胸膛。

30 新世纪

"我去给你倒杯水。"将她搁到酒店客房的豪华双人大床上,我这么说着刚一转身,她从背后一声不响地扑上来,紧紧地拦腰抱住了我。"我不想看焰火了……芋头,跟我做爱吧。"她喃喃地说。我扭回头,瞥见她的眼眸中竟已闪烁出了泪光。"我们一起把这个让人不开心的世纪做完,好不好?"她泪眼婆娑地又说。

毕竟我们都醉了。毕竟这是世纪末。毕竟我们是跋涉过那样漫长的岁月,才终于一同走到这里。

我没出声,替她理了理凌乱在额前的发丝,掰扯开她的双臂,走去拉开了窗帘。落地窗外是黄浦江上的浩瀚夜空。焰火表演尚未开始,只有雨雾依旧昏沉。

回到床上之前,我关掉了房间里所有的灯。

视野沉入黑暗的同时,她也突然安静下来了。那是我过去从未在她身上见识到过的一种异样的安宁。她在黑暗中的那种眼神与呼吸,简直让我感觉她像是被夏雪的魂魄附了体。

我慢慢地与她接吻,慢慢地吻遍她的全身。我们一言不发,充满耐心地前戏。

在我即将进入的时候,她突然拉住我胳膊,小声说:"芋头,我已经不是处女了,你会介意吗?"

眼眶倏地火辣了一下。我苦笑着反问她:"我介意的是……你真的不嫌我脏?"

"傻小雨……"她也笑了,笑着伸手摸了一下我的面颊,指尖划过我的眼角,"知道吗……我也把自己给弄脏了,现在我也是一个'拉三'了。"

"别这么说自己。"

"别可怜我,别弄疼我,别把眼睛闭上……我要你做的时候一直看着我,可以吗?"

我默默点头。

纤柔的雨丝毫无声息地层层晕染在玻璃窗上。窗外,黢黑寥廓的夜幕上,璀璨绚烂的焰火开始令人目眩神迷地一蓬蓬绽放,在我们默默无语的相互凝视中,点亮出彼此汗湿的赤裸躯体。稍纵即逝的流光溢彩,一如那些刻骨铭心的往日时光。那些闪闪烁烁的光阴碎片,化作纷纷扬扬的灰烬,撒落并熄灭在我们的眼眸中。

谁都没有刻意伪装出生涩,也无意效仿职业选手的狂野奔放。我们就像一对已非常默契的多年已婚夫妻,无痛无惊地完成了我们间的第一次。只是结束的时候,我终归还是没能战胜早已形成条件反射的惯性,猛地闭紧了干涩胀痛的双眼。

　　就在这一刹那的黑暗视野里,我宛若身临其境般真切地看见了白杜鹃在洒满皎洁月光的僻静湖岸边羞答答地绽放,看见了校园林荫道两旁的梧桐树在盛夏晚风中怯生生颤抖,看见繁茂的枝叶筛落下细碎的路灯光斑驳地跳跃在她青春的脸庞上,令她孩子气的纯真笑容变得支离破碎,碎成一只只轻盈的蝴蝶翩跹在夜色里……

　　意外的是,紧跟着我又看见了在黄昏中的外白渡桥上闭起眼睛扬起面庞迎风张开双臂的夏雪,看见了在雪花萦绕的路灯下吹着口哨向空中抛起硬币的严浩,看见了在夜色里垂下头踽踽走向雨雾深处的赵志鹏……

　　一帧帧画面呼啸而过,压迫得我视网膜发痛,细节都清晰得一如发生在昨日,却不知为什么,色彩都已变得泅渲泛黄了……

　　命中注定的一般,所有的告别仪式,就这样寂静安宁地完成在一场肉身的欢愉里。我也终于明白,所谓世纪末的审判,审判的并不是这个喧嚣浮华的盛世,而是那些在阴暗处向这盛世背转过身去的、将要黥首刖足于流刑路上的灵魂。

　　当我睁开双眼重回现实世界,墙上挂钟的时针早已划过零点,夜空也已恢复它亘古永恒的沉寂,新的世纪没有任何声息。

　　我们没有下床,也没有穿上衣服,并排靠在床头,各自晾着汗湿的身子,不约而同地默默点上一根烟。垂眸打量了一会自己形状姣好且肿胀未消的胸部,她突然扭过头来问我:

"芋头,你觉得我美吗?"

"嗯。"

"有多美?"

"美得像……"我迷茫地搜刮着记忆,"美得就像《阿飞正传》里的张曼玉一样。"

"你骗人!"她斩钉截铁道,"张曼玉是鹅蛋脸,我是瓜子脸,怎么可能会像的。"又嘟哝着补了句,"而且她胸那么平,比我小多了……"

我无奈苦笑:"我主要说的是气质……"

"气质也不像……那种气质的女孩,应该只会迷恋上电影里阿飞那种男人,不会像我一样,把你这个芋头都当成宝贝。"她叹口气,"可惜……我们两个女人都一样傻,你这芋头也跟那个阿飞一样狼心狗肺。"

我不知道还能再说什么。

沉寂片刻,耳旁再次传来她的声音:"分手这么久了……你有偶尔想起过我,还有我们在一起的日子吗?"

"嗯。"迟疑片刻,我又补上一句,"不是'偶尔',是经常。"

"算你还有一丁点良心。"她扑哧一声轻笑。再度沉默片刻,改用自言自语的口吻和漫不经心的腔调,"我也经常会回想起来。特别是刚工作那段时间,跟同事都还不熟,工作又忙,有时控制不住,就会特别、特别地陷进去,想得自己好难过……好难过的时候,我就容易干傻事,干出一些比学会抽烟糟糕多了的傻事……"

我明白她所说的傻事可能是指什么。我深吸口烟,用肺的刺痛掩埋掉心脏的绞痛,转移话题说:"如果你这个机器猫的口袋里能变出时光机就好了,把咱们都送回去,送回到高中教室里,咱俩重新做同桌,干干净净地重新勾搭一把。"

"是啊,能回去就好了,那时候咱们这两个小'寿头'都多单纯啊……"她将脑袋歪靠到我肩头,呓语般虚无缥缈地嘀咕出一句英文,"All those moments will be lost in time, like tears … in rain …(所有的瞬间都将被时间的洪流冲散,一如雨中的泪水……)"

"你说什么?"

"没什么。"她摇头,多半以为我没听懂,若无其事一笑,"前几天刚看的电影———一个美国科幻片,里面的一句台词。"

"叫啥名字?"

"《银翼杀手》。"她扭身下床,走向洗手间。走到洗手间门口,笑着回头补了一句,"挺好看的,我一不小心都看哭了呢。"

我没看过她说的这部电影,但我知道此人看电影有多容易哭。记得当初一起看《旺角卡门》时,此人哭得差点闭过气去。我在一旁狠狠奚落她,就像曾经严浩奚落我一样———我当然不会让她知道我自己也看哭过。没想到她竟理直气壮地回敬我:"哭怎么了? 看别人的悲惨故事,又不关自己半毛钱事,哭一哭多畅快呀,你不觉得这是赚到了吗?"

哭得死去活来不算,此人还雄赳赳气昂昂地犯神经病:效仿电影里的张曼玉,绞尽脑汁地在我的宿舍里也藏起一个水杯。

现实剧情与电影不同的是:我后来再没有找到过那个水杯——事实上,我一转头就忘了这个事。

失踪的水杯,就像我们失去的青春。我只能聊以自慰地想象它仍在某个秘密角落安安静静地完好如初,却再没可能找回。

从洗手间出来,她又点了根烟,没有回到床上,而是走到落地窗前,若有所思地对着窗外发了一会呆,然后转回头来,对我说:"芋头,其实我先前对你撒谎了……我今天过来找你,不是因为凑巧路过,是特意的——我思想斗争了好几天,还是觉得,有一件事,我希望可以当面告诉你。"

我一愣,问她:"什么事?"

"我要走了。要离开上海,去一个很遥远的地方,而且,可能要在那地方待很久……"

"什么地方?"

"欧洲——捷克或者波兰。"

"去那种鬼地方做什么?"我愕然失笑,"去修道院出家吗? 还是被国安局招募了去做女特务?"

"我们公司打算拓展那边的市场,要从中国区抽调一些员工过去做先遣兵。我老板问我有没有兴趣去,我同意了。"她顿了顿,又笑道,"所谓'先遣兵',其实就是'垦荒团',会很辛苦,风险也大——万一失败了,搞不好连退路都没有了。但是……收益跟风险总是成正比的,如果真干出名堂了,我的晋升会很快的,说不定真的变成女强人了。"

"恭喜。"我冷冰冰地打断她,感觉两边太阳穴的血管在暴跳。

"小雨——"

"谢谢你专程跑来通知我这么重大的好消息,辛苦了!"邪火中烧,我根本不给她说话的机会。

"小雨,你别这样讲话好不好……"

"还要感谢你的菩萨心肠,赏我打一炮,让我不用带着性饥渴奔向新世纪。"我从针刺般僵麻的嘴角撇扯出或许只能算作痉挛的淫笑,"为表祝贺,要不咱俩再操一轮怎么样?"

从自己喉管中发出的古怪笑声,在我耳中听来,近乎啾啾哀鸣。

她张着嘴,不知所措地望着我。我不再看她,胡乱摁灭刚抽一半的烟,扯过毯子遮住自己,木然俄顷,又去摸索烟盒,抽出一支插入嘴角,刚要点火,她冲过来,拔掉我嘴角的烟,扑上来一把抱住我的脑袋。我闷声不响,粗鲁地挣扎。她更加奋力抱紧我,直到我放弃抗争,她才松开手臂,用双手捧起我的脸,泪光闪烁地看着我。

"小雨,你别这样……我们都长大了,你不要再这么孩子气了好不好……好不好呀,求求你了……"

在她变急促的呼吸里,我感到自己的呼吸无可救药地衰竭下去。

僵持片刻,我抓住她的双手,将它们剥离自己的脸颊。然后我踅摸到被她拔走丢在床单上的皱巴巴烟卷,捡起来仔细将直了,重新插入嘴角,点燃,慢慢地、深深地吸了一口。

"我没事。"我冲她笑了笑。

"骗人——你明明有事……"

"真的没事。"我将她硬抱起来，搁到一旁，下床开始穿衣服。"我先走了……酒吧还在营业，我得回去看场子。你今晚就在这里睡吧，我先去把房费结了。"

"小雨……"她楚楚可怜地唤我，带着哭腔。

"嗯?"

"你是不是生气了……你是不是不希望我走，想我留下来陪你?"

"怎么会——你又不是我未婚妻，我哪来这么大怨念。"我笑，自顾埋首系鞋带，"那么好的机会，你当然不该错过。"耐心地绑出一个造型完美的蝴蝶结，我站起来，平静地告诉她，"其实我也打算离开上海了……外面的世界那么大，我也想出去看看。"我顿了顿，张扬出更轻快的语调，"身为一个上海人，活到这么大，连真正的大海我都还没亲眼见过，想想可真够惭愧的。"

她怔怔出神地望着我:"我不管你想去哪里……我问的是——请你诚实地回答我——你希望我留下来吗?"

我耷拉下脑袋苦笑。闷头抽了口烟，抬起头来对她说:"给你讲一个笑话吧……很久很久以前，有一个你不认识的女孩告诉我，说我是安徒生童话里的那只丑小鸭，有一天会变成天鹅。她说得可真诚了，我都真信了。"

她一脸茫然:"后来呢?"

"后来我发现她骗了我。我没有变成天鹅。我还是一只滑稽的丑小鸭。"我端详着她的表情,"看来我真不擅长讲笑话……你怎么都没有笑——好吧,这是一个蹩脚的冷笑话。"

"我确实不觉得好笑。"她认真起来,"我觉得她可能喜欢你……她那么说,应该是想让你开心,想让你变得更自信些……"

"是吗?"我克制着才没有喷笑出声,"就算是你说的这样吧……但她没有想到一个严重的问题:我因为幻想自己会变成天鹅,错过了学会鸭子该有的生活。"我顿住,深深地换了口气,"所以,就像你说的,我们都长大了,都不该再把童话当真来哄骗自己了——她不是《匹诺曹》里的仙女,你也不是机器猫。你的口袋或许有我们曾经的美好回忆,但很遗憾,没有能让我们回到过去的时光机。"

我看见她张了张嘴,却没有能发出一丝声音。

"走吧。向前走吧。不要停留,也不要回头。"我嘴角撇着笑,学着严浩朗诵哈姆雷特的腔调告诉她,"神说——不可回头看。若回头,你会变成一根盐柱。"

我转身走到玄关,拧开门,驻足回首对她说:"走的日子定下来了,记得通知我一声,我去机场送送你。"

我耐心等候良久,她才动作迟钝地点了下头。昏黄的壁灯光下,我隐约看见她的眼眸中似乎有几点细碎迷蒙的晶莹反光。

"再见。"说完我走出房间,反手带锁上门。

自高中同桌至今,我与阿米相识已近七年。这七年里,在我眼中,这个含着金汤匙出身的富家大小姐一直是个被父母宠坏的孩子。但是直到这个跨世纪之夜，看着已然变得那样独立和勇敢的她，我才终于醒悟，她一直在长大，真正从来没有长大过的人，其实是我自己。

阿米说得没错。虽然我已经不再畏惧现实世界的迷宫，但是在岁月的迷宫里，我依然还是一个蹲坐在十字路口的小屁孩。而这正是最意味深长的讽刺了：就像那些告别人世的伙伴所说的，血统的力量是何其强大——我这么一个出身于"下只角"的、从来没有任何长辈施以宠溺的穷"瘪三"，竟然浑浑噩噩地自己宠坏了自己，不知不觉地走到了外公生前的流放之地——那条进化的歧途，那片黑色的荒原，不知所从，不知所终。

我不晓得自己还有没有得到救赎的可能。但我知道，我不能再拖累阿米。因为，我想我真的在乎她——虽然我从未对她亲口说出过那三个字，但是，我已经终于明白：我爱她。

电梯门将要合拢时，身上只裹了件浴袍的阿米呼唤着我的小名，披头散发、赤着双脚追赶过来。我伸手格挡住电梯门，问她怎么了。她告诉我外面雨下大了，嘱咐我下楼后去服务台借把伞。我笑着答应，笑着道谢，笑着挥手说再见。然后抽回手臂，任由徐徐合拢的电梯门如寂寂垂落的夜幕，吞没了她性感迷人的身影。

下楼后，我目不斜视地经过服务台，走出酒店大门，走进雨中。

31   大提琴

　　阿米的行程确定了。但她没有同意我去送她——她说届时现场会有一个规模相当庞大的亲友团,煽情戏码估计卖相会很凶残,考虑到我的身心健康,她不忍心让我过去一同遭罪。作为替代方案,她希望我陪她回大学校园去转转——用她的话讲,叫作"携手重走长征路"。

　　她上飞机的前一天,我俩一同回到阔别已久的大学校园。由于在放寒假,校园内空空荡荡,倒是十分适合我们这种身为大龄青年的闯入者没羞没臊地四处瞎逛。我俩就像过去那样,时而牵着手,时而她挽着我胳膊,慢慢悠悠,晃晃荡荡,把记忆中那些见证过我俩奸情的地标都回溯了一圈:食堂,草坪,小树林,燕园,曦园,相辉堂……最后,我们一起回到整场风花雪月故事的起点:女生宿舍楼前那棵已有百年历史的紫薇树前。

　　她松开我的胳膊,踱至树下,饶有兴致地翘首观摩了一会早已落尽繁花的光秃秃枝杈。"完了,我恐怕这辈子都忘不了你当初骑在树杈上的那副傻样了——实在是太好笑、太销魂了。”她从包里摸出烟盒和打火机，点上根烟，眯起眼睛笑着，蹙眉慨叹，“真是要命啊！”

“亲，你就别抱怨要命了——你别忘了，当初我可是差点丧命。”我谑笑道，也摸出根烟点上。

“芋头，你觉得我这辈子还有可能再遇见一个愿意爬到树上为我唱歌的男人吗？”她笑着问我。

“林子大了什么鸟都有。”我出神地盯着紫薇树后静寂无声的宿舍楼，眼前一个恍惚，似乎看见某扇窗户后有个湿漉漉的小脑袋瓜一晃而过……我摇头驱散幻觉，“不过说真心话，这种神经病你还是少遇见几个为好。”

“我觉得怕是遇不到了。”她再一次深深叹口气，“所以，恭喜你——芋头同学，你将有幸成为我回忆里最闪闪发光的一个神经病，和我最美艳动人的青春岁月一同永垂不朽。”

我惊讶于半文盲的此人竟能说出这么有文艺气质的疯话。虽然她笑靥如花、口气轻松，我却不禁感到气氛有些伤感。我搜肠刮肚，正琢磨着攒两句俏皮话出来打打圆场，骇人的一幕发生了：只见这家伙突然扔掉烟头，搁下挎包，雄赳赳气昂昂地捋起袖子，口中霍霍有声地开始抡胳膊踢腿，摩拳擦掌……“您这是要干什么？”我愕然问道，“爬树啊——”她脆生生地回答道，转回头来冲我盈盈一笑，“古人云：来而不往非礼也——当初你爬到树上唱歌给我听，现在我也要爬到树上还你一首，作为临别礼物！”

　　我瞠目结舌,懵然失措。没等我回过神来,巾帼不让须眉的大小姐已直扑大树,三下五除二就爬了上去,小心翼翼地在一根老树杈上把自己给摆稳当了,坐姿调端庄了,晃荡着双腿,神气活现地东张西望,一副睥睨众生的傲娇模样。

　　"好身手!"我看傻了,问她,"这位女侠,你是不是练过啊?"

　　"废话——没见我家院子里栽了那么多树呀?哪一棵没被我'临幸'过……哼,人家一直都很低调,真人不露相而已。"女侠美滋滋地吹嘘完,笑眯眯地呵斥我,"你别光顾着膜拜我了,趁保安没来,赶紧点歌——说吧,想听个啥小曲?"

　　我愣怔半晌:"都可以……别唱'村里有个姑娘叫小芳'就行……"

　　她翻着白眼想了想:"那我得唱首特煽情的……让你以后孤苦伶仃的时候一想起来就哭!"

　　她说话算数,深情款款地献唱了一首臭大街的苦情歌:陈升写给刘若英的《我曾爱过一个男孩》。

　　　　我曾爱过一个男孩

　　　　他说我像花一般的美

　　　　在每个月光的晚上

　　　　他来到我的窗前歌唱

　　　　歌声轻轻地扬起

　　我心儿也跟着颤动

　　却不知道为什么哭泣

　　睁开眼他已经离去……

　　一曲唱罢,万籁俱寂。我无声无息地呆立原地。她不慌不忙地下了树,上上下下拾掇齐整,走过来凑到我鼻子前审查着我的表情,问:"怎么样? 我唱得好听吗? 催人泪下吗?"

　　我默默点头。

　　"掌声呢?"

　　我手忙脚乱扔掉烟头,热烈鼓掌,鼓到手疼。

　　"热泪呢?"

　　我茫然,然后苦笑:"先存着,存着以后孤苦伶仃的时候慢慢流。"

　　走出校园,我们来到校门口那家咖啡馆,坐在熟悉的靠窗角落,就着落地窗外明媚的阳光喝了杯咖啡。分手时,她郑重其事地宣布还有一样特别重要的东西要交给我。眼看她从挎包里神神秘秘掏出来递到我面前的,原来是此人自打高中时借去就一直没还的那本《里尔克诗集》。坦白说我都早就忘了这笔不值钱的债务,此人的小题大做令我不免有些失望。"不用还了,你留着做个纪念吧。"我告诉她。她不肯,坚持说这是我外公的珍贵遗物,还是应该由我来妥善保存。我懒得为此啰唆,便接过来随手夹到腋下。

　　"你读过里尔克的诗吗?"

"没……我对诗没兴趣。"

"读一读吧——里尔克的诗写得可棒了,特别唯美,特别是那首《秋日》,建议你一定要读一下。"她特起劲地怂恿我。

"哦,好。"我心不在焉地随口敷衍了一句。

"Rainer Maria Rilke …"她抬手支颐,若有所思地念了一遍这个名字,冲我莞尔一笑,"德国名字口感真是赞……芋头,你将来要是混进了外企,干脆就叫 Rainer 好不好?"

面对她笑靥如花外加眼巴巴的灼灼企盼,我无可奈何地点点头。

阿米离开后,我在上海的旧日小伙伴,最后只剩下一个陆琪了。

严浩去世后不久,陆琪又玩了一次神秘失踪。这次失踪玩得相当有耐力,没留神就跨了世纪。他手下那帮小姐虽然照旧每日来酒吧玩耍兼搞创收合作,领队却换成了为此人堕过两次胎的他的一个资深姘头。不管是资深姘头还是其他基层淑媛,都说不晓得他失踪去哪了,只知道他宣称干大事去了。我没当真也没多问,暗自推断所谓的"干大事"多半不过是此人回避我的借口——毕竟严浩已经不在了,他也没道理再认我这个所谓的"小雨哥"了。但没想到我冤枉他了:他真的是干大事去了。

此人再度现身于我面前时,我差点没认出他:此人一改往昔日韩流的"杀马特浪人"扮相,乱糟糟的长发染回了黑色,扎成了马尾,还上了发蜡,梳得一丝不乱、光可鉴人;一身英伦风的绅士正装,明明不近视，鼻梁上却多了副名牌金丝眼镜，俨然一副白领精英形象。

确认自己没看花眼后，我小心翼翼地请教他这是混哪个堂口去了，他笑得云淡风轻，拿着腔调不急开口，先发我一张新名片，名片照旧是淡粉色的雪花纹特种纸上凸印着烫金字，头衔却由"上海露琪娱乐活动公关有限公司董事长兼总经理"赫然变成了"上海洛基网络科技有限公司 CEO"。

是的，你没有看错，"露琪"变成了"洛基"——与史泰龙主演的那部热血励志的奥斯卡获奖电影同名。

风骨清奇的新头衔标志着此人职业生涯的里程碑式转折：这个昔日只能蝇营狗苟在娱乐产业最底层、整天只能靠胡乱嗑药和"闲白相"寻开心的三流皮条客，就此勇攀新时代浪潮最尖峰，华丽转身为时下最风光无限的"互联网创业精英"——第一波互联网浪潮刚有几点浪花溅到上海滩的时候，此人就凭借自己比狗还灵敏的商业嗅觉，从几位皮肉生意老主顾那里以三寸不烂之舌忽悠来一笔"天使投资"，外加跟政府骗来的各种政策补贴，跑到彼时尚还属于"鸡不生蛋鸟不拉屎"的荒凉地界的"张江科技园"揭竿扎寨，以极低廉的薪资雇用了一帮刚毕业的大学生，禁足禁欲小半年搞所谓的"封闭开发"，鼓捣出一个花里胡哨的网站并上了线。

后来所发生的一切，证明他这次冒险的投机是其一生中最英明的决策：他运气极好地赶在 2000 年全球互联网泡沫破灭前，以水分最饱满的胡扯蛋估值，拿到了足够他的网站挨过后几年产业寒冬的巨额风险投资,最终守得云开见月明,成功登陆港交所,一夜暴富成土豪。

互联网浪潮捧热了一个新名词叫"眼球经济",而陆琪的网站之所以能得到用户和资本的青睐,正因为它简直是这一时髦概念的最佳样板:网站主打异性交友服务,相比当时市面上的同类竞品,最招牌的卖点是强调"身份真实":要求注册用户彼此公开充分详尽的个人资料,特别是女性用户,身高三围数字,大尺度的艺术照,才艺特长等等,多多益善——在我看来,其实就是他过去那个堪称"业界良心"的小黑本升级成了在线电子版。至于网站走向成功运营最需要的第一批"种子用户",毋庸置疑,自然就是他手下那帮小姐——只不过她们的职业身份都被标注成了"模特"或"艺人"。

一切都无须大惊小怪——这是崭新的 21 世纪,更何况这里是一百年来从没少过传奇的上海。

咸鱼翻身的陆琪并未沦丧重情重义的江湖人本性,宅心仁厚地一再邀我入伙共谋大业共筑传奇,被我客气地推辞了。我的不识抬举分毫不曾伤害到此人关爱我的热忱,最终还是硬送给我一个"顾问"的头衔,每逢上档次的酒局饭局,总会热情洋溢地召唤我去蹭吃蹭喝,并不厌其烦地反复向我表白心迹,宣称严浩经常托梦于他让他务必关照我。话听着肉麻,但此人说得一脸诚恳,做得更是一派感人,令我常常难以推托他的好意。

新世纪的上海,夜生活的丰饶与糜烂程度远胜往昔,我有幸领略到了许多过去在香港三级片里都未曾见识过的奇妙风景,但我万万没想到会再次撞见那个人。

偶遇发生在一家以提供仿拉斯维加斯风格的大型艳舞表演而闻名沪上的高档夜总会里。走进洗手间时,我与他擦肩而过。解手时,他杵在盥洗池旁眼巴巴地守望着我。直到我洗完手,他殷勤地贴凑过来递热毛巾时,我才猝不及防地猛然认出了他——更准确的说法是我认出了那双眼——那双勾魂摄魄的"桃花眼"。

在面前这张已然苍老不堪的脸庞上,也只有那双眼竟一点没变。

看着他点头哈腰、殷勤赔笑的谦卑模样,我想他应该是还没有认出我,或者是早就已经忘了我。

我垂首避开他的盯视,不动声色地用热毛巾擦手,思想斗争于是否与他相认。就在这一低头的不经意间,我赫然瞥见了另一样勾起我记忆的物件——一把已被磨得油光水滑的廉价塑料梳子,插在他那件皱巴巴、脏兮兮的服务员制服的胸前口袋里。

我抬起头,默默地瞄了一眼他那一头虽已稀疏斑白却依旧看得出是打过摩丝或发胶的黏腻头发,强忍住肠胃的翻腾,默默地将用完的毛巾递还给他,掏出一张百元钞票作为小费塞进他手里,然后,无视他喜出望外的连连鞠躬道谢,匆匆逃亡而去。

我没有告诉陆琪,我遇见了严浩的亲生父亲。

后来,公司在香港上市后的第二年,身家已过十亿的陆琪被确诊出艾滋病。紧跟着在饱受一年多因免疫缺陷导致的各种离奇可怕的并发症的残酷折磨后,弥留之际,他提出最后想见的人,竟然是我。

我在洁白无瑕得宛若置身天堂的无菌层流护理病房内见到此人时,他已枯缩得像个早衰的少年,赤裸干瘪的躯壳上插满各种导管,遍布血痂脓疮,触目惊心。

他艰难地示意着让我坐到病床边冲他俯下身,然后凑着我的耳朵,向我这个"树洞"交付出了一个已被他深深埋藏十多年的秘密:当年是他出卖了严浩和我。

气息奄奄的此人近乎癫狂地挣扎着还想向我解释他当时的不得已,我果断地制止了他的不自量力——我心平气和地告诉他我原谅他了。

得到我再次重复一遍的确认后,他一瞬间泪如泉涌,泣若嘶号。

走出病房,耳后陡然传来心电监护仪的刺耳报警音。我自顾踽踽前行,没有驻足,也没再回头。一直穿过走廊尽头,走进消防通道的楼梯口,靠在窗前点上一根烟,我这才开始察觉到往事在背后如潮水奔涌。

窗外飘着细雨。雨中静悄悄地伫立着一排白兰花树。繁花缀满枝头,在夜色里望去仿似积雪斑斑。

32　索多玛

我从国企辞职后的那个夏天,母亲开始犯偏头疼。头疼一直伴随她度过二十世纪。但无论我和父亲如何好言相劝,她都不愿去医院看看,坚称自己只是伤风着凉,吃点药就好。

从我记事时起,母亲就一直有忌讳去医院的怪毛病。没人晓得原因何在,也没人有本事降伏她的倔脾气。所以我和父亲只能眼睁睁地看着她自作主张胡乱吃药,从感冒药一直吃到止痛药。止痛药确实让她安稳下来了。但渐渐地,她那种安稳开始让我和父亲都感到不安:原本一个人抵得上一个戏班子的她,不可思议地变安静了,不但越来越不爱说话,到后来甚至连一举一动都变得轻如鬼魅——我时常都察觉不到她在我背后走动的脚步声。

她还开始怕光。总是抱怨阳光或灯光刺眼。时常独自躲在卧室里,把门窗全关死,窗帘也拉严,一点声息都没有。起初我以为她是在休息,但有几次我隔着房门竟又隐约听见她似乎在跟什么人讲话,语调轻缓,口齿却相当含糊,一个字也听不清,甚至让我难以分辨出她究竟是在讲上海话还是无锡话。可是每当我忍不住擅自开门进去窥探，却总看见只有她一个人枯坐在藤椅里，在昏暗的台灯光刚触及边缘的阴影中，平静地抬眼迎望向我，仿似正在等候我的出现一样。

母亲的这一诡异状态，在新世纪的第一个清明节达到戏剧性的高潮：那天傍晚，从无锡扫墓归来，与外婆和舅舅一家分手后，我们一家三口刚走到小区门口，母亲突然停住脚步，灵魂出窍——抑或鬼魂附体一般在雨中失神愣怔了好一会，突然宣布改变回家做饭看《渴望》的原定计划，让父亲先回去，却要我陪她去看看她小时候住过的地方，说完转身便走，喊都喊不住，我不得不紧忙尾随上去。

母亲撑着雨伞昂然前行，目不旁视，步伐平稳，看起来似乎走得并不快，却令我追赶得疲于奔命。

我口中不敢抱怨，胸中苦不堪言。不能言说的，除了哭笑不得的憋屈搓火，还有在茫茫雨雾中后背一阵阵发凉的惊悸惶恐——让我畏怯的，不只是母亲的诡异表现，还有这趟旅程她将要带领我抵达的那个终点。

母亲所说的她小时候住过的地方，无疑是指我家以前的老洋房，但并非被阿米父亲买去的那一套，而是当初被"造反派"强占瓜分掉、后来就再未讨回的那一套。回上海至今，母亲还从未带我去看过那套洋房，甚至她自己都没有回去看过，因为那里有她最刻骨铭心的惨伤回忆："文革"中，最疼爱她的奶奶就在那栋洋房里被抄家的红卫兵活活打死，受外公连累被剥夺了上学权利的母亲，当时是唯一在场的见证人,却只能眼睁睁看着惨剧发生。而母亲对外公的怨恨,全面爆发的最初导火索也正是这桩惨案——半个月后,母亲不告而别,离家出走。

这段沉重的往事,我从童年时就开始听母亲一遍遍地讲述,以至于那栋老洋房谜一样的面目轮廓,在想象力的作用下,一度成为我最可怖的梦魇。

在这雨雾阴沉、鬼气森森的清明节,跟随一副中邪态势的母亲平生第一次走向自己童年的梦魇,可想而知我的心理感受。然而我做梦都想不到的是,最终出现在我眼前的,竟是那样近乎吊诡的另一种"可怖"——望着那座独院独栋的三层意大利式老建筑,我的第一反应是:这么一摊破烂玩意难道也能被叫作"花园洋房"?

院内花木凋敝,荒草丛生,垃圾遍地,杂物乱堆,洋房更是衰败得堪比棚户,夜色都难掩其遍体鳞伤,雨水都洗刷不去那些老茧刺瘊般扎眼的斑驳积垢。虽有零星几扇窗户透出灯光,却都暗弱阴森得如同鬼火,没有分毫人气。整幢建筑就像蛰伏在风雨夜雾中的一具远古兽尸,怨毒深重地狰狞着早已血肉干枯的嶙峋骸骨。

积攒多年的好奇心与想象力迅速耗尽在粗陋不堪的现实前。我在渐渐急促起来的雨中失去了耐心:"妈,回去吧,雨下大了。"我扭头招呼母亲。

"我小时候就住在这里,我奶奶就惨死在这里……"母亲答非所问,喃喃自语。仍是一副被鬼魂附身的妖邪模样,定定凝望着对面那座毫不回应她的历史遗迹。

"嗯,晓得的,你说过几万遍了。"我难掩心烦气躁,劝她,"你这么吹风淋雨的,回去又得头疼了——咱们先回家,回头等天晴了我再陪你来怀旧,好不好?"

母亲毫无回应。我无计可施,转身走到围墙边点烟。凄风苦雨中,刚千辛万苦打着火,脑后突然传来轻飘飘的一句:"等这场雨停了,或许就再也没有机会了……"我悚然一惊,不由得打了个寒噤,手中打火机的火苗应声熄灭……

声音虚渺得仿似来自十分遥远的地方,加上在风雨中的失真,我一时都不敢确定它真是来自母亲,抑或只是自己的幻听。我心怀忐忑地转头望去,不由得再次毛骨悚然——就像先前在家里每次贸然推开通往母亲的那扇卧室门时一样,黑暗中,母亲平静得几无生气的双眸,赫然正定定地迎候着我……我张口结舌,呆立原地,手脚冰凉,呆呆地望向母亲,望进她背后那迷离至极、深不见底的黑暗雨雾,一句话都无法说出,脑海中闪回出了多年前一个何其相似的场景:夜深人静的黑暗弄堂里,我与严浩如此刻这般面面相望,还有黑暗中飘来的那样一句阴森低语……

"是啊……是给你讲过太多次那场往事了……"母亲自言自语般地喃喃道,"可是小雨,其实我一直没有对你说出全部真相。我对你隐瞒了最重要的部分,那也是你外公最不可告人的一个秘密。"母亲顿住,干涩地哼笑了一声,"现在是时候了,我可以把真相告诉你了。但我不强迫你听，我把选择的权利给你，你自己决定要不要听我说。"

"现在吗？"我茫然。

"对，就是现在。只有这一次机会，你想清楚。"

母亲的口气相当严肃。突如其来的紧张气氛令我一时不知所措，不祥的预感更是令我连呼吸都开始感到受压迫——昏茫的雨雾中似乎隐隐弥漫开了一股血腥气。

"而且我要提醒你，这个真相对你而言可能相当沉重——它不只会打击你、伤害你，甚至可能会不可逆转地毁坏你，并且这种毁坏会持续影响你一生，就像我到今天一直在经历的那样。"母亲无视我的困苦，缓缓地又补充说道。

母亲的话令我更加心慌意乱，乃至心惊肉跳。令人窒息的雨雾中，面对她目不转睛等待我给出最终选择的冰冷眼神，砸落在额头的每一滴雨水仿佛都在向我负重停摆的大脑继续堆叠着千钧砝码。我绝望无助得恨不得落荒而逃，却又完全无力迈动双腿。焦灼的煎熬中，我竟可笑到都忘了仍旧叼在嘴角的烟，又伸手去裤兜里摸寻烟盒。然后，我的指尖不经意间突然触碰到一个冷冰冰、硬邦邦的玩意——当我意识到那是什么时，我触电般地浑身一颤，如梦初醒地看清了这一刻我所扮演的角色。

我慢慢地从裤兜里掏出严浩留给我的那枚硬币，深吸口气，将它向空中抛起。

　　"奶奶是被红卫兵打死的,但让她死不瞑目的人,却是你外公。"母亲以这句令我无比震惊的开场白,开始了她的讲述,"就在这栋老洋房里,奶奶被红卫兵从楼梯上踹下来,脑溢血发作,当时就不能动了。她晓得自己时间不多了,而且很清楚在当时那种大环境下不会有医院肯救治她,所以让我赶紧去找你外公回来,想最后再看一眼她最疼爱的这个小儿子。可是,当我找到你外公时,他居然不跟我走,说马上要参加思想改造会,不去的话会罪加一等,会更连累我们——听听,多么滑稽的借口!"母亲停下深吸口气,摇头冷笑,"我给他跪下,哭着求他,怎么都求不动。最后我只好自己跑回来,陪着奶奶,眼睁睁看着她过世。你知道吗——她直到咽气,眼睛都睁着,眼巴巴地望着门口。"

　　我呆呆地看着母亲,看着她更加失却温度的眼眸,却看不出流淌在她脸颊上的,究竟是冰冷的雨水还是滚烫的热泪。

　　"现在,你该明白我为什么绝不原谅你外公了吧?"母亲将视线刺入我的瞳孔,"你以为他是一个英雄,你错了,他其实只是个被宠坏的公子哥,是个虚伪自私的可怜虫!什么理想、革命、爱国,都只是他吃穿不愁闲得发昏,拿来找刺激的借口而已!他骨子里就是个赌徒!他生下来就不缺钱,所以看不上赌钱,他要赌的是更高级的、更刺激的东西——赌人生!而最可笑的是什么呢?是他把那么多亲人的命运都满不在乎地当赌注押下去,都输掉了,真的只剩下最后的本钱——他自己那条命了,他倒好,他怯场了,为了活下去,不知羞耻地开始装忍辱负重了!"母亲恶狠狠地冷笑一声,"你知道他的追悼会,为什么亲戚们都不愿来吗？不是因为他败家,也不只是因为大家过去被他连累,最重要的原因是——当年很多亲人之所以会受迫害甚至遇难,其实都是被他为了给自己争取'立功表现'而出卖的!"

母亲失控的嗓音已近声嘶力竭,震得我嗡嗡耳鸣,感觉整个世界都在脚下和眼前摇晃,濒临坍塌。

但母亲还在凶残地说下去:"你爸也犯过大错,也没骨气,但至少有一点比你外公强——好歹还算明白'愿赌服输'的道理。可你外公呢,他到死都没服输,而且完全不觉得自己有错,他憋了一肚子委屈,怨天尤人,还不甘心,还照旧手痒着呢——过去他经常一个人站晒台上发呆,你晓得他在做什么吗?他可不是在看风景,他那是在遥望北京,在幻想'朝廷'有一天会再召唤他,会在新开的赌场里再赏他一个座位,让他上桌去再玩一把!"母亲顿住喘了口粗气,突然想起什么,狞笑道,"对了,还有件跟你有关的事情,真相我也一直没对你讲——你的两个名字都是他给你起的,你知道他为什么会给你起这么怪里怪气的两个名字吗?"

我茫然摇头。眼看母亲嘴唇再次开启的一刹那,巨大的恐惧陡然如一袭黑色斗篷蒙裹住我的口鼻——"亏你跟他一样也是名牌大学中文系的高才生,'托物言志'的文人把戏都不晓得?"母亲摇头嗤笑,"想想你出生在哪一年,那年我们国家发生了什么大事?'雨''昱';'下雨''日出'——他这是把你当成了一个吉祥物,拿你的名字来取'雨过天晴'之意,用来寄托他自己的政治幻想!"

摇摇欲坠在我眼前的世界就这样坍塌了——伴随着的并非一声轰然巨响，而是一阵软绵绵的呜咽……

失血般的昏厥中，我回想起了严浩在雪地里对我说过的话。我终于明白，某些曾被我视为珍宝而又在那片雪地里被他狠狠践踏损毁掉的东西，连同我的青春，我的生命，真的如他所说，都不过只是粗劣廉价的、不值一提的笑话。

我不记得母亲后来还说了些什么。我只记得雨越下越大，在雨中最后定格的画面，是一对母子的身影静静伫立在夜色里，在空旷死寂的十字路口，一同眺望着对面一座鬼影幢幢的老洋房，就像伫立在索多玛城外的两根盐柱，在守望着一场再也醒不来的噩梦，守望着一个再也回不去的故乡，守望着一片消失在雨中的海。

那天晚上，母亲再次犯了偏头痛。她照例服下止痛药后睡去。然而，她这一次睡去就再没有醒来。

母亲的头痛不是因为伤风着凉，而是因为脑袋里长了颗肿瘤。医生告诉我们，肿瘤其实是良性的，如果早点到医院做检查，早点被发现，母亲原本还是有希望救治的。但我们的长久拖延，给了那颗肿瘤肆意生长的条件，渐渐它威胁到了人的生命中枢——脑干，最后，终于在母亲的睡梦中，夺走了她的生命。

或许出于安慰遗属的好心，医生特别强调了一点：母亲的死亡过程发生在极短暂的一瞬间，走的时候应该没有感受到任何痛苦。我问医生如果和脑溢血相比哪个更痛苦，医生错愕于我的古怪提问，但还是给出了确凿的专业回答:"那肯定是脑溢血……脑溢血患者的死亡过程多数情况下会很慢很痛苦。"

我相信医生的回答。我甚至相信母亲在死亡的刹那正做着甜美的梦,正在梦里开心地笑着——事实上,当早晨的阳光洒落在母亲遗体上时,她安详的面容里真的凝固着一丝异常温柔的微笑。

我无从知晓母亲的笑容是给谁的——是给我和父亲,以及这个她曾像踩不死的"小强"一般与之顽强搏斗过的人世间;还是给她正独自前往的另一个世界,以及将在那里与她重逢的她的奶奶。我只知道,我从未曾在她脸上看见过那样一种恬适的神情,那使她看起来就像一只得到天使救赎的迷途羔羊,就像《浮士德》中歌德笔下描写的玛甘蕾。

33　在雨中

　　处理完母亲的丧事，我知道是该告别的时候了。我将酒吧交还给严浩的母亲，同陆琪吃了散伙饭，收拾出简单的行囊，开着严浩的"桑塔纳"启程，去往一个遥远又陌生的城市——不是能看到大海的南方，而是没有台风也很少下雨的北京。

　　驶入北京城时，天色正黄昏，街边漫卷纷飞的黄叶不再是来自熟悉的法国梧桐，而是此生初见的黄栌。车载音响里，刘若英的甜美嗓音正悠悠唱到——

> 我曾爱过一个男孩
>
> 他也许已经儿女成群
>
> 在每个冬天的晚上
>
> 在炉火边教他们歌唱
>
> 炉火慢慢地烧着
>
> 我心儿也跟着颤动

> 却不知道为什么哭泣
> 莫非我还依然年轻……

在北京,凭补习班速成的"洋泾浜"英语和从陆琪那里耳濡目染来的"互联网新思维",我顺利应聘为一家跨国企业的销售经理。填入职登记表时,我不假思索地在"英文名"一栏填下了"Rainer"。凭当初跟严浩学会的那套搞定客户的经典招数,入职当年我就成为公司的"年度金牌销售",两年后,晋升为销售总监。

体面的工作和不寒碜的收入,让不年轻的我终于过上了年轻时曾艳羡不已的所谓"中产阶级生活"。

我学会了吃西餐和品红酒,学会了系领结和戴袖扣,学会了抽雪茄和玩桥牌,学会了炒美股和高尔夫,学会了开车时收听国际台的英文广播,晚间看财经频道的节目。

我还学会了一口被经年沙尘研磨得以假乱真的"京片子"和不输"港灿"的粤语,学会了跟任何中国同胞说汉语时都不忘夹杂英文单词。而最重要的是,我再也无须像少年时一样自卑于自己说上海话时的苏北腔——事实上,已经很少有人还能看出我是一个上海人。

在北京我有了新的社交圈子。在这个圈子里,人与人可以轻易地彼此称兄道弟,然后不留余地互相利用和暗算,最后轻易地断绝关系并彻底忘记。而最重要的是,再不会有人拿我当"树洞"来倾吐自己不得解脱的阴暗秘密——事实上,根本就没人会轻易对另一个人说出自己的真心话,大家都很懂得穿戴好自己的盔甲,并爱惜彼此的面具。

　　我不知道这是否就是自己想要的生活。我只知道,正如严浩曾经告诉我的,一切都已经来不及了。

　　或许是处女座的偏执天性使然,年轻时我曾固执地认为"再见"绝不等于"永别"——"再见"应该是个约定,约定彼此日后一定要再次相见。

　　分手时,阿米对我说了"再见",但我们却再未相见。

　　我最后一次收到阿米的音讯,是一张寄自地球另一面的明信片。明信片正面,是一个我再熟悉不过的动画片角色——那只从来没有一句台词的小鼹鼠,撑着长柄黑伞,独自漫步在雨中的布拉格街头。明信片背面,阿米用相当漂亮的花体字母抄录了一段英文诗句,此外再无言语。

　　后来我才晓得,她抄录的这段诗句正是出自最后一次见面时她向我推荐过的里尔克的那首《秋日》:

> 谁此时没有房子,就不必建造,
> 谁此时孤独,就永远孤独,
> 就醒来,读书,写长长的信,
> 在林荫路上不停地
> 徘徊,落叶纷飞。

　　我不明白她为何以这段没头没脑的诗句作为留给我的最后回忆。我只是在后来,在北京过于干燥晴朗的天气里,时常会做同样一个晦暗潮湿的梦。梦中,我和阿米手牵着手,在轻飘飘的小雨中慢悠悠地走着。我不知道自己身在何处,也不晓得我俩这是要去往哪里。周围静悄悄的,什么都看不见,只有细细密密、闪闪烁烁的雨丝,无边无际、无声无息地垂落,如网如烟地笼罩了整个世界,也缠裹住了我们。

　　"芋头,你知道为什么下雨天我不爱打伞吗?"阿米用轻若耳语的声音问我。我摇头,叼着被淋湿的烟,茫然地在裤兜内摸寻打火机。她低下头,挣脱我的手,甩起湿漉漉的长发,像一头轻盈的小鹿向前跑去。

　　她越跑越远,最后远远地停下,转回身,提着湿淋淋的裙子遥望向我。隔着茫茫雨雾,我看不清她脸上的表情,只看见她举起双手,围拢在嘴边,似乎很大声地对我呼喊了一句什么。但是,就在这一刹那,我什么都听不见了,滂沱肆虐起来的雨水蒙裹住我的脸,汹涌如涨潮的苏州河水一般,无孔不入地倾灌进我的耳朵、鼻孔、口中,开始烧灼我的喉管,刺痛我的双眼,让我无法呼吸,不能言语,想挣扎却没有力气动弹,最终眼前只剩下沉沉黑暗……

　　黑暗里,我猛然从梦中惊醒坐起,发觉自己已泪流满面。然后,我泪流满面地从某个遥远夏天的记忆里,回想起了我在梦中始终无法听见的、阿米曾经那么大声对我呼喊出的那句话——

　　"告诉你一个谁都不知道的秘密哦——我喜欢淋雨,是因为我爱你,是因为,你的名字叫'小雨'!"

失去阿米的音讯后,我很多年都没再谈过恋爱。我开始像当年的严浩一样放纵自己,甚至一度沦落到像陆琪一样不挑食。

最后,就像大多数正常的成年人一样,我结婚了。我娶了一个真正见识过大海的北京姑娘。但我从没有给她讲述过,在我的生命中曾有过一个那样向往大海并最终殉身大海的女孩,也从没告诉过她我英文名的由来。并不是我想对她刻意隐瞒,只是因为我不喜欢让别人察觉到我的难过,哪怕那是一个与我同床共枕之人。

生活需要的不是感性,而是尺度。严浩曾经这么对我说。我相信他的话。我记得他说过的每句话。

来北京前,我向严浩的母亲讨要到一张此人身份证照片的底片。装修完婚房,我用这张底片扩印出一张海报尺寸的巨幅黑白照片,贴在新家书房正对门的墙上。后来的日子里,每当有来客踏进书房,不管对方有没有开口探问或流露出好奇,我都会指着这张照片,笑着对他们说:"给你介绍下——这位是我的兄弟:严浩。"

独自在书房时,我时常会反锁上房门,用外公的老电唱机放上他那张巴赫的无伴奏大提琴组曲,然后在反反复复的大提琴声中,冲着墙上的黑白照片,默默地一次又一次高举起酒杯。

照片上,严浩以他那副招牌笑容高傲地与我对视着,高傲地提醒着我:他将在我记忆里,永远拥有这样一张青春不变的脸。

　　我成家的那年冬天,外婆像母亲一样,在睡梦中安详地过世了。第二年夏天,我接到舅舅的电话,告诉我我们家的弄堂老房子终于要拆迁了,他打算把外公和外婆留下的那几个樟木箱和里面的杂物都处理掉,问我有没有什么想要的,有的话可以去取走。于是我为此专程赶回上海,独自走上阔别已久的小阁楼,花了一整个午后,就着自老虎窗泻下的明媚阳光,再一次——也是最后一次——逐个打开那排樟木箱,将里面那些历史遗物细细地整理挑拣了一番。

　　打开那个都是旧书的箱子时,扑面映入眼帘的居然又是那本阴魂不散的里尔克诗集。我不由得愣住,纳闷了好一会才回想起来这是我自己当年埋下的"伏笔":当初阿米将它还给我后,我带回家随手就扔进了樟木箱,然后就彻底忘记了它的存在。拿起这件民国三十二年(1943年)的老古董,摩挲着它依旧平整如新的封面,虽然照旧没兴趣拜读,我最后还是决定先把它带走。于是我以扔飞盘的动作将它抛甩向地板上那堆被我挑拣出来待打包的物品,然而,我做梦都想不到的意外变故发生了:当它高速旋转着撞上那座"小山",猝然重重扣翻在地时,纷扬的书页中竟滑飞出一张照片,翩然飘落到我脚前。

　　我愣怔当场,恍惚了好半晌,确认那不是自己的幻觉后,我蹲下身去将它捡拾起来,于是,少年时的某个记忆场景就这样仿似带着某种隐喻般原地浮现,只不过我手中的照片变成了彩色的,照片中的人物也不再是穿着民国学生装的叶若兰,而是穿着小黑裙的阿米。

　　真的是阿米。那么年轻的她,穿着同我第一次约会时的那条小黑裙,披散着一头柔顺飘逸得可以去给洗发水做广告代言的长发,在边上竖着日文铭牌的一只巨型"机器猫"公仔前,笑容可掬,亭亭玉立,一副堪称招牌的神气活现模样,冲镜头——冲多年后的我——比画着萌蠢至极的"剪刀手"……

我呆呆地看着照片,感觉着自己干涸已久的躯壳内渐渐不可抑止地奔涌起某种炙热的液体,直到这股奔涌令我听见自己的喉头发出一种古怪的声响时,就像被一只无形的大手陡然从颈后抽走了整副骨架,我土崩瓦解般地跌坐到地板上。

略微缓过些神来之后,我压制住自胸腔蠢蠢欲动到周身的阵阵痉挛,用颤抖的手指再次拈举起照片,凑近眼前,就着自老虎窗泻入的那一道升腾着旧日尘烟的光柱,眯起眼睛,努力想要审视清楚画面中的每一个细节。于是,她胸前一个并不起眼的小白点,不经意间便恍似在放大镜下燃烧开来的一块绚烂光斑,陡然灼炙进我的瞳孔中——我几乎毫不费力地辨认出了那是我曾送过她的唯一一份礼物:那枚"蒂芙尼"的纯银兰花胸针……

不争气的泪水终于溢涌出眼眶。然而命运精心埋设的机关陷阱并未在我耳旁停止它机械冰冷的齿轮声——就像一道凌厉的闪电遽然劈开了排山倒海而来的往事,我猛打一个寒噤,翻坠入另一个原地复现的记忆陷阱——我疯了似的连滚带爬起身,扑向另一只熟悉而又久违的樟木箱,以不管不顾的粗暴动作翻找出那本外公的老相册,翻寻到曾被严浩设为谜题的那张老相片——那张青年外公穿着风衣伫立在夜上海街头的单人照,将它抽拽出来,高举到阳光下。

于是,强烈的感应成真:在这张泛黄的黑白照片上,在外公深色风衣的胸口处,我找寻到了曾被少年时的我那般细细审视深深探究却终究视而未见的另一个相似的小白点⋯⋯

"你看不出来,还可以理解,小雨看不出来,说不过去啊⋯⋯"少年严浩故意拖长尾音,张扬着撇在半边嘴角的招牌笑容,意味深长地乜眼望定我,慢悠悠地对夏雪说道。

恍如隔世的黑白画面,清晰如昨的年轻嗓音,还有那总让我感觉备受羞辱嘲弄的邪恶笑容和总让我怀疑自己被扒光出原形的歹毒目光——被这个残忍的魔术师藏在他那顶华丽礼帽里的最后一个谜,终于在他离开这个世界那么久之后,被一个狠狠刺痛我的意外顺带着轻轻揭晓了谜底:

照片上,外公胸前那个历经半个多世纪沧桑岁月依然不曾泯灭微渺光芒的小白点,是一朵白兰花。

无知无觉地跪踞在命运的掌心里,热泪决堤般地奔流过面颊。"就让肮脏的生命,归于肮脏的河。"晃荡着双腿歪坐在苏州河边的少年严浩,戴着手铐脚镣沉沦在苏州河底的青年严浩,玩世不恭地笑着,以戏谑的腔调这么对我说。我终于知道,这无尽岁月里反反复复的人生就是我的苏州河:我以为我是孤独的幸存者,其实我早已被埋葬在河底。

黑沉沉的河水从我身边流过。我像一个虚弱哀凉的耄耋老人，蒙裹着肮脏的泪水，疲惫至极地再次拿起阿米的照片，颤巍巍地将它翻转过来，在它背面看见了几行我此生见到的最"卡哇伊"的"瘦金体"小字：

> 亲爱的芋头，告诉你一个好消息：虽然我是冒牌的机器猫，但是真正的机器猫答应我了，如果在我嫁给别人之前，你能看到这张照片，她就会从她的神奇口袋里变出时光机，送我回来找你。等着你的，阿米。

如果我此生还有机会能再见到阿米，我想我会像所有正常懂事的成年人一样，深刻明白我已经没有资格对她说出年轻时被我一错再错而就此错过的那三个字，也没有可能再妄图改变我看似安稳体面实则行尸走肉的苟且余生。但我想，或许我会笑着向她坦白一个还没有任何其他人知晓的我的秘密：其实我也喜欢上了淋雨。

在这永无台风也很少下雨的城市，我喜欢独自不打伞来到某个陌生冷清的街头，长久徘徊在雨中。因为，只有在雨中，我才有机会能与那些早早离开这世界的伙伴重逢——无论他们长眠在深蓝如梦的大海中，还是潜寐在黑暗如夜的苏州河底，都将随着咸涩的雨水来到我的呼吸里，再一次与我同在。因为，只有在雨中，我苍老干枯的记忆才有可能再一次饱满湿润，苍老干枯的生命才有机会再一次烫热肿胀，让我愿意相信自己远远告别了的青春,就像阿米在宿舍藏起的那个玻璃杯,依旧在岁月迷宫某个晦暗潮湿的角落,静悄悄的,完好如初。

在雨中,没有人会知道流淌在你面颊的究竟是冰凉的雨水,还是烫热的泪水;在雨中,纵然已苍老如我,也依然可以像一个未经世事的小破孩那样,自由自在地纵肆哭泣。

然而我也清楚地知道,所有那些我拼尽全力不愿遗忘的往事与面孔——那些空虚而又决绝的青春,还有那些卑微而又闪耀的感动,都终将消失在幽暗闪烁的光阴里,就像悄然落在雨中的泪水;至于我自己,也终将很慢很慢、很痛苦很痛苦地死去,就像里尔克死于败血症那般。但我并不害怕。因为我明白,一切都已不值一提。